Damoklesschwert

B. A. Neff

Damoklesschwert

*Bibliografische Information der Deutschen Nationalbibliothek:
Die Deutsche Nationalbibliothek verzeichnet diese Publikation in der Deutschen Nationalbibliografie; detaillierte bibliografische Daten sind im Internet über http://dnb.dnb.de abrufbar.*

© 2015 B. A. Neff

Herzlichen Dank an: T. Dixon, E. Neff und S. Neff Atkins

*Herstellung und Verlag:
BoD – Books on Demand, Norderstedt*

ISBN: 978-3-7386-2842-5

(1. Auflage)

Weitere Titel des Autors:

*Der Graf von Earlsbridge, Trilogie – Band I
»Harte Zeiten« (2014)
Der Graf von Earlsbridge, Trilogie – Band II
»Das Mal« (2014)
Der Graf von Earlsbridge, Trilogie – Band III
»Hass und Liebe« (2014)*

*Der Graf von Earlsbridge, Trilogie – Sammelband I - III
(2014)*

Zusammengefasst aus den Tagebüchern
von Tom Dixon

September 1990.

Internationale arktische Forschungsstation ARC1 der Polaris Inc.

Ich verließ die Unterkunft gegen Mitternacht. Der eisige Wind schlug die Kapuze in meinen Nacken zurück. Er pfiff zwischen den zwei parallel angeordneten Barackenreihen hindurch, wie durch eine etwa fünfzig Meter breite Düse. Meine Kapuze füllte sich wie ein Segel und ich hatte Mühe, sie wieder über den Kopf ziehen und festbinden zu können. Trotz Schneebrille konnte ich meine Augen kaum offen halten. Der Sturm trieb die kleinen, scharfen Eispartikel in mein Gesicht. Ich umklammerte das Halteseil und wusste genau, wenn ich es losließ, würde ich das Funkhaus nie erreichen. Dieses wurde seinerzeit aus Platzmangel etwas nach außen abgesetzt in der nördlichen Barackenreihe integriert. Die Halteseile verbanden die Hauptunterkunft, in welcher sich die Schlafkabinen, die Laborräume, die Kantine, die Küche und die medizinische Station befanden, mit der Werkstattbaracke, dem Funkhaus und dem Generatorenhaus. Die Seile für das Funkhaus und die Werkstatt führten also quer zur Windrichtung und zur anderen Barackenreihe; sie waren somit die wichtigsten. Im Ausrüstungsmagazin hätte es Gurtzeug mit Karabinerhaken gehabt. Diese wurden aber nie benutzt, weil deren

Bedienung mit den Kälteschutz-Handschuhen fast unmöglich war.

Die Baracken waren allesamt auf kurzen Pfosten montiert worden, damit der Wind ungehindert unten durchstreichen konnte, und damit die Baracken durch die Abstrahlung der Wärme nicht im Eis versanken. Als Baumaterial wurde damals - das war vor rund zwanzig Jahren - hauptsächlich Blech verwendet, innen mit einer Isolationsschicht versehen und mit unansehnlichem Kunststoff verkleidet war. Die Fenster waren klein, bullaugenähnlich und bestanden aus einer doppelschichtigen Isolierverglasung, an deren Innenseite sich aber trotzdem dauernd Kondenswasser bildete.

Bei schönem Wetter sahen die rund gewölbten Blechdächer in der Sonne aus wie glänzende Schildkröten, welche sich in einer Zweierreihe aufgestellt hatten und auf irgendetwas zu warten schienen.

Im Moment war es aber alles andere als schönes Wetter. Im Windschatten hatten wir eine Stunde zuvor -43°C gemessen. Bei diesem scharfen Wind wurde es noch um einiges kälter. Wenn man bei diesen Wetterverhältnissen das Halteseil verlor, bedeutete dies den Tod - nach wenigen Sekunden hätte man die Orientierung verloren und müsste erfrieren. Ich wäre nicht der erste gewesen, dem dies passierte. Ich hatte aber keine Wahl. Ich musste nach draußen. Nachdem der Dieselgenerator ausgefallen war, musste jede Nacht einer unserer Männer ins Funkhaus, um den kleinen Handgenerator für etwa drei Stunden anzutreiben. Dadurch konnten wir die Akkumulatoren für die Funkstation in einem akzeptablen Ladezustand halten.

Noch etwa dreißig Meter trennten mich vom Funkhaus. Das Sirren und Ächzen der Antennenspannseile übertönte kurz das Toben des Sturmes. Ich schaffte es mit großer Mühe bis zur Tür des Funkhauses. Wie alles andere, war heute Nacht auch diese zugefroren. Ich trat und schlug dagegen - ohne Erfolg. Nichts bewegte sich. Als ich fluchte, riss mir der Sturm die Worte aus dem offenen Mund. Es blieb mir nichts anderes übrig, als meinen Schraubenzieher aus der Tasche zu holen und damit die Tür aufzuwuchten. Was sonst eine Kleinigkeit war, gestaltete sich bei dieser Kälte sehr schwierig. Zuerst zog ich den äußeren, rechten Deckhandschuh aus und klemmte ihn zwischen meine Beine. Dann versuchte ich, den Taschenverschluss an der Jacke aufzukriegen. Die Kälte drang wie Nadelstiche durch das Gewebe des Innenhandschuhs. Meine Finger drohten aufzuplatzen. Mein Körper begann zu zittern. Der verflixte Verschluss ließ sich nicht öffnen. Der Innenhandschuh musste auch weg. Ich versuchte, mit den Zähnen den Handgelenkriemen zu öffnen. Als die gefrorene Metallöse meine Zähne berührte, durchfuhr mich ein stechender Schmerz. Ich schrie auf. In diesem Augenblick fiel der Außenhandschuh zwischen meinen Beinen auf den Boden. Bevor ich reagieren konnte, wurde er vom Sturm weggerissen. Inzwischen drang die Kälte durch die Thermojacke und die Hose auf meinen Körper; bei diesen Verhältnissen vermochte auch die teure Spezialkleidung den Körper nicht mehr ganz vor der Kälte zu schützen. Es gelang mir dann aber doch noch, den Handschuh ganz auszuziehen. Sofort öffnete ich den Verschluss der Jacke und steckte meine Hand hinein. Einen Augenblick verharrte ich mit der Hand in der Wärme, bevor ich den Schraubenzieher herauszog und in den Türfalz steckte. Meine Lungen brannten, und die Augen drohten trotz der Sturmbrille zu gefrieren. Mein Atem beschlug die Brille, das ganze Gesicht, und legte auf den Rand der Kapuze einen weißen Schleier. Nur wer einen solchen Sturm selber erlebt hat, kann dieses Gefühl nachempfinden. Mit letzter Kraft gelang es mir, die Tür aufzustemmen. Ich ließ mich in die Hütte fallen und stieß die Tür mit den Füssen zu. Einen Moment lang blieb ich ruhig liegen. In der Hütte war es ohne Heizung höchstens minus 12 Grad und doch war es für mich, als käme ich in ein geheiztes Wohnzimmer. Erst zu diesem Zeitpunkt bemerkte ich, dass der Schraubenzieher an meiner Hand festgefroren war. Ich versuchte, ihn abzureißen, was außer höllischen Schmerzen nichts brachte. Ich hauchte warmen Atem darauf, doch anstatt die gefrorene Stelle zu lösen, überzog sich meine Hand mit einer feinen Eisschicht. Jetzt ging es um Sekunden! Ich wollte meine stark unterkühlte Hand auf keinen Fall verlieren. Ich riss panikartig meine Jacke auf und steckte die eiskalte Hand unter meinen Pullover zur warmen Haut. Als ich den Bauch berührte, zogen sich die Muskeln krampfartig zusammen. Ich richtete mich auf und hopste in der Hütte umher. Ich winselte wie ein Hund und biss auf die Zähne. Langsam verwandelte die Körperwärme das Eis in Wasser, und ich konnte den Schraubenzieher von der Hand ablösen. Ich verharrte noch eine Weile mit der Hand am Bauch, bis sich wieder Leben in den Fingern bemerkbar machte. Dieses Leben, über welches ich mich anfänglich freute, schlug blitzartig in grauenvolle Schmerzen um. Danach begann ich am ganzen Körper zu frieren - außer an der Hand. Meine Finger standen ab wie Würste, geschwollen und rot. Ich zog den äußeren Handschuh der anderen Hand aus und schlüpfte mit der lädierten Hand hinein. Mit einigen Körperübungen brachte ich meinen Kreislauf wieder auf Touren und meinem Blut die nötige Wärme zurück. Ich atmete schwer, meine Lungen schmerzten.

Die Funkanlage war mit einem Tuch zugedeckt. Ich klappte die beiden Kurbelgriffe des am Tisch festgeschraubten Handgenerators nach außen. Nachdem ich mich auf die alte Holzkiste vor dem Tisch gesetzt hatte, begann ich die Kurbeln zu drehen. Mein Blick streifte die Kapazitätsanzeige für die Akkumulatoren. Ich war erstaunt, als ich bemerkte, dass die Anzeige rund ein Drittel zu wenig anzeigte. Anfänglich glaubte ich, dass dies mit der extremen Kälte in Zusammenhang stehen könnte. Bald fand ich aber heraus, dass irgendjemand, für welchen Zweck auch immer, Strom gebraucht und dies nicht gemeldet hatte. Mir graute vor dem Gedanken, dass ich nun vermutlich mehr als vier anstatt der vorgesehenen drei Stunden kurbeln musste, um die vorgeschriebene Kapazität von '20 Ampere pro Stunde' zu erreichen. Immer wieder musste ich eine Pause einlegen, damit sich mein Körper nicht überhitzte und zu schwitzen begann. Eine feuchte Unterkleidung hätte auf dem Rückweg zur Unterkunft den Kältetod bedeuten können.

In Gedanken versunken saß ich da und drehte die Kurbeln. Ich fragte mich, ob ich mich damals richtig entschieden hatte, als es darum ging, meinen Job bei der Polizei zu kündigen und mich für die offene Stelle als Sicherheitsbeauftragter dieser Forschungsstation zu melden. Es war nicht unbedingt nur meine geringe Erfahrung in diesem Bereich, die mich an meiner Entscheidung zweifeln ließ, sondern vielmehr die strapaziösen Lebensumstände, welche die Leute seit einigen Tagen ertrugen. Ich musste annehmen, dass es früher oder später zu internen Spannungen kommen würde. Sollte dies zu ernsthaften Konflikten führen, müsste ich Ruhe und Ordnung 'mit allen Mitteln' wieder herstellen, wie es in den Instruktionen hieß. Ich erinnerte mich noch gut an die Zeit bei der Polizei und sehnte mich nach einem warmen Büro und einer rechten Mahlzeit. Bei der Polizeiarbeit hatte ich Unangenehmes erleben müssen; noch immer trug ich viele schlimme Erinnerungen mit mir herum, und in meinen

Träumen machten unverarbeitete Erlebnisse oft das Schlafen zur Qual. Ich war also einiges gewohnt. Trotzdem hatte ich hier auf der Station ein sehr ungutes Gefühl.

Ich kurbelte und kurbelte. Meine Blicke schweiften durch den halbdunklen Raum, welcher lediglich durch eine kleine Notlampe etwas beleuchtet wurde. Als ich auf die kaum sichtbare Frequenzanzeige des Funkgerätes schaute, stoppte ich sofort, schnellte auf wie eine Feder und starrte auf die Anzeige. Ich hatte meine Gründe dafür!

Als vor einigen Tagen unser Hubschrauber abstürzte, der Sturm zu toben begann, der Container mit einem Teil der Lebensmittelvorräte ausbrannte und dann auch noch der Hauptgenerator ausfiel, gab ich die Anweisung, das Funkgerät nur noch auf unserem Notkanal zu benutzen. Wir befanden uns wirklich einer Notsituation, denn ohne Hubschrauber und Funkverbindung waren wir vom Rest der Welt abgeschnitten. Nachdem ich die Anweisung erteilt hatte, malte ich mit weißer Farbe einen kleinen Punkt auf den Drehknopf des Frequenzwählers. Dies hatte den Zweck, dass man auch im schwachen Licht der Notlampe immer sofort sehen konnte, ob die richtige Frequenz eingestellt war. Ich bemerkte nun aber, dass ein Teil der weißen Farbe abgeblättert und auf dem Drehknopf verrieben worden war - jemand hatte offensichtlich die Frequenz verändert und vermutlich auch längere Zeit gesendet! Mir war nun auch klar, weshalb die Akkumulatoren so wenig Kapazität aufwiesen. Ich fragte mich, wer das wohl gewesen sein könnte und was der Grund dafür war. Meine Gedanken überschlugen sich. Der Hubschrauber, die Lebensmittel, der Generator und nun noch die Funkfrequenz! Alles Zufall?

Ich begann zu schwitzen, obschon ich längst mit der Kurbelei aufgehört hatte. In mir kam ein Verdacht auf. Es machte den Eindruck, als wollte jemand auf der Station alle Leute langsam verrecken lassen!

Unmittelbar nach dem Hubschrauberabsturz hatte ja der Sturm zu toben begonnen. Es konnte kein Funkspruch mehr abgeschickt werden. Keiner wusste über unsere missliche Lage Bescheid, auch nicht unsere Hauptbasis an der Küste!

Ich schaltete die Funkanlage ein und versuchte, über die Notfrequenz jemanden zu erreichen. Immer und immer wieder schickte ich den Notfallcode über den Sender. Vergeblich! Ich erhielt nicht einmal die Andeutung eines Antwortsignals.

Ich wollte gerade aufgeben, als mir ein Gedanke durch den Kopf schoss. Ich packte die Holzkiste und schob sie näher an den Funktisch. Die Kapuze schob ich mir in den Nacken und setzte mir den eiskalten Kopfhörer auf. Ich versuchte, im schwachen Licht zu erkennen, bis zu welcher Marke am Frequenz-Wählknopf sich die weißen Farbpartikel verteilt hatten, konnte es aber nicht sehen. Mit einem kleinen Schraubenzieher löste ich die

Schraube am Drehknopf. Vorsichtig zog ich den Drehknopf von der Achse ab. Ich stand auf und ging langsam damit zur Notlampe. Auf der Hinterseite des Knopfes, also dort, wo er in montiertem Zustand leicht das Gehäuse des Funkgerätes streifte, entdeckte ich schwache, weiße, kreisförmige Striche, welche an einem bestimmten Punkt aufhörten. Es mussten also weiße Farbpartikel von meiner Markierung abgeblättert und zwischen den Drehknopf und das Gehäuse geraten sein, dort wo sie durch das Drehen des Knopfes verrieben wurden. Ich zog die Notlampe am Kabel so nah wie möglich zum Funktisch heran. Tatsächlich fand ich auch auf der Gehäusewand, diese feinen, weißen Striche. Vorsichtig markierte ich auf dem Gehäuse die Stelle, an welcher die Striche endeten. Danach markierte ich auch den Drehknopf an der Außenseite und schob ihn wieder auf die Achse. Ich zog die Schraube an und prüfte den Sitz des Knopfes; er passte spielfrei. Langsam drehte ich den Knopf nach links, bis die zwei Markierungen an Gehäuse und Knopf übereinstimmten. Die nun eingestellte Frequenz las ich ab und prägte sie mir ein. Ich schaltete das Gerät wieder ein und lauschte. Ich erhoffte mir, vielleicht den Gesprächspartner derjenigen Person abhören zu können, welche von diesem Gerät aus gesendet hatte.

Ich saß da und lauschte, ganz still und ruhig. Nach mehr als einer halben Stunde wollte ich aufhören und auf die dicht danebenliegende Frequenz schalten. Als ich die Hand hob um umzustellen, vernahm ich plötzlich ein schwaches, kurzes Rauschen.

Danach war es wieder still. Ich traute kaum, eine Bewegung zu machen; kaum zu atmen. Ich ließ die Hand wieder auf die Tischplatte sinken. Die Kälte stieg in mir hoch. Ich zitterte. Die Uhr zeigte an, dass ich schon längst wieder drüben in der Unterkunft hätte sein müssen. Da! Da war es wieder. Das kurze Rauschen. Dann - endlich - eine Meldung! Irgendeine unbekannte Station mit dem Namen 'COMA' rief einen Partner namens 'PAX 2'. Die Nachricht selber war verschlüsselt. Hastig notierte ich die empfangenen Zahlenfolgen auf einem Zettel. Die Antwort von 'PAX 2' war ebenfalls codiert und bestand nur aus wenigen Zahlen. Dann blieb der Sender wieder stumm. Noch eine ganze Weile verharrte ich stumm und lauschte. Ich überlegte, ob ich einen Notruf absetzen sollte. Doch irgendein Gefühl untersagte es mir.

Dann stand ich auf - von der Kälte geschüttelt - und stellte unsere Notfrequenz wieder ein. Die beiden Markierungen wischte ich ab. Ich faltete den Notizzettel und steckte ihn in meine Unterwäsche. Nachdem ich das Funkgerät ausgeschaltet hatte, schloss ich alle Taschen der Jacke und band meine Kapuze fest. Noch einmal atmete ich die warme Luft tief ein und riss dann die Tür auf. Als ich ins Freie trat, knallte der Sturm mit voller Gewalt auf meinen Körper. Kaum hatte ich die Tür hinter mir zugezerrt, wurde ich in das Halteseil geworfen. Ich umklammerte das Seil mit aller Kraft und zog mich Meter für Meter in Richtung Unterkunft. Die Strecke erschien mir noch länger als auf dem Hinweg. Unerbittlich tobte der Sturm und riss alles mit, was nicht niet-

und nagelfest war. Ich merkte, wie die Kraft in meinen Händen nachließ; ich musste das Halteseil zwischen meine Beine bekommen. Bei diesem Manöver stand ich einen Augenblick nur auf einem Bein, und eine Sturmböe riss mir den Boden unter den Füssen weg; ich hing im Seil wie ein Pfeil in einer Bogensaite. Irgendwie gelang es mir aber, den nächsten Ankerpfosten zu erreichen. Jeder Meter kostete mehr Kraft. Die Hände waren bereits so kalt, dass ich nur noch einen Teil der Handflächen spürte. Mein linkes Auge war angefroren. Ich wusste, was das zu bedeuten hatte: Wenn ich nicht innerhalb der nächsten drei Minuten an die Wärme gelangen konnte, würde ich auf diesem Auge vermutlich erblinden. Ich versuchte, meinen Atemausstoß nach unten, vom Gesicht weg zu lenken. Endlich erreichte ich den letzten Pfosten vor dem Windfang der Unterkunft. Meine Hände versagten ihren Dienst. Ich konnte mich nicht mehr festhalten; eine weitere Böe packte mich und warf mich seitlich gegen die Tür des Windfangs. Ich wollte aufstehen - ohne Erfolg. Dann versuchte ich, auf dem Schnee zu kriechen. Aber jedes Mal, wenn ich den Kopf anhob, füllte sich mein Mund mit Eispartikeln und Schneestaub. Ich meinte, ersticken zu müssen. In den Lungen brannte ein Feuer, und bei jedem Husten glaubte ich, mein Körper würde zerrissen. Irgendwann wurde es dunkel um mich. Ich spürte eine eigenartige Wärme im Körper aufsteigen und dachte mir: Nun geht alles zu Ende.

Ich erwachte im Sanitätszimmer. Mein rechtes Auge konnte ich nur ganz wenig öffnen, das linke Auge war mit einem dicken Verband zugedeckt. Ich hörte die Stimme von Dr. Sanders - Alina Sanders. Eine wundervolle Frau. Ziemlich groß, aber schlank gebaut. Sie hatte dunkelblondes, langes Haar, welches sie stets auf dem Hinterkopf mit Spangen ziemlich wild aufsteckte. Ihr schmales, etwas bleiches Gesicht wurde durch einen süßen Mund geziert, welcher beim Lächeln die makellosen Zähne sichtbar werden ließ. Ihre schlanken gepflegten Hände waren geschickt und hatten schon viele Wunden oder auch nur kleine Kratzer professionell behandelt. Wir hatten uns gemocht. Von Anfang an.

Sie rüttelte leicht an meinen Schultern und sagte: »Hey, Tom, hörst du mich?«

Es war wie die Stimme eines Engels im Himmel. Ich wollte sprechen, brachte aber keinen Laut von mir. Mein Körper fühlte sich an, als ob er durch einen Schottergraben gezogen worden wäre. Ich versuchte, mein Gesicht mit den Händen abzutasten, bemerkte aber, dass auch diese dick einbandagiert waren.

»Du solltest ruhig liegen und still sein!«, sagte Dr. Sanders. »Du wirst wieder auf die Beine kommen!« Dann deckte mich der schwarze Vorhang wieder zu.

Ich wachte erst am nächsten Tag wieder auf. Ich fühlte mich schon ein wenig besser. »Alina, Alina - bist du da?«, sprach ich mühevoll in den Raum.

»Ja, Tom. Ich bin hier - wie geht es dir heute?«

Ich wusste es nicht so genau. »Was ist mit mir passiert?«, stammelte ich.

Sie strich mir durch die Haare und sagte: »Du hattest riesiges Glück! Svenson hat dich reingeholt.«

Svenson, der rotbackige, fast zwei Meter große Hüne mit den blonden, zerzausten Haaren und dem chronischen, leicht rötlichen Sechstagebart.

»Er hatte gehört, wie du gegen die Außenwand der Unterkunft geknallt bist.«

Ich atmete tief durch. Lungen und Rippen schmerzten. »Wie lange war ich tot?«

»Zwei Tage. Wir fragen uns, was du so lange da drüben gemacht hast! Du weißt, dass es sehr gefährlich ist, bei diesem Wetter so lange Ausflüge zu machen.«

Ich war sofort hellwach. Mir kam wieder in den Sinn, weshalb ich so lange im Funkhaus gewesen war.

»Wo ist meine Wäsche? Hast du mich ausgezogen?«

»Natürlich - was glaubst du denn? Dir ist da draußen etwas passiert. Wir mussten deine Sachen waschen. Übrigens - ich bin Ärztin und habe schon oft unbekleidete Männer gesehen!«

Ich war außer mir. »Ich muss sofort aufstehen - hilf mir!« Kraftlos sank ich zurück ins Kissen und stöhnte.

Alina beugte sich über mich und sagte: »Hör zu - das passiert oft, wenn jemand an der Schwelle zum Tod steht. Da lösen sich alle Muskeln. Also hab dich nicht so! Dein Zeug ist längst gewaschen und getrocknet. Da liegt es!«

Sie zeigte auf einen Kleiderhaufen neben dem Bett.

»Gib mir die Kleider!«, zischte ich.

Alina schaute mich erstaunt an. »Dir ist doch nicht etwa kalt - oder?«

»Gib her, los - gib her!«, brüllte ich. Ich musste den Zettel mit den Zahlen haben. Ich fiel fast aus dem Bett. Alina stand auf, packte den Kleiderhaufen und warf ihn mir zu.

»Da - nimm das Zeug, wenn es dir weiterhilft!«

Ich durchwühlte die Sachen auf dem Bett und fand die Unterwäsche. Ich war außer mir, als ich den Zettel nicht mehr fand. Das war ja eigentlich klar nach der Wäsche, aber ich wollte es nicht wahrhaben.

»Ist das alles?«, fragte ich Alina.

»Ja, ich glaube schon - wieso fragst du?«, antwortete sie kühl.

Ich ließ mich wieder aufs Kissen fallen. »Mist - verfluchter Mist!« Ich versuchte, mich an die Zahlen zu erinnern.

»Alina - bring mir bitte Schreibzeug!«

»Willst du dein Testament machen?«

»Gib mir Schreibzeug - bitte!«, flehte ich sie an.

Sie begab sich zum Schreibtisch und brachte mir Papier und Kugelschreiber. Ich kritzelte einige Zahlen auf den Zettel und verzweifelte. Sie waren weg! Fast alle Zahlen waren aus meinem Gedächtnis verschwunden.

»Was schreibst du da auf?«, fragte Alina.

»Nichts!«, sagte ich zornig und warf den zerknüllten Zettel auf den Fußboden. Alina hob den Zettel auf und ging damit zum Abfalleimer.

»He - das hier ist keine Müllhalde!« Sie blickte dabei auf den Zettel und drehte sich erstaunt nach mir um. »Ich weiß zwar nicht, was das soll, aber offenbar suchst du den kleinen Zettel mit den Zahlen drauf. Stimmt's?«

Ich strahlte die Frau an: »Ja, ja - wo hast du ihn?«

»In deiner Kabine, zusammen mit den Sachen aus deiner Jacke.«

»Sehr geehrte Frau Doktor Sanders - hätten Sie vielleicht die Güte, mir meine Effekten aus der Kabine zu bringen?«, fragte ich mit theatralischem Unterton.

Sie drehte sich um, verschwand und kam nach einer Weile mit meinen Sachen zurück. »Bitte sehr, der Herr«, witzelte sie und legte mir die Sachen hin.

Ich war sehr erleichtert, als ich den Zettel fand. Alina setzte sich zu mir ans Bett. »Kannst du mir endlich erklären, was der Aufstand bedeuten soll?«

Ich überlegte kurz und zog ihren Kopf näher zu mir. Ich flüsterte ihr ins Ohr: »Hör zu - ich kann noch nichts Genaues sagen. Ich glaube aber, dass hier in der Station eine wahnsinnige Sache abläuft, welche uns alle das Leben kosten kann!« Ich machte eine kurze Pause, während mich Alina fragend anschaute.

»Wer hat außer dir den Zettel gesehen?«, fragte ich sie.

Sie war die einzige Person, und ich war froh darüber. Zu Alina hatte ich uneingeschränktes Vertrauen.

»Wie lange brauche ich, um wieder auf die Beine zu kommen?«

»Mindestens drei Tage - du versäumst aber nichts bei dem Wetter!«

Ich drehte fast durch bei dem Gedanken, drei Tage lang hier tatenlos herumzuliegen. Aber, ob ich wollte oder nicht, ich hatte keine andere Wahl.

***

Ich hatte in den nachfolgenden Stunden viel Zeit zum Nachdenken. Wenn ich nicht schlief, kreisten meine Gedanken um die Ereignisse der letzten Tage. Ich erinnerte mich, dass ich zwei Nächte zuvor ebenfalls im Funkhaus war, um die Akkus zu laden. In der Nacht danach war der deutsche Geologe, Hans Hoffmann, an der Reihe. Hoffmann, Typ Buchhalter, Mitte vierzig - dunkle, kurze Haare, eine ziemlich hochreichende Stirnglatze, leicht untersetzte Statur und bleich. Aber immer perfekt rasiert. Ein anscheinend immer korrekter Typ, welcher am Morgen normale, schöne Hosen anzog, obschon er seine Büroarbeit auch im Trainingsanzug hätte erledigen können. Eben korrekt. Er hatte keine Ahnung von den Funktionen der Funkanlage. Ich war überzeugt, dass Hoffmann nur die Akkus aufgeladen hatte. Oder etwa doch nicht? Nein - nicht Hoffmann. Er war zwar ein pedantischer Theoretiker und es war nicht einfach, mit ihm auszukommen, aber dass er nicht sauber sein könnte, glaubte ich nicht. Es musste also eine andere Person aus der Crew sein.

Als mir Alina eine warme Suppe brachte, fragte ich sie: »Weißt du, ob jemand zwischen Hoffmann und mir im Funkhaus war?«

Sie überlegte einen Augenblick und sagte dann: »Ich glaube, Francis war kurz draußen - am Nachmittag. Ich kann mir aber nicht vorstellen, dass er in dieser kurzen Zeit bis nach drüben und zurück gekommen ist!«

Ich überlegte. Francis sah eher wie ein Zehnkämpfer als wie ein Wissenschaftler aus. Stählerner Körper, immer fit und auf Draht. Der einzige mit einem Hometrainer-Fahrrad in seiner Schlafkabine. Ein braungebrannter, schwarzlockiger Sportlehrertyp, und sicher bei den Frauen hoch im Kurs.

»Hast du ihn zurückkommen sehen?«

»Nein, das nicht, aber als ich mir wenig später einen Kaffee holte, saß Francis bereits wieder umgezogen bei den anderen am Tisch.«

»Erinnerst du dich an die Uhrzeiten?«, fragte ich weiter.

»Er verließ die Unterkunft gegen 14.00 Uhr - das weiß ich genau. Um etwa 14.30 Uhr holte ich mir den Kaffee. Warum willst du das wissen? Glaubst du, Francis hat etwas mit der erwähnten Sache zu tun?«

Ich wusste es nicht. Ich erinnerte mich aber daran, dass das Wetter an diesem Nachmittag etwas besser war als in der vorangehenden Nacht. Francis hätte den Weg zum Funkhaus und zurück mühelos schaffen können. Die Akkumulatoren für die Funkanlage waren aber so leer, dass die unbekannte Person die Funkanlage mindestens eine halbe Stunde lang eingeschaltet haben musste. Die Rechnung ging nicht auf! Es ließ mir keine Ruhe.

»Hat sonst niemand die Unterkunft verlassen?«

Alina dachte nach. »Ich glaube nicht. Das heißt - Harrys war noch kurz draußen bei der Wetterstation, um die Daten abzulesen. Er war aber höchstens zehn Minuten draußen. Ich bin ganz sicher!«

Harrys, ein weiterer Meteorologe, hatte nur Wolken, Tief- und Hochdruckgebiete im Kopf und rechnete in Isobaren und Schichten. Harrys war ein rothaariger, bleicher, sommersprossiger und eher korpulent gebauter Typ. Ein netter Kerl und sehr hilfsbereit. Er hatte einen Tick: Jeden Morgen, noch vor dem Aufstehen, rieb er an seinem Kabinenfenster ein kleines Guckloch ins Kondenswassers, um aus dem Fenster zu schauen und einen Blick auf sein kleines Thermometer zu werfen. Das Quietschen beim Abreiben des Fensters war gut zu hören, was schon öfters Reklamationen von seinem Nachbarn zur Folge gehabt hatte. Eddy hatte die Kabine nebenan und war nicht so ein Frühaufsteher wie Harrys.

Wieder eine Sackgasse. Ich musste einen anderen Weg finden. Roy, welcher eigentlich unser Funker war, lag bereits seit einer Woche krank im Bett. Vielleicht wusste er mehr.

»Kann Roy schon raus?«, fragte ich Alina.

»Roy? Der ist wieder fast in Ordnung!«

»Hol ihn bitte zu mir!«, bat ich Alina.

Sie ging hinaus. In der Tür drehte sie sich kurz nach mir um und sagte: »Es wird Zeit, dass du wieder auf die Beine kommst. Ich bin nicht deine Bedienstete!«

Wenig später kam Roy auf die Krankenstation. Er war ein stämmiger Amerikaner, 52 Jahre alt und hatte viel Lebenserfahrung. Es war sein dritter Turnus, welchen er hier auf der Station verbrachte. Er war früher Sergeant in der US-Army und dort mit der Ausbildung an Funkanlagen und dergleichen betraut gewesen. Ein absoluter Fachmann. Er war nicht sehr groß, vielleicht 170 cm oder etwas mehr. Er hatte ein braungebranntes Gesicht, zerfurchte Haut und etliche kleine Narben. Sein ziemlich muskulöser Körper war um die Mitte etwas dicklich, aber keinesfalls fett. Sein Haar war leicht schütter und sehr kurz geschnitten, ein typischer GI-Schnitt. Sein Stolz war sein überdimensionaler Schnurrbart, welchen er - einem Walross gleich - hegte und pflegte. Nachts trug er sogar manchmal eine Schnurrbartbinde, damit das Ding am Morgen nicht zerzaust im Gesicht hing. Alle wussten das, obschon er es immer geheim zu halten versuchte. Roy reagierte manchmal ziemlich impulsiv, war aber sonst ein feiner Kerl und durch und durch Patriot.

»Hallo Roy, wie geht's?«

»Danke, besser. Ich habe gehört, dass du beinahe draufgegangen bist!«

»Ich hatte Glück. Svenson hat mich vom Teufelskarren wieder heruntergeholt!«

Roy setzte sich rittlings auf den Stuhl neben meinem Bett.

»Dr. Sanders ist aufgeregt - gibt es Probleme?«

Ich überlegte einen Moment, wie ich anfangen sollte.

»Roy - ist es möglich, dass die Akkumulatoren im Funkhaus in der Saukälte ihren Geist langsam aufgeben?«

Roy dachte kurz nach. »Die Kapazität kann unter diesen Umständen massiv abnehmen. Den Geist werden die Akkus aber nicht aufgeben. Die habe ich selber ausgesucht und aufgebaut.«

»Als ich drüben war, fehlten etwa sieben Amperestunden!«

»Das ist ja gar nicht möglich!«, sagte Roy entrüstet. Er überlegte, und sagte dann nachdenklich: »Wir haben in der Army Versuche in Alaska gemacht. Dort kam es vor, dass sich durch die Atemluft der Funker in den Kabinen die Funkanlagen mit Kondenswasser beschlugen. Da haben wir festgestellt, dass es bei vereinzelten Funktypen zu schwachen Kriechströmen kommen kann. Ich glaube aber ehrlich gesagt nicht, dass das hier bei uns der Fall sein könnte, zumal die Kapazitätsverluste nur äußerst gering wären und wir ja bei uns mit dem Ausschalten die Hauptstromzufuhr unterbrechen.«

Einen Moment lang saßen wir da und dachten nach.

»Hör zu - wenn es dir recht ist, schau ich mir heute die Anlage an«, sagte Roy und stand auf.

»Ich werde mitkommen!«, sagte ich und setzte mich auf die Bettkante.

Im gleichen Augenblick kam Alina zurück. »Was tust du da?«, fragte sie mich erstaunt. »Ich gehe mit Roy ins Funkhaus. Sag niemandem, was wir vorhaben!«

Ich wollte aufstehen, doch Roy drückte mich aufs Bett zurück.

»He - glaubst du, ich könne das nicht alleine?«, sagte er forsch und zwinkerte Alina zu.

Sie lächelte. »So ist er halt!«, sagte sie mit mitleidigem Unterton zu Roy.

»Ich will mit, Roy!«, sagte ich und drückte seine Hand von meiner Schulter weg.

Roy schaute mir in die Augen und sagte ernst: »Ich weiß genau, was in dir vorgeht. Ich habe auch gemerkt, worauf du hinauswillst. Glaube mir - ich befürchte auch Schlimmes, und wenn das wahr ist, was ich und du glauben, dann gnade uns Gott!« Mit diesen Worten verließ er die Krankenstation und verschwand.

»Alina. Wie lange muss ich noch hier herumhängen?«

»Du bist alt genug, um selber Entscheidungen zu treffen!«, antwortete sie etwas beleidigt.

»Du bist die Ärztin - sag mir, was ich darf und was nicht!«

»Du darfst alles tun, was dir keine Schmerzen bereitet. Eines kann ich dir aber ganz genau sagen: Wenn du in deinem Zustand wieder nach draußen gehst, kann ich für dein linkes Auge nicht mehr garantieren!«

»Verbinde mein Auge. Ich habe einiges zu tun!«

Sie wurde böse und schaute mir nicht mehr in die Augen. »Mach doch, was du willst. Ihr Männer seid alle gleich!«

Sie verband mein Auge und klebte dicke Mullbinden darüber. Ich sah aus wie Frankensteins Sohn. Ich schlüpfte mit einiger Mühe in meine Kleidung;. meine Brust schmerzte immer noch. Als ich die ersten Schritte ging, wurde mir übel.

»Wenn du kotzen musst, tu das bitte draußen, klar!«, rief mir Alina nach und schlug die Tür hinter mir zu.

Ich musste - wie noch nie. Das Wenige, was ich im Magen hatte, hätte ich ein Dutzend Mal ausgeworfen, wäre nicht alles bereits beim ersten Mal hochgekommen.

Das Wetter war etwas besser geworden, und der Wind hatte nachgelassen. Ich erreichte das Funkhaus mit einiger Mühe, stieß die Tür auf und sah, wie Roy vor der Funkanlage auf der Holzkiste hockte. Nachdenklich betrachtete er die Anlage, die linke Hand an der Stirn, die rechte mit der Faust in die Leiste gestützt.

»Ich wusste, dass du es nicht lassen kannst!«, war das Erste, was er sagte. Ich merkte seiner Stimme an, dass etwas nicht stimmte. Langsam ging ich auf ihn zu. Er stand auf und öffnete den Kasten mit den Akkumulatoren.

»Hier ist nichts mehr zu machen. Schau dir den Schlamassel an!«

Ich trat näher und sah, dass die Akkus ausgelaufen waren. »Das gibt es doch gar nicht!«, rief ich aus.

Roy schaute mich kritisch an und sagte: »Nein - das gibt es tatsächlich nicht!«

Wir bauten die Akkus aus und stellten fest, dass bei allen im unteren Teil beidseitig der schwache Abdruck eines Werkzeuges festzustellen war. Wir schauten uns fragend an.

»Sabotage - verflucht!«, zischte Roy.

»Was ist hier passiert?«, fragte ich außer mir vor Wut.

»Ich kenne diese Masche. Alter Army-Trick. Wir knackten die Akkus jeweils vor der Entsorgung auf diese Weise, damit wir die Flüssigkeiten separieren konnten. Wenn du hier mit einer großen Zange die Seitenwände zusammendrückst, springt der Gehäuseboden auf und das Zeug läuft aus.«

Wir setzten uns auf die Kiste und starrten wortlos auf die Soße, welche auf den Fußboden tropfte.

»Jetzt wird es sehr eng hier draußen - das kannst du mir glauben!«, murmelte Roy. Er war wütend. Seine Stimme vibrierte.

»Was können wir tun?«, fragte ich.

»Ich sage dir, was wir tun können. Wir haben genau zwei Möglichkeiten. Das nächste Versorgungsflugzeug kommt erst in zwei Monaten. Wenn wir Glück haben, werden die auf der Festlandbasis früher misstrauisch und schicken jemanden hierher - wenn wir Glück haben! Vielleicht sind wir bis dahin aber längst verreckt. Die zweite Möglichkeit ist die, dass wir diesen verfluchten Schweinehund finden und ihm gehörig in den Arsch treten!«

Roy stand auf und wollte aus der Hütte.

»Roy«, rief ich ihm zu, »warte - ich habe da noch etwas. Ich glaube, dass die Sache zu groß ist, um einfach loszurennen und blindlings den Hals zu riskieren!«

Roy drehte sich um und schaute mich fragend an.

»Was soll das heißen?«

»Komm her!«, sagte ich und kramte meinen Zettel aus der Jacke. »Schau dir das an!«

Zuerst schaute Roy fast desinteressiert auf die Namen und Zahlenfolgen. Dann runzelte er die Stirn und schaute mich aus zusammengekniffenen Augen an.

»Wo hast du das her?«

»Spielt keine Rolle. Was ist das?«

»Der Teufel soll mich holen, wenn dies kein alter Code der Army oder der Navy ist!«

»Sagen dir die Namen 'COMA' und 'PAX 2' etwas?«

»'COMA' kommt mir irgendwie bekannt vor. 'PAX 2' sagt mir überhaupt nichts. Woher hast du diese Zahlen?«, fragte mich Roy erneut.

»Ich habe ein Funkgespräch abgehört. Hier auf dieser Anlage. In der Nacht in der ich fast erfroren wäre.«

Roy konnte es nicht fassen: »Die Army auf unserem Notkanal - das glaub ich einfach nicht!«

»Es war nicht der Notkanal!«, sagte ich und nannte ihm die Frequenz, welche ich mir eingeprägt hatte. Einen Moment lang dachte Roy nach.

Dann sagte er kurz und eindeutig: »Weißt du was, ich glaube - nein, ich bin sicher, dass hier etwas abläuft, dessen Ausmaße wir uns nicht im Traum vorstellen können. Weißt du, was das für eine Frequenz ist?« Er schaute mich fragend an, hielt sich beide Hände an den Kopf und senkte dann seinen Blick nach unten.

»Roy, sag mir, was du denkst!«

»U-Boote! Verfluchte U-Boote!« Er ging in der Hütte auf und ab und fluchte vor sich hin.

»Weißt du, wer alles in der Funkstation war?«, fragte ich Roy nach einer Weile.

Er überlegte und sagte, dass einzig Svenson hier gewesen war, um die Akkus zu laden. Dies sei am Vorabend passiert, also am zweiten Abend nachdem ich in die Krankenstation gekommen war. Roy war seit seiner Genesung selber noch nicht hier gewesen.

»Wer ist wohl der Schweinehund?«, fragte Roy.

War es Svenson? Ich glaubte es nicht. Wenn dieser Mann uns tatsächlich, aus welchen Gründen auch immer, loshaben wollte, hätte er mich nicht zu retten brauchen. Er hätte mich erfrieren lassen können.

»Ich weiß es nicht!«, antwortete ich.

Dann ergriff Roy wieder das Wort: »Gib mir den Zettel! Ich werde mal in meinen Erinnerungen wühlen. Vielleicht finde ich irgendetwas heraus.«

Ich nahm einen neuen Zettel und schrieb die Zahlen ab.

»Du traust wohl keinem mehr, was?«, sagte Roy und packte den alten Zettel ein.

»Roy - du musst verstehen, dass ich langsam nicht mehr weiß, wohin uns diese Sache treiben wird. Ich muss vorsichtig sein.«

Roy lächelte und meinte: »Du hast recht. Ich weiß, dass du mir nicht dein volles Vertrauen schenken kannst. Ich kann dir nur sagen, dass ich dir gegenüber ehrlich bin, und dass ich dir vertraue. Obschon - wer sagt mir, dass nicht du der Schweinehund bist?«

Ein kurzes Lachen und er war weg. Typisch Roy!

Wenig später ging zurück in die Unterkunft und vereinbarte mit Roy und Alina, dass vorläufig alles unter uns bleiben musste. In meiner Kabine kramte ich in den versiegelten Unterlagen herum. Ich wusste, dass es da einen Umschlag gab mit der Aufschrift 'Besondere Fälle'. Ich brach das Siegel auf und studierte das Inhaltsverzeichnis. Unter dem Titel 'Sabotagen' erhoffte ich mir, weitere Entscheidungshilfen zu finden, fand die entsprechende Stelle und las: *Bei eindeutig feststellbaren Sabotagen ist unverzüglich die Basisstation zu informieren. Die Meldung hat auf Notfrequenz unter Code 999 zu erfolgen...*

Ich hätte aufschreien können. Toll, wirklich toll. Wie sollte ich die Meldung senden ohne Funkstation?

Der Sturm nahm wieder an Stärke zu. Ich hockte da und überlegte. Irgendeine Kraft befahl mir, die ebenfalls versiegelte Dienstwaffe aus der Kiste zu holen. Ich prüfte den Ladezustand der Pistole und versteckte sie in meiner Kleidung.

Ich legte mich aufs Bett und versuchte, eine Lösung für das weitere Vorgehen zu finden. Erste Priorität hatte wohl der Hauptgenerator. Wir brauchten Elektrizität für die Funkanlage, für das Licht und die Messgeräte. Ich stand wieder auf und ging zu Roys Kabine. Dort klopfte ich an. Roy öffnete die Tür. Mit seiner Lesebrille sah er aus wie ein Professor.

»Hast du schon etwas?«

Er seufzte: »Ich bin mir nicht sicher. Besteht die Möglichkeit, dass ich den Computer von Fernandez benutzen könnte?«

»Du weißt genau, dass Fernandez keinen an seine Kiste heranlässt!«

Fernandez, der kleine Spanier. Kaum grösser als 160 cm, schwarzer Lockenkopf, Brille mit kreisrunden Gläsern, etwas zerstreut, aber immer gut aufgelegt. Er liebte Computer und wurde deswegen auch immer gehänselt. Wenn er wieder die ganze Nacht vor seinem Rechner saß und programmierte, fragten wir ihn jeweils beim Frühstück, wie denn die Frau gewesen sei, welche ihm solche Augenringe verpasst hatte. Alle lachten jeweils. Nur Alina nicht.

Roy dachte kurz nach und wurde wütend: »Hör zu, Kleiner - weißt du eigentlich, wer ab sofort hier auf dieser Station das Sagen hat? Du! Du ganz alleine. Du weißt genau, dass du in dieser Situation die Kontrolle über die Station übernehmen musst. Offiziell und nicht irgendwie im Hintergrund. Mach den Leuten klar, in welcher Situation wir uns befinden, und requiriere den verflixten Computer - samt Fernandez, wenn es sein muss!«

Ich erschrak ein wenig, als Roy das sagte. Und ich mochte es nicht, wenn er mich ‚Kleiner' nannte. Eigentlich hatte er recht. Ich wollte aber den Täter nicht darauf aufmerksam machen, dass wir versuchten, ihn zu finden. Ich teilte Roy meine Zweifel mit.

Er wurde noch wütender: »He - wach gefälligst auf! Wir müssen die Leute sensibilisieren! Die haben ein Anrecht darauf, zu wissen, wie es um sie steht!«

Ich dachte einen Moment nach und sagte dann: »Also gut, Roy. Unter einer Bedingung: Ich möchte mir zuerst zusammen mit dem Mechaniker den Generator anschauen!«

»Tu das - aber tu es schnell, verdammt nochmal!« war die trockene Antwort. Ich öffnete die Tür von Roys Kabine. Beim Verlassen derselben rief er mir nach: »Tut mir leid wegen der Lautstärke, aber du zögerst. Jemand muss dich aufwecken!«

Ich ging geradewegs zur Kantine. Unser Mechaniker saß wieder einmal vor einem großen Bier. Er war wirklich der Einzige, welcher hier draußen regelmäßig alkoholische Getränke konsumierte - dies tat er dafür umso häufiger. Auch zu diesem Zeitpunkt war er wieder ziemlich blau. Ich hatte ihn schon einmal verwarnt, was jedoch wenig nützte. Die anderen hatten sich bereits an seine Alkoholfahne gewöhnt. Er war gertenschlank, fast mager, etwa 180 cm groß, hatte ein schmales Gesicht mit unreiner Haut, eine spitze Nase und extrem abstehende Ohren. Aufgrund seines Lasters waren die Wangen rot und die Augen chronisch glasig. Mit der Baseballmütze, welche er stets verkehrt herum trug, sah er aus wie ein Wiesel. Er bewegte sich auch so, immer nervös und rastlos.

Ich klopfte ihm auf die Schultern und sagte: »Na Eddy, kannst du noch stehen?«

Er schaute mich verwundert an und stand auf.

»He he, du weißt genau, dass ich mich immer voll unter Kontrolle habe!«

»Zieh dich warm an und komm mit!«, sagte ich und ging bereits wieder aus der Kantine.

»Warm anziehen - wofür? Willst du etwa nach draußen?«

»Genau das. Zusammen mit dir. Die frische Luft wird dir gut tun!«, antwortete ich und machte mich auf zum Lampenregal. Ich prüfte zwei Handlampen und wartete.

Alina, welche meine Unterhaltung mit Eddy mit anhörte, kam auf mich zu und sagte: »Bist du noch zu retten? Reicht es nicht, dass du dich selber umbringen willst? Musst du Eddy auch noch mitnehmen?«

Ich schaute sie erstaunt an. »Mir geht es blendend! Ich weiß gar nicht, was du hast!« Sie schaute mich verschmitzt an: »Würdest du einmal tief einatmen und leicht husten?«

Ich blickte sie an und tat, was sie mir sagte. Bereits beim Einatmen spürte ich die tausend Messer in meiner Brust. Als ich dann noch leicht hustete, glaubte ich zu zerreißen. Ich krümmte mich vor Schmerzen. Alina lächelte bloß und ging wortlos weg.

Inzwischen kam Eddy dick eingepackt zu mir. Ich drückte ihm eine Lampe in die Hand.

»Wozu das?« fragte Eddy.

Ich ging wortlos ins Freie und Eddy folgte mir kopfschüttelnd. Ich schlug geradewegs den Weg zum Generatorenhaus ein. Wir hatten den Wind im Rücken und drückten uns die Halteseile entlang. Eddy war ziemlich am Anschlag, als wir das Haus erreichten. »Bist du verrückt? Bei diesem Wetter schickt man ja keinen Hund vors Haus!«

Jetzt reichte es mir. »Eddy - bist du unser Mechaniker oder nicht?«

»Ja schon, aber ...«

Ich fiel ihm ins Wort: »Warum denn um alles in der Welt läuft der verfluchte Generator nicht schon längst wieder?«

Eddy stolperte hinter mir her in die Hütte. »Ich hab es ja versucht«, sagte er leise.

»Du hast es versucht? Großartig! Warum hast du es nicht geschafft? Ich kann dir sagen warum. Mit einem derart hohen Alkoholspiegel im Blut kann man nichts mehr schaffen, da kann man nur noch scheitern - stimmt's?« Plötzlich tat mir Eddy leid. Ich hatte mich vergessen.

Eddy stand da, den Blick zu Boden gerichtet wie ein Häufchen Elend. Leise sagte er: »Glaub mir! Ich habe alles versucht. Ich bin ein guter Mechaniker!«

Ich atmete tief durch. »Ich weiß das, Eddy. Es tut mir leid.« Ich klopfte ihm auf die Schultern. Eigentlich wusste ich genau, dass er ein guter Mechaniker war, aber meine Nerven lagen bereits blank.

Wir öffneten langsam die Abdeckungen des Dieselmotors. Die Maschine war gut gepflegt.

»Eddy, denk nach. Woran könnte es liegen?«

Eddy schaute die Maschine an und erklärte mir, dass der Motor eigentlich laufen müsste. Es sei ihm ein Rätsel. Er habe alle mechanischen Teile, die Kolben, Zylinder, Ventile und dergleichen kontrolliert. Es sei nichts defekt oder ausgeleiert. Ebenso sei der Anlasser intakt. Einzig die Batterien habe er mittlerweile ausgebaut und für Fernandez' Computer ausgeliehen.

Mir war klar, dass ohne diesen Computer die ganze Station wertlos gewesen wäre, und doch konnte ich Eddy nicht ganz verstehen.

»Du hast die Batterien also alle Fernandez gegeben?«, fragte ich.

»Ja. Alle. Sie sind auch bald leer. Mit dem Handgenerator im Funkhaus können wir sie nicht wieder aufladen, weil es eine andere Art Akkumulatoren sind. Wir können sie nur mit dem Hauptgenerator selber aufladen. Dazu müsste er aber laufen.«

Ich brachte nun mehr Verständnis für Eddys Handeln auf.

»Eddy - wie sieht es mit der Treibstoffzufuhr aus?«

»Ich habe Einspritzdüsen und Einspritzpumpe total zerlegt, gereinigt, wieder zusammengesetzt und entlüftet. Da ist alles in Ordnung.«

Wir dachten nach.

»Das Dieselöl!«, platzte ich heraus.

Eddy schaute mich verwundert an: »Das Öl? Was soll mit dem Öl sein?«

»Hast du es geprüft?«, fragte ich.

»Natürlich, die Tanks sind noch halb voll!«

»Nein - ich meine nicht die Menge, sondern das Öl selbst!«

»Daran hab ich nicht gedacht. Was glaubst du?«

Ich wurde aufgeregt. »Eddy, hör zu! Wenn ich dir neues Dieselöl bringe, kannst du dann improvisieren?«

»Ja, natürlich - aber woher willst du das Öl hernehmen?«

Ich packte ihn an den Schultern: »Denk doch mal nach!«

Er schaute mich eigenartig an. Ich konnte mir ein Lächeln nicht verkneifen.

»Die Blecheimer mit der Pistenbefeuerung! Die haben wir doch dazumal mit dem Dieselöl aus dem lecken Fass gefüllt!«

»Ja, das stimmt schon, aber wie willst du bei diesem Scheißwetter die Eimer finden?«

»Du hast recht! Mist!«, musste ich zugeben. Dann kam mir ein Gedanke: »Wo ist das lecke Fass?«

»Natürlich«, sagte Eddy, »da ist ja noch was drin! Es ist in der Werkstatt drüben!«

Wie vom Blitz getroffen stürzten wir aus dem Generatorenhaus und zogen uns an den Halteseilen entlang bis zur Werkstatt. Außer Atem kamen wir dort an und traten die Tür auf. Das Fass war noch da. Mittels Holzkeilen gegen das Wegrollen gesichert, lag es der Länge nach auf dem Boden. Das Leck war oben, zugedeckt mit einem Lappen.

»Was glaubst du, wie viele Liter sind das noch?«, fragte ich Eddy?

Er hob das Fass an einem Ende vom Boden ab und sagte: »Schätzungsweise an die 20 Liter!«

»Wie lange reicht das?«

»Wenn der Generator auf voller Last dreht, vielleicht vier Stunden oder etwas weniger.«

Wir schauten uns an und stopften das Leck mit Lappen voll. Danach zerrten wir das Fass mit vereinten Kräften zurück zum Generatorenhaus. Vollkommen erschöpft erreichten wir den Eingang. Im Innern ließen wir uns auf das Fass fallen und schnappten nach Luft. Meine Schmerzen in der Brust waren fast unerträglich. Eddy hingegen schien wieder nüchtern.

Wir machten uns daran, das Dieselöl in kleine Gefäße abzufüllen. Es war aufgrund der Kälte und trotz der chemischen Zusätze gegen den Frost ziemlich dickflüssig. Eddy entleerte die Einspritzpumpe am Generator erneut, um den mutmaßlich dreckigen Diesel abzulassen, und zog eine Schlauchleitung zu ihr hin. Er befestigte oben einen Trichter, und wir leerten das erste Gefäß mit Öl in den Trichter ein. Unter leisem Gurgeln suchte sich die Flüssigkeit den Weg zur Pumpe. Eddy machte sich daran, die Einspritzpumpe erneut zu entlüften - dies war nötig, da die Pumpe mit eingeschlossenen Luftblasen nicht funktionieren konnte. Jetzt mussten wir nur noch ein Problem lösen, bevor wir starten konnten. Bei dieser Kälte mussten wir die Brennräume mit den Glühkerzen vorglühen um den Treibstoff beim Start besser zünden zu können. Da wir keine Batterien mehr hatten, blieb uns nichts anderes übrig, als unsere Handlampen zu demontieren. Wir schlossen die beiden Batterien in Serie aneinander und bereiteten den Kontakt vor. Im Haus war es fast dunkel. Hätte Eddy die Maschine nicht in- und auswendig gekannt, hätten wir in der Unterkunft neue Handlampen holen müssen. Wir waren bereit. Nach einer kurzen Vorglühzeit wollte Eddy mittels Handkurbel den Motor starten.

»Halt - warte!«, sagte ich und tastete mich zum Hauptschalter an der Wand. Ich unterbrach den Kontakt, weil ich nicht wollte, dass in den Unterkünften plötzlich wieder das Licht brannte und die Leute bemerkten, dass der Generator wieder lief.

Eddy suchte mit der Kurbel den rechten Winkel und drehte. Anfangs tat sich gar nichts. Immer und immer wieder drehten wir die Kurbel. Es war Knochenarbeit. Dann plötzlich sprang der

Motor an. Eddy stieß mich zurück und riss die Kurbel von der Welle.

»Er läuft!«, schrie er und tanzte herum wie ein Kind. Der Motor ruckelte und rüttelte, dass wir glaubten, er würde aus der Verankerung gerissen.

»Was ist das?«, rief ich Eddy zu.

»Keine Angst! Lassen wir die Katze nur ein wenig schnurren!«

Während der Motor langsam warmlief, leerten wir immer wieder kleine Mengen Dieselöl in den Trichter. Eddy holte einen Blecheimer und band ihn auf dem Generatorengehäuse fest. Wir bohrten ein Loch in das Blech und steckten einen Schlauch hinein. Mit etwas Kitt dichteten wir die Ritzen ab. Eddy füllte allen Treibstoff in den Eimer und steckte das Schlauchende von oben her in den Trichter, bis er es schließlich im unteren, engen Bereich festklemmen konnte. Unser Tanksystem funktionierte. Wir stellten die Tourenzahl auf Standgas um und ich beauftragte Eddy, sich im Generatorenhaus einzuschließen und nur mir oder Roy zu öffnen. Ferner sagte ich ihm, dass er genau in zwanzig Minuten den Hauptschalter des Generators drehen sollte.

Ich verließ die Hütte und kämpfte mich zur Unterkunft zurück. Der Generator war draußen im Wind nicht zu hören. Der schwache Ruß, welcher durch den Abgaskamin aus dem Dach des Generatorhauses quoll, wurde vom Wind sofort weggeblasen.

In der Unterkunft ging ich zu Roy. Er war immer noch in seiner Kabine und brütete über dem Zettel. Neben ihm lag ein Papier, auf welchem sich einige Aufzeichnungen befanden. Ich konnte es kaum erwarten, ihm die frohe Neuigkeit zu unterbreiten.

Ganz leise sagte ich: »Er läuft, er läuft!«

Roy schaute mich an, und seine Augen begannen zu glänzen. »Was war es?«, fragte er.

»Jemand hat irgendein Zeug in die Dieseltanks geschüttet. Wir haben aber noch sauberen Treibstoff in der Werkstatt gefunden. Wir müssen sehr sparsam damit umgehen!« Roy quietschte vor Freude und konnte sich kaum halten. »Warum brennt denn das Licht noch nicht?«, fragte er dann fast ein wenig enttäuscht.

»Ich versammle alle Leute in der Kantine. Dies muss in fünf Minuten geschehen sein. Dann, wenn alle dasitzen, wird das Licht angehen. Du musst mir helfen, die Leute zu beobachten. Es werden sich alle über das Licht freuen - nur einer nicht. Den müssen wir herausfinden!«

Ich holte Luft und fragte dann: »Wie sieht's bei dir aus?«

Roy wurde nachdenklich. »Ich habe, glaube ich, etwas. Ich bin aber noch nicht sicher. Die Codeart ist sehr veraltet, ich habe sie seit Jahren nicht mehr benutzt. Ich glaube aber, dass diese Zahlen hier«, er zeigte auf eine der Kombinationen, »eine Uhrzeit darstellen. Diese Zahl wurde von 'PAX 2' quittiert. Etwas anderes habe ich noch nicht.«

»Gut - versteck das Zeug - wir müssen los!« Wir gingen zusammen in die Kantine und ließen alle Leute zu uns rufen.

Als alle versammelt waren, begann ich zu sprechen: »Ich muss euch etwas Wichtiges mitteilen. Aufgrund der Zwischenfälle der letzten Tage befinden wir uns in einer Notsituation. Es kann für alle von uns gefährlich werden. Ich muss davon ausgehen, dass sich unter uns eine Person befindet, welche andere Interessen vertritt. Ich habe die Weisung und die Pflicht, die ganze Station unter meine Aufsicht zu stellen - ihr wisst, dass ich dazu autorisiert bin und dass ich meine Aufgabe ernst nehme. Es steht sehr viel auf dem Spiel. Ich möchte, dass jeder an seinen Projekten weiter arbeitet, schreibe aber vor, dass sich zu keinem Zeitpunkt eine Person alleine in und um die Gebäude bewegt. Nicht mal ins Scheißhaus. Habt Ihr mich verstanden? Ich hoffe es. Ich behalte mir vor, Personen, die diese Regel verletzen, in der Werkstatt in Arrest zu setzen. Ihr wisst, dass ich das darf und auch kann, wenn es nötig sein sollte!«

Die Leute waren sehr erstaunt. Im schwachen Licht der Kerzen sah ich manch misstrauisches Gesicht.

Alina stand auf: »Wie soll ich meine Arbeit als Ärztin verrichten, wenn immer jemand um mich herumschleicht?«

»Du hast nur Arbeit, wenn sich bei dir ein Patient befindet, und in diesem Fall seid ihr ja auch zu zweit! Du wirst auch ab sofort die Patiententoilette in deinen Räumen benutzen!«

Ich war selber über meine Schlagfertigkeit erstaunt. Alina war sprachlos. Sie schüttelte den Kopf und setzte sich wieder.

Ich fuhr weiter: »Einzige Ausnahme von der Begleitregel sind eure Schlafkabinen. Ich werde die Fenster plombieren und behalte mir Stichkontrollen zur Schlafenszeit vor. Hat noch jemand eine Frage?«

Erstaunlicherweise hörte ich außer einem Raunen keine Fragen. Die Leute waren sich offenbar ihrer Situation bewusst und nahmen die Restriktionen in Kauf.

In diesem Moment ging das Hauptlicht an. Roy und ich schauten wie gebannt auf die Gesichter. Die meisten freuten sich, eine Person fiel mir jedoch durch ihre erstaunten Blicke auf. Es war nicht die Freude über das Licht und den funktionierenden Generator, sondern eher das Gesicht eines überrumpelten Mannes. Es war Lukas, ein Mathematiker, welcher mit Spezialberechnungen zu tun hatte und den Geologen half. Lukas war ein unauffälliger, hochintelligenter Typ. Mittelgroß, schlank, kurze braune Haare, unauffälliges Gesicht, dunkle Augen. Er sprach sehr wenig und man sah ihn selten lachen. Er hatte, so sagte man, eine bewegte Vergangenheit. Er tat immer, was man ihm auftrug und meckerte selten. Nur beim Essen war er gnadenlos. Es machte ihm nichts aus, seinen Teller noch voll in die Küche zurückzubringen und sich lauthals zu beschweren.

Ich ließ mir nichts anmerken. Ich erklärte, dass mit dem Treibstoff für den Generator etwas nicht gestimmt hatte, wir jedoch eine Lösung für das Problem gefunden hatten. Ich erklärte den Leuten, dass die Akkumulatoren der Funkstation mutwillig zerstört worden waren, und dass wir nun mit Hilfe des Generators wieder Funkverbindungen erstellen konnten. Die meisten freuten sich darüber.

Fernandez stand auf und fragte: »Wenn der Generator wieder läuft, besteht doch kein Anlass für diese harten Restriktionen!«

Ich vernahm unterstützende Worte von den Leuten. Viele nickten Fernandez zustimmend zu.

»Der Treibstoff wurde absichtlich unbrauchbar gemacht, genauso wie die Akkus im Funkhaus. Ich möchte euch bitten, dass ihr euch darüber Gedanken macht!«

Wieder war es totenstill. Ich war mir bewusst, dass ich mit diesen Informationen das Klima vergiftete, erhoffte mir aber dabei, dass der Saboteur unter Druck geraten und dabei Fehler machen würde. Ich schickte zwei Männer los, um Eddy abzuholen. Ferner sagte ich den Leuten, dass wir Diesel sparen mussten und der Generator nun ausgeschaltet würde. Ich eröffnete meine Absicht, während der Schlafenszeit wieder mit der Basis Kontakt aufzunehmen, sofern die Verbindung zustande kommen konnte. Darauf verließ ich den Raum.

Fernandez rief mir hinterher: »Gilt die Begleitregel für dich nicht?«

Ich drehte mich um und sagte: »Mein Begleiter ist Roy - klar?«

***

Nach der Besprechung begab ich mich sofort mit Roy in dessen Kabine.

»Was glaubst du?«, fragte ich leise.

»Ich denke, Lukas hat sich eigenartig verhalten.«

»Das glaube ich auch. Wir müssen ihn im Auge behalten. Fernandez war auch ziemlich laut, oder?«

»He, für Fernandez lege ich meine Hand ins Feuer. Der könnte keiner Fliege was tun!«, sagte Roy entrüstet.

Ich war mir nicht sicher. »Gut, wir haben zu tun. Wir gehen zu Fernandez und werden seinen Computer kitzeln. Keiner darf aber erfahren, worum es geht!«

Roy packte eines seiner alten Lehrbücher unter den Arm und wir gingen ins Labor von Fernandez. Er war emsig bei der Arbeit.

»Fernandez - wir brauchen deinen Computer!«, sagte ich und zog mir einen Stuhl zum Tisch. Francis, welcher bei Fernandez im Labor war, schickten wir zu den anderen in die Kantine. Fernandez wusste nicht recht, was er von unserer Forderung halten sollte.

»Was wollt Ihr? Meinen Computer? Das geht doch nicht, ich muss Berechnungen machen. Ihr wisst doch, dass ich sowieso schon unter Zeitdruck stehe!«

Roy ergriff das Wort. »Hör zu - wir brauchen dich und deine Maschine. Wenn du nicht freiwillig mitmachst, muss er«, und er zeigte auf mich, »dich einsperren und den Computer beschlagnahmen!«

Ich hätte mich nicht so hart ausgedrückt, aber offenbar zeigte Roys Art ihre Wirkung. »Ich muss aber noch kurz meine Daten abspeichern!« sagte Fernandez und murmelte noch irgendetwas vor sich hin. Nach etwa einer Minute machte er Platz und stand auf.

»Bitte - bedient Euch!«, sagte er verbittert.

Ich wurde wütend: »Fernandez, führ dich nicht so auf! Wir können das nicht ohne dich! Du musst uns helfen!«

»Gut, was soll's - was wollt ihr?«, sagte er überheblich.

Roy legte ihm einen Zettel mit Zahlen auf den Tisch. Ich bemerkte, dass er unsere Aufzeichnungen umgeschrieben und inmitten anderer Zeichen platziert hatte. Clever! Daran hätte ich nicht gedacht.

»Ich möchte, dass du diese Kombinationen auf Regelmäßigkeiten prüfst. Bei der ersten Zahlengruppe dürfte es sich um numerische Codes handeln, bei den anderen um alphanumerische.«

Fernandez schaute uns skeptisch an.

»Versuche, einen Code-Raster herzustellen, welcher vierundsechzig Felder umfasst. Das müsste genügen.«

Dann blätterte Roy in seinem Buch und schlug eine Seite auf. Er riss sie heraus und legte sie Fernandez hin. »Hier ist ein Raster, welches dir vielleicht helfen könnte!«

Fernandez warf einen kurzen Blick auf die Datenfelder und fragte: »Wie viele Stellen darf eine Kombination maximal beinhalten?«

Und so ging es weiter. Ich verstand überhaupt nichts mehr. Roy und Fernandez warfen mit Fachausdrücken um sich und mir wurde klar, dass ich nie ein Mathematiker geworden wäre.

Endlich begann Fernandez, seinen Computer mit Daten zu füttern. Nach etwa einer halben Stunde blickte er zu uns auf und sagte: »Hört ihr wie das Baby arbeitet? Es wird bald Probleme mit der Stromversorgung geben. Die Batterien sind fast leer!«

Ich schickte Eddy mit Hoffmann als Begleiter zum Generatorenhaus. Sie mussten die Maschine anwerfen, um Strom für die Computeranlage zu erzeugen. Nach etwa zehn Minuten ging das Hauptlicht an. Sofort schalteten wir das Ladegerät für die Akkus ein. Der Rechner arbeitete auf Hochtouren.

»Jetzt hat er was!«, sagte Fernandez und drückte ein paar Tasten.

Der Drucker auf dem Nebentisch begann, Zeile für Zeile zu drucken. Es entstand eine Art Muster, ähnlich einem halbfertigen Kreuzworträtsel. Roy stand sofort vor den Drucker, um Fernandez die Sicht zu verdecken.

»Was soll das?«, zischte Fernandez. »Darf ich das Produkt meiner Arbeit nicht einmal betrachten?«

»Nein!«, war die trockene Antwort.

Der Drucker hatte sein Werk beendet. An die zwei Meter lang war der Ausdruck geworden. Roy riss das Papier ab und rollte es zusammen.

»Danke, und nun wirst du alle Daten löschen - klar?«, sagte Roy ernst.

»Gut, werde ich tun.«

Fernandez begann, die Daten zu löschen. Roy schaute ihm genau auf die Finger. Gut, dass er etwas von der Sache verstand.

Wir bedankten uns bei Fernandez und riefen Francis wieder ins Labor. Roy war kaum mehr zu halten. Im Laufschritt ging es zurück in seine Kabine.

»Dieser Teufelskerl hat es geschafft!«, murmelte er und setzte sich an den Schreibtisch. Unterdessen veranlasste ich das Abstellen des Generators. Roy nahm Schablonen und Schreibzeug aus seiner Kiste und begann, Striche und Kreise zu zeichnen. Nach und nach sah der Computerausdruck aus wie ein großes Spinnennetz mit vielen kleinen Kreisen darin.

»Und?«, fragte ich, doch Roy gab mir keine Antwort. Er begann nun, nach und nach einzelne Buchstaben auf ein Papier zu schreiben. Langsam formten sich kurze Wörter.

Plötzlich sprang Roy auf: »Ich hab's - ich hab's!«

»Zeig her!«, sagte ich und beugte mich über den Tisch. Die Meldung von 'COMA' lautete folgendermaßen: *B3 ANGELAUFEN * AUFNAHME S45 / T-04-06 -02 ****

Die Antwort von *'PAX 2'* interpretierte *Roy so: S45 / T-04-06 - 02 ***

Erstaunt über das Gesehene fragte ich Roy, ob er damit etwas anfangen könne.

»Ich habe dir ja gesagt, dass es sich um einen alten Code der Army handeln muss. Der Rest ist ein Kinderspiel!«

Ich verstand immer noch nichts. Doch Roy versuchte, mir den Code zu erklären.

»Also, *'B3'* dürfte die Bezeichnung für einen Plan sein. *'ANGELAUFEN'* versteht sich von selbst. *'AUFNAHME'* bedeutet vermutlich, dass irgendetwas übernommen wird, und 'S45' weist den Sektor zu, in welchem die Übergabe stattfinden soll. Nach dem Schrägstrich erfolgt der Zeitpunkt für die Übergabe. Wie gesagt, eine alte Masche! *'T'* steht für Termin oder Zeit, *'-04'* bedeutet, dass es sich im viertletzten Monat des Jahres, also im September, abspielt. *'-06'* ist der sechstletzte Tag im Monat - wir wissen also nun, dass es der 25. September sein wird. Danach folgt ein Leerschlag, was bedeutet, dass keine Ausweichtage angegeben werden, sondern die Uhrzeit. Wieder zählen wir rückwärts, also 24.00 Uhr. *'-02'* bedeutet also 22.00 Uhr. Die drei Sterne am Schluss verlangen nach einer Kurzquittierung der anderen Station. Kannst du mir folgen?«

Ich nickte wortlos, und Roy setzte seine Erklärungen fort:

»Die Quittung von 'PAX 2' erfolgt vorschriftsgemäß in Kurzform. Mit *'S45'* wird der Sektor und mit den übrigen Ziffern die Zeit quittiert. Die beiden Sterne bedeuten, dass ab sofort wieder Funkstille herrschen soll. Klar?«

Natürlich war mir jetzt klar, was das Ganze heißen sollte. Mir war auch klar, dass wir heute bereits den 23. September hatten. Aber ich hatte keine Ahnung, wo sich der Sektor 45 befand. Roy hatte sichtlich Freude an seinem Erfolg, und ich lobte ihn über alles. Ich spürte in diesem Augenblick, dass zwischen uns ein Band von Freundschaft entstand. Jetzt und hier, in dieser Gefahr, mit der Ungewissheit vor uns.

Wir merkten uns die wichtigsten Daten und schlossen die Unterlagen in Roys Kiste ein. Wieder gab ich den Auftrag, den Generator anzuwerfen.

Roy und ich gingen hinüber ins Funkhaus. Wir wollten herausfinden, ob wir bei dem aufklarenden Wetter einen Funkspruch absetzten konnten. Wir erreichten das Funkhaus etwa zu dem Zeitpunkt, als auch der Generator seine Arbeit aufnahm, und schalteten umgehend die Funkanlage ein. Wir stellten auf Lautsprecherbetrieb um, und Roy begann mit dem Aufruf unserer Basis. Vergeblich. Nach weiteren Versuchen an alle Stationen stand Roy resigniert auf.

»Weißt du was? Da fehlt ein Geräusch!«

Ich schaute Roy verdutzt an und fragte ihn, was er damit meinte.

»Wenn ich hier die Sprechtaste drücke, dann müsste eigentlich das feine Klicken vom Relais des Antennenverstärkers zu hören sein! Ich höre aber nichts!«

Er drückte erneut einige Male auf die Sprechtaste - nichts war zu hören. Sofort begann er mit dem Öffnen der verschiedenen Geräte. Nach einer Weile begann Roy zu fluchen: »Verflixter Mist! Da haben wir's!«

Ich eilte zu ihm hin. Im kleinen Kästchen, in welchem sich das Relais befinden sollte, war außer ein paar abgeschnittenen Drähten nichts mehr zu sehen. Mein Magen zog sich zusammen.

»Was nun?«, fragte ich Roy.

»Ich werde diesen Schweinehund umbringen, wenn ich ihn erwische!«, war seine Antwort. Dann wurde er nachdenklich:

»Weißt du, was mich verwundert? Warum dieser Saboteur nicht das Funkgerät demoliert hat! Es sieht so aus, als wollte er nicht, dass wir über weite Strecken senden können, aber dass das Gerät mit der Normalantenne für kurze Sendedistanzen intakt bleibt.«

Ich dachte nach. »Wie weit kommen wir mit der Normalantenne?«

Roy schaute die Anlage an und sagte: »Bei voller Leistung vielleicht dreißig Kilometer.«

»Weißt du was, Roy? Ich glaube, dass wir den Sektor 45 im Umkreis von dreißig Kilometern suchen sollten. Der Schweinehund wird vermutlich vor der Übergabe noch ein 'OK' senden müssen.«

»Sehr gut kombiniert, Kleiner!«, sagte Roy und holte die Funkkarte.

Da war die Anrede wieder – ich mochte sie noch immer nicht!

Er faltete die Karte auf und zog mit dem Zirkel einen Kreis um unsere Station, welche den angenommenen dreißig Kilometern entsprach. Für mich war diese Karte ein Buch mit sieben Siegeln. Roy jedoch schaute wie gebannt auf die Linien und Kurven.

»Da, da unten!«, sagte er und klopfte mit dem Zeigefinger auf einen bestimmten Punkt der Karte. »Hier im Nordwesten gibt es einen Einschnitt mit Pack- und Treibeis. Zu dieser Jahreszeit müsste es eigentlich möglich sein, mit einem U-Boot aufzutauchen.«

In meinem Gehirn begann es zu rattern.

»Welche Position würdest du angeben, wenn du mit einem Hubschrauber dieses Treibeis überfliegen würdest?«, fragte ich Roy.

Zuerst schaute er mich eigenartig an, wurde dann sehr ernst und beugte sich über die Karte. Nach einigen Handgriffen mit dem Maßstab gab er mir die Position bekannt. Während des

Sprechens wurde er immer leiser und schaute mich schließlich mit großen Augen an.

»Ich weiß was du mir sagen willst!«, sprach er und schlug die Faust auf den Tisch. Unser Hubschrauber hatte sich beim Absturz vor einigen Tagen genau auf der Fluglinie zwischen dieser Position und unserer Station befunden. Der Absturz konnte also kein Unfall gewesen sein.

»Roy! Wir müssen zur Absturzstelle!«, zischte ich und packte ihn an den Schultern. »He, he, langsam! Was glaubst du, was auf der Station passiert, wenn keiner von uns hierbleibt?«

Ich musste ihm recht geben. Wir einigten uns darauf, dass ich mit einem anderen Stationsmitglied zur Absturzstelle gehen würde, und Roy mit meiner Waffe auf der Station bleiben sollte. Den Funkraum schlossen wir mit einer massiven Kette ab, danach arbeiteten wir uns zurück zur Unterkunft. Mein Gehirn arbeitete auf Hochtouren. Ich musste annehmen, dass das Antennenrelais erst in der letzten Nacht oder sogar heute sabotiert worden war. Seit heute galt aber die Begleitvorschrift. Entweder war es bereits nachts passiert, oder es hatten sich zwei Personen als gegenseitige Begleiter gefunden, welche das gleiche Ziel verfolgten. Ich stellte im Geist alle Paare zusammen. Da ich im Hinterkopf immer noch sehr an Lukas dachte, stellte ich seinen Begleiter daneben: Svenson. Lukas und Svenson. Eigenartig - Svenson hatte mir ja das Leben gerettet, und sich in der Kantine auch über das Licht des reparierten Generators gefreut! Aber er war in der fraglichen Zeit auch draußen gewesen. Alina hatte ihn ja gesehen. Da kam mir ein neuer Gedanke. Möglicherweise hatte Svenson draußen nur für Lukas Wache gestanden. Vielleicht war er deshalb nur so kurze Zeit weg? Ich kam nicht weiter!

In der Unterkunft versammelten wir erneut alle Leute in der Kantine.

»Na, wie sieht's aus?«, fragte Francis.

»Ich kann eigentlich nicht mehr sagen, als ihr auch wisst. Einzig kommt noch dazu, dass die Funkanlage nicht mehr funktioniert. Wir haben den Fehler nicht gefunden. Ich werde heute Harrys hinaus zu den Wetterstationen begleiten. Roy übernimmt die Sicherheit auf der Station!«

Ich hörte keine Kommentare und wies Harrys an, seine Sachen bereitzumachen.

Eine Stunde später verließen Harrys und ich die Unterkunft. Das Wetter war wieder um einiges besser - immer noch sehr kalt, aber der Wind war kaum mehr zu spüren. Wir packten die Instrumente von Harrys auf den Motorschlitten und fuhren los. Bei der ersten Wetterstation las er wie gewohnt die Daten ab, maß die Schneetemperatur und packte seine Sachen wieder ein. Als ich wieder losfuhr und mich langsam nach Nordwesten orientierte, klopfte mir Harrys auf die Schulter.

»He, du fährst in die falsche Richtung - wir müssen da lang!«

Ich hielt an und sagte ihm, dass ich noch zur Absturzstelle des Hubschraubers müsse. Ich prüfte seine Reaktion.

Er reagierte nicht, sagte nur: »Wie du willst - haben wir genug Treibstoff?«

Das war eine gute Frage. Ich öffnete den Tank und prüfte den Stand - es reichte aus für diese Fahrt.

Wir fanden die Absturzstelle nur mit großer Mühe. Der Sturm hatte einen Großteil der Bruchstücke verweht oder mit Schnee zugedeckt. Mich interessierten vor allem die Instrumente im Cockpit.

Harrys half mir emsig beim Wegräumen des Schnees. Nach einer Weile fand ich Teile vom Cockpit. Das Armaturenbrett war teilweise gut erhalten. Mich interessierte auch der Rotorkopf, wir fanden aber lediglich Teile der Rotoren - der Kopf war offenbar von den Schneemassen zugedeckt worden. Ich packte alles, was wir finden konnten und einigermaßen transportabel war, in zwei Behälter, welche wir am Motorschlitten festbanden. Als ich ein größeres Kunststoffteil vom Schnee befreite und aufhob, fand ich darunter den toten Piloten - oder besser das, was von ihm übrig war. Die Leiche war angekohlt und kaum mehr wiederzuerkennen. Ich grub weiter und hoffte, vielleicht noch Aufzeichnungen oder Karten zu finden. Leider wusste nur der Sturmwind, wohin er die Sachen getragen hatte.

Da es uns verboten war, Leichen von außen in die Station zu bringen, packten wir den Toten in eine Folie und markierten die Stelle, an welcher wir ihn erneut vergruben. Ich hatte schon viele Tote gesehen, aber dieses Bild würde ich mein Leben lang nicht vergessen. Harrys murmelte zu meinem Erstaunen ein kurzes Gebet, bevor wir wieder zum Schlitten zurückgingen. Ich hatte immer mehr den Eindruck, als könnte ich ihm trauen. Irgendein Gefühl sagte mir, dass der Kerl aufrichtig war.

Als wir etwa eine halbe Stunde später wieder die Station erreichten, fuhr ich geradewegs vor die Unterkunft. Ich wollte, dass alle sahen, dass wir Hubschrauberteile mitgebracht hatten. Harrys, Roy und Fernandez halfen mir beim Hineintragen der Sachen. Wir zogen uns um und teilten uns wieder auf die festgelegten Zweiergruppen auf, dann fing ich zusammen mit Roy mit der Untersuchung der Teile an. Zu diesem Zweck beschlagnahmten wir einen der Sanitätsräume - natürlich zum großen Verdruss von Alina. Dort hatten wir Platz, Wärme und einen großen Tisch zur Verfügung. Zuerst sortierten wir die Teile nach Gruppen und Roy begann, die größeren Stücke zu untersuchen. Eigentlich wussten wir ja gar nicht, wonach wir suchten, und doch gönnten wir uns keine Pausen.

»He«, sprach Roy plötzlich und zeigte auf ein Teil, »weißt du, was das ist?«

Ich verneinte. »Das ist ein Ankerbolzen der Turbinenhalterung. Er ist gebrochen!«

Ich horchte auf. Man konnte die Bruchstelle klar erkennen: ein gerader, sauberer Bruch. Am Rand der Stelle sahen wir eine feine Einkerbung. Die Vermutung lag nahe, dass der Bolzen angesägt worden war. Ich rief Alina und bat sie, mir das Mikroskop einzurichten.

Sie wurde böse: »Der Laborraum ist ein Raum, in welchem Patienten unter möglichst sterilen Bedingungen untersucht werden müssen. Ich kann nicht zulassen, dass ihr diese Räume mit eurem Dreck verseucht!«

Sie wollte uns wieder verlassen, als ich ihr zurief: »Hör mir jetzt genau zu! Wenn du uns nicht bei der Arbeit unterstützt, dann braucht hier so oder so keiner mehr einen sterilen Raum zur Behandlung!«

Ich hatte getroffen. Widerwillig, aber trotzdem mit Eifer montierte sie den Objektträger vom Mikroskop ab. Auf diese Weise hatten wir genügend Platz, um den Bolzen senkrecht darunterzustellen. Sie stellte die Schärfe ein, und ich begann langsam, den Bolzen zu drehen. Es sah aus wie eine normale Bruchstelle, welche unter erhöhter mechanischer Gewalteinwirkung entstanden war; nur die Kerbe am Rand machte mir Sorgen. Ich suchte vergeblich nach Rillen oder Spuren, welche durch eine Säge verursacht worden wären. Roy schaute ebenfalls nach und war sich nicht sicher. Wir riefen deshalb Eddy zu uns, der kurz ins Mikroskop schaute und lakonisch meinte: »Na und, was soll hier sein? Habt ihr noch nie einen gebrochenen Trägerbolzen gesehen?«

Ich wurde aufgeregt: »Eddy, schau dir bitte genau die Kerbe am Rand an!«

»Ich habe sie gesehen. Die ist genau dort, wo sie auch sein muss! In diese Kerbe greift die Sicherungsspange, welche den Bolzen vor dem Herausrutschen bewahrt. Wenn die Kraft zu stark auf den Bolzen wirkt, wird diese Kerbe natürlich zu einer Sollbruchstelle!«

Roy und ich schauten uns an. Unser Kartenhaus brach zusammen.

»Danke Eddy - du bist wirklich ein guter Mechaniker«, sagte ich, und Eddy zeigte große Freude über das Lob, welches ihm zuteilwurde.

Roy und ich arbeiteten bis spät in die Nacht. Wir behalfen uns mit Handlampen, Kerzen und anderen Leuchtmitteln. Gegen Mitternacht, als wir schon fast alles untersucht hatten, demontierte ich den Höhenmesser. Aus der Zeit meiner Arbeit bei der Polizei wusste ich, dass bei Unfallfahrzeugen gelegentlich Abdrücke auf den Skalenblättern entstanden, weil die Nadel des Tachos bei einem Aufprall nach vorne schnellt und die Oberfläche der Skala ganz leicht beschädigt. Auf diese Weise hatten wir früher gelegentlich Rückschlüsse auf die gefahrene Geschwindigkeit beim Aufprall gezogen.

Zuerst demontierte ich das Sichtglas. Darunter fand ich Zugang zu den Walzen mit den Höhenangaben, worüber die feine Skalennadel angebracht war. Ich begann, mit einer Lupe die Skalenwalzen bei der Höhe '0' zu untersuchen, fand zu meiner Enttäuschung aber nichts. Keine Kerbe, keinen Farbabrieb, nichts.

Der Vollständigkeit halber suchte ich die Walzen dennoch weiter ab. Plötzlich sah ich bei der Anzeige unterhalb von hundert Fuß eine kleine Verletzung der Farbschicht.

»Roy, hilf mir mal! Halte den unteren Teil fest!«

Er blickte mich aus seinen übermüdeten Augen an und fragte: »Nicht wieder ein Irrtum?«

Ich wusste es noch nicht. Roy hielt den unteren Gehäuseteil fest, während ich den Skalenteil anpresste. Unter der Lupe war deutlich sichtbar, dass die Skalennadel genau an dem Ort über der Skalenwalze aufhörte, an welchem ich die schwache Beschädigung festgestellt hatte. Ebenso stellten wir fest, dass die Nadel ganz leicht verbogen war.

Ich schaute Roy ernst an und sagte: »Kannst du mir erklären, wie ein Hubschrauber auf knapp hundert Fuß Höhe abstürzen kann?«

Roy schüttelte den Kopf: »Da muss irgendwo der Fehler drin sein!«

Wir begannen also, den Höhenmesser ganz zu zerlegen. Wir hatten eigentlich keine Ahnung, was in das Gehäuse gehörte und was nicht. Doch bei einem kurzen Drahtpaar wurden wir misstrauisch. Es war das einzige, welches ohne Gummimanschette durch das Gehäuse geführt war. Die Enden hingen aus einem - so machte es den Anschein - improvisiert gebohrten Loch im Gehäuse.

»Weißt du, wofür diese beiden Drähte sind?«

Roy wusste es auch nicht. Wir gingen den Drähten nach und trafen dabei auf eine eigenartige Spule, welche um einen kleinen Eisenzylinder gewickelt war. Als wir weiter bemerkten, dass dieser Zylinder unmittelbar unter der Skalenwalze endete und diese dabei fast berührte, wurde uns heiß und kalt. Roy wurde sichtlich nervös und fuhr sich hektisch mit der Zunge über die Lippen:

»Weißt du, dass dies eine Magnetspule sein könnte? Wenn du hier die nötige Spannung anschließt, zieht der Eisenzylinder alles an wie ein Magnet. Da dreht sich die Skalenwalze keinen Millimeter mehr weiter!«

So wie es den Anschein machte, musste diese Spule nachträglich eingebaut worden sein - wir konnten uns ihren Zweck zur Funktion des Höhenmessers nicht erklären. Irgendwoher musste die Spule auch mit Strom versorgt worden sein; dann musste der Stromkreis durch irgendeinen Kontakt und zu einem bestimmbaren Zeitpunkt geschlossen sein, damit die Spule ihren Zweck erfüllen konnte. Wir brüteten über dem zerlegten Gerät und versuchten, den Hergang im Hubschrauber zu rekonstruieren.

Der Absturz hatte sich auf dem Rückflug vom Treibeis zur Station ereignet. Die Sicht um die Station war während der Abwesenheit des Hubschraubers immer schlechter geworden. Wir versuchten nun den Flug zu rekonstruieren, und fanden Teil für Teil zur Lösung unserer Fragen. Schließlich kristallisierte sich etwa folgender Sachverhalt heraus: Der Pilot hatte die Station verlassen, als die Sicht noch recht gut gewesen war. Er war direkt auf das Treibeis zugeflogen, wo er vermutlich eine Entdeckung gemacht hatte, worauf er sofort umdrehte und zur Station zurückfliegen wollte. Normalerweise fanden zwischen der Station und dem Hubschrauber keine Funkgespräche statt, es sei denn, etwas Wichtiges wäre zu melden gewesen. Genau dies mussten wir aber annehmen. Vermutlich war die Stromversorgung für den Sprechfunk mit der Magnetspule gekoppelt worden. Der Pilot flog auf dem Rückweg bei immer schlechter werdender Sicht, er musste sich also nach Höhenmesser und Kompass orientieren. Während des Sendens der Nachricht war der Höhenmesser wohl wegen der aktivierten Magnetspule auf einer bestimmten Höhe stehengeblieben. Während dieser Zeit musste der Hubschrauber immer weiter an Höhe verloren haben, bis er schließlich auf dem Eis zerschellte.

Folgende Punkte interessierten uns also: Wer hatte über die Wettersituation und die schlechter werdende Sicht Bescheid gewusst? Wer hatte das letzte Funkgespräch mit dem Piloten geführt, und was worüber wurde gesprochen? Wurde das Funkgespräch künstlich in die Länge gezogen, um den Absturz durch das Stilllegen des Höhenmessers zu provozieren? Gab es eine andere Möglichkeit, die Spule zu aktivieren, außer über das Funkgerät? Wir glaubten, die letzte Frage eindeutig mit 'nein' beantworten zu können.

Betreffend Wetterlage wusste Harrys am ehesten Bescheid. Die anderen Fragen galt es so rasch wie möglich zu beantworten - dazu war aber noch viel Ermittlungsarbeit nötig.

Wir gingen zu Bett, und ich dachte viel über all die offenen Fragen nach, bevor ich endlich einschlafen konnte. Wir waren sehr früh wieder auf den Beinen: Um 05.00 Uhr weckten wir die anderen Leute und versammelten sie in der Kantine. Wir stießen natürlich nicht auf Begeisterung.

»Hört zu. Ich entschuldige mich für die ungewöhnliche Tagwache, wir haben noch einige Fragen offen. Ich hoffe auf eure Kooperation, denn unsere Zeit wird langsam knapp!«, sagte ich zum Auftakt.

Dann meine ersten Fragen zu Harrys: »Erinnerst du dich an den Tag, an dem der Hubschrauber abstürzte?«

»Natürlich! Wer erinnert sich nicht daran!«

»Hast du dem Piloten mitgeteilt, dass schlechte Sicht aufkam?«

»Nein, habe ich nicht. Das war auch nicht meine Aufgabe. Ich hänge jeden Morgen die neueste Wetterkarte im Büro auf. Der Pilot hätte sich informieren können!« Das war ein Argument.

Ich wusste nicht genau warum, aber ich hegte gegenüber Harrys nach wie vor keinen Verdacht.

»Gut. Eine Frage an alle: Wer war am Funkgerät, als der Pilot ausflog?«

Nach einigem Zögern meldete sich Lukas: »Ich. Ich war das. Ich wurde dazu eingeteilt.«

Schon wieder Lukas. Allmählich kam mir das Grauen.

»Lukas - wie lange dauerte der letzte Funkkontakt?«

»Ich weiß nicht mehr genau. Vielleicht eine Minute oder etwas mehr.«

Als er dies sagte, warf er Svenson einen eigenartigen Blick zu. Ich bemerkte, dass auch Roy unruhig wurde.

»Welche Mitteilung machte der Pilot?«

Lukas warf wieder einen Blick zu Svenson und sprach dann ruhig: »Wir haben nichts verstanden. Die Verbindung war sehr schlecht!«

Etwas Verräterisches hätte Lukas nicht sagen können. Ich bemerkte auf seiner Stirn kleine Schweißperlen.

»Was soll die Fragerei?«, zischte er.

»Irgendwo muss ich ja anfangen«, antwortete ich kühl.

Einen Moment lang dachte ich darüber nach, wie es weitergehen sollte. Dann ergriff Roy das Wort.

»Der Hubschrauber wurde bewusst zum Absturz gebracht. Sabotage! Einer von euch spielt ein überaus dreckiges Spiel! Ich weiß nicht, welches und für wen, aber eines weiß ich sicher: Ich werde den Schweinehund umbringen - und wenn es das letzte ist, was ich auf dieser Welt tue!«

Ich gab Roy ein Zeichen und wir verließen den Raum. Beim Herausgehen rief ich den Leuten zu, dass sie sich nochmals schlafen legen konnten.

Wir gingen umgehend zum Aktenschrank, schlossen ihn auf und schauten uns die alten Diensteinteilungen an. Wie wir befürchtet hatten, waren die Einteilungen für den Tag des Absturzes von Svenson angefertigt worden.

Roy war kaum mehr zu halten: »Die beiden spannen also zusammen!«

»He, Roy - es ist noch nichts bewiesen! Reiß dich zusammen!«

»Was willst du denn noch?«, presste Roy hervor und ballte seine Hände zu Fäusten. Er wirkte furchterregend. Seine Halsmuskeln waren angespannt, und seine Adern an den Schläfen traten hervor. Ich holte ihn mit meiner Antwort wieder auf den Boden zurück.

»Wenn wir jetzt zuschlagen, werden wir den Grund für die ganze Schweinerei nie erfahren!« Ich versuchte, meine Sinne beisammen zu halten. »Wir brauchen die Personalakten der beiden!«

Im Zimmer verschanzten wir uns und brüteten über den Papieren. Roy studierte Svensons Akte: »'Svenson Eric, 43 Jahre, Physiker, Abschluss in Oslo, später Angestellter des ASM Nuclear Laboratory Nevada, Projektleiter in der Wiederaufbereitungsanlage, Zusatzausbildung in Elektronik und Photovoltaik mit erneutem Abschluss. Nach weiteren sieben Jahren im Forschungszentrum von Massachusetts Kündigung des Arbeitsverhältnisses und Neuanstellung bei Polaris Inc., umgehende Bewerbung auf Station ARC1'. Das war erst vor sieben Monaten!«

Roy machte eine Pause und schaute mich an. Ich nickte ihm zu, und er las weiter: »'Unverheiratet, keine Kinder, ein Bruder namens Dolf Svenson. Vor dreißig Jahren im Alter von zwölf, in die Staaten ausgewandert, besitzt seit seinem siebzehnten Altersjahr die amerikanische Staatsbürgerschaft, darauf...'«, Roy stockte, bevor er weiterlas, »'... Dienst und Laufbahn in der US-Navy bis zum Grad eines Majors. Zugeteilter Standort zum Bewerbungszeitpunkt von Svenson: U-Boot-Stützpunkt Hudson.'« Wieder schauten wir uns an. Ganz leise, als ob es keinen mehr interessieren würde, las Roy den Rest vor: »'Keine Vorstrafen, keine körperlichen Gebrechen, und so weiter und so weiter!'« Roy blickte auf und brummte: »Nummer eins hätten wir, oder?«

Ich nickte zustimmend und begann Lukas' Dossier vorzulesen: »'Lukas Leo, 49 Jahre, Abschluss in Harvard, Doktor in Mathematik, wurde nach Vietnam eingezogen, zwei Ablösungen, verschwand im Grad eines Sergeants für drei Monate im Dschungel, Beurlaubung nach Rückkehr. In den Staaten Anstellung im Militärforschungszentrum Prescut, zuständig für Ballistik, Umlaufbahnberechnungen und entwickelte Computerprogramme zur Berechnung von Gravitationsänderungen unter dem Einfluss erhöhter Zentrifugalwerte. Lückenloses Arbeitsverhältnis bis...'«, ich musste mich fast übergeben, »'... vor sieben Monaten. Bewerbung bei der Polaris Inc. und Aufnahme ins Angestelltenverhältnis. Umgehende Bewerbung auf ARC1.'« Wortlos saßen wir da und blätterten all die Beilagen durch. Gescheite Köpfe hatten wir da erwischt. Wir tauschten die Akten untereinander aus, um ganz sicherzugehen, dass keinem von uns eine Eintragung entgangen war. Bei der Rubrik 'Empfehlung durch' stand bei beiden Männern, 'Aufgrund der Qualifikationen und Referenzen aus früheren Tätigkeiten scheint der Bewerber für die vorliegenden Aufgaben geeignet'.

Trotz unseres dringenden Verdachts sahen wir auch noch die Dossiers der anderen Leute durch, um auszuschließen, dass noch weitere in Frage kamen.

Wir dachten darüber nach, was der Grund für das Verhalten der Männer sein könnte. Wir wussten, dass am folgenden Tag, abends um 22.00 Uhr, eine Übergabe stattfinden sollte. Wir vermuteten, dass dies beim Treibeis mittels U-Booten geschehen würde, wussten aber natürlich noch nicht, worum es ging.

»Der Grund für unsere Probleme muss einen Zusammenhang mit der Bewerbung der beiden vor sieben Monaten haben!«, sagte ich und zog einige Schubladen des Archivs heraus.

»Was suchst du?«, fragte Roy.

»Die Tagesjournale aus der Zeit vor sieben Monaten!«, sagte ich und begann zu wühlen.

»Verfluchte Sauordnung!«, zischte ich, als ich bemerkte, dass ein rechtes Durcheinander herrschte. Ich packte einen Stapel Papiere, deren Datum bis etwa einen Monat vor dem Anstellungszeitpunkt zurückreichten. Ich fand nur alltägliche Einträge wie Niederschlagsmengen, Windstärken, Ergebnisse der Eisproben, aber auch Revisionen von technischen Geräten und mehr, alles sehr detailliert aufgezeichnet.

»Eigentlich erstaunlich, dass die einzelnen Scheißhaus-Zeiten nicht aufgeführt sind!«, rutschte es mir über die Lippen.

Roy schmunzelte kurz und schnappte sich auch einen Stapel Papiere. Wir hockten mindestens eine Stunde da und lasen. Dann fand ich einen Eintrag mit einem Datum vor siebeneinhalb Monaten:

»'... zeigten die seismologischen Messgeräte erhöhte Aktivität an ... mit Zentrum nordwestlich der Station ... keine Folgeaktivitäten festgestellt ... handelte es sich vermutlich um abrupte Eisbewegung in der Trennzone zum Packeis...'« Unterzeichnet war der Eintrag von Francis, dem Geologen.

Ich schnellte auf wie eine Feder. Roy zuckte zusammen.

»Was ist los? Hast du etwas?«

»Vielleicht, vielleicht!«, zischte ich.

Roy wusste nicht so recht, was mit dem Journaleintrag anzufangen war. Ich ging im Zimmer auf und ab. Plötzlich knallte mir eine Idee ins Gehirn.

»Roy - hör zu - denk scharf nach! Was kommt dir in den Sinn, wenn du folgende Angaben hörst: Physiker, ASM Nuclear Laboratory, Photovoltaik, Mathematiker, Gravitation, Ballistik, Umlaufbahnberechnungen?«

Roy dachte nach. Etwas verunsichert fragte er:

»Was genau versteht man unter Photovoltaik?«

»Ich glaube, dass dies etwas mit der Erzeugung von elektrischer Energie, gewonnen aus Licht, zu tun hat. Solarzellen und dergleichen.«

Roy schaute mich an, nickte und sagte: »Raketen, oder?«

»Genau - Herrgott noch mal! Satelliten!«

Ich stand auf, packte alle Akten weg und rannte auf den Flur. Roy folgte mir wortlos. Ich polterte an Francis' Kabinentür. »Francis, Francis, mach auf!«

Etwas verschlafen öffnete Francis die Tür. Die Luft roch abgestanden.

»Was ist nun schon wieder?«, fragte er und gähnte.

Wir traten ein und schlossen die Tür hinter uns.

»Francis, du hast vor gut sieben Monaten einen Journaleintrag verfasst, in dem erhöhte seismologische Aktivität festgestellt wurde. Erinnerst du dich?«

Francis dachte kurz nach und sagte dann: »Ja, das war eigenartig. Ich hatte eigentlich nur eine Hauptwelle mit den passenden Nachschwingungen. Kein Erdbeben, das steht fest.«

»Was könnte es gewesen sein?«

»Ich habe, wenn ich mich recht erinnere, annehmen müssen, dass es sich um eine kurze Bewegung in der Eiszone handelte. Also, ehrlich gesagt, wusste ich es auch nicht genau. Ich habe letztmals eine solche Wellenform während meines Studiums gesehen, es war aber lediglich eine Simulation im Labor. Damals wurde der Einschlag eines kleinen Meteoriten simuliert. Wenn wir nicht hier draußen wären, hätte ich auch im vorliegenden Fall von einem Meteoriteneinschlag ausgehen müssen. Hier ist es aber fast unmöglich, dass ein Meteorit einschlagen kann.«

Mir wurde warm. »Francis - ist es möglich, dass es sich um einen Satelliten handelte?«

Francis dachte einen Moment nach. »Ja, eigentlich schon - warum nicht?«

Dann schaute er uns plötzlich an.

»Glaubt ihr - also ich meine - könnten vielleicht - nein - ...«

Ich unterbrach ihn: »Ja, Francis, du bist ein sehr kluger Kerl und kannst schnell kombinieren. Wir müssen annehmen, dass unser Unglück hier auf der Station mit diesem Satelliten zusammenhängt.«

»Wer ist das Schwein?«, fragte er ernst.

»Wir müssen annehmen, dass es sich um Svenson und Lukas handelt.«

»Svenson? Seid Ihr übergeschnappt? Er ist absolut integer und ein flotter Kerl!«

»Das haben wir auch geglaubt. Wir bitten dich, absolutes Stillschweigen zu bewahren. Klar?«

»Natürlich!«, sagte er. Beim Verlassen der Kabine hörten wir ihn fluchen wie ein Henkersknecht.

Zusammen mit Roy ging ich in dessen Kabine zurück.

»Wir müssen alle vertrauenswürdigen Personen auflisten. Möglicherweise gibt es noch mehr Verräter unter uns!«, sagte ich und packte einen Schreibblock.

»Roy – wir haben die Akten gecheckt, oder? Haben wir etwas übersehen?«

»Ich sage Alina, Eddy, Francis, Fernandez, Harrys, du und ich. Da bleiben Hoffmann, Lukas, Svenson, Lee und McLaughlin.«

Lee und McLaughlin waren mit der Küche und dem leiblichen Wohl betraut. Sie bewegten sich kaum draußen und waren beide über fünfzig.

»Glaubst du wirklich, dass Hoffmann etwas mit der Sache zu tun haben könnte?«

»Ich weiß es nicht. Fragen wir doch Francis. Er ist sein Berufskollege und die kennen sich von früher!«

Wir gingen also zurück zu Francis. Er saß immer noch so auf der Bettkante, wie wir ihn verlassen hatten.

»He, Francis - was hältst du von Hoffmann?«

»Hoffmann? Was soll denn das nun wieder? Er ist mein Freund! Wir haben schon zusammen im Sandkasten gespielt, waren in der Schule zusammen, studierten an der gleichen Universität und meldeten uns zusammen auf ARC1. Wir hatten sogar einmal die gleiche Frau, falls euch das interessiert!«

»Schon gut. Wenn du für ihn bürgst?«

»Natürlich bürge ich für ihn. Der Teufel soll mich holen, wenn mich Hoffmann hintergangen hat!«

Francis' Vehemenz war eindrücklich und beruhigte uns. Lukas und Svenson waren also die Wölfe! Und wenn wir nicht schleunigst etwas unternahmen, waren wir die dummen Schafe, welche blökend und jammernd zusahen, wie sich die Wölfe durch die Herde fraßen!

***

Wir mussten eine Möglichkeit finden, die beiden Kerle zu isolieren. Eigentlich war die Verhinderung der Übergabe momentan nur zweite Priorität für mich - ich wollte nur nicht, dass die ganze Station dran glauben musste. Und genau dies hatten die beiden offenbar vor. Aus irgendeinem Grund durfte es keine Zeugen mehr geben. Andererseits wusste ich, dass die Polaris Inc. vom Staat unterstützt und betreut wurde - ich konnte mir also nicht vorstellen, dass die Regierung hier irgendetwas verbergen und dabei eine Station samt Besatzung opfern würde. Aus meiner Sicht konnte es sich nur um eine Geheimdienstaktion oder eine

Aktion von 'Piraten' handeln. Leute also, welche an wichtigen Stellen das Sagen hatten und den Auftrag mit dem Ziel durchführten, den Staat zu hintergehen. Vielleicht auch, um etwas zu vertuschen. Wir hatten demnach dennoch auch die moralische Pflicht, diese Übergabe zu verhindern, da sich diese offenbar gegen den Staat und dessen Interessen richtete.

Ich rief alle Leute zusammen und erklärte ihnen, dass ich zwei Freiwillige suchte, um weitere Hubschrauberteile zu bergen und auch den toten Piloten in die Nähe der Station zu bringen. Zuerst meldete sich niemand.

Dann erhob Svenson die Hand und sagte: »Ich hab schon lange nichts Nützliches mehr getan und bin diese Herumsitzerei leid.«

»Wer geht mit?«, fragte ich und wusste genau, wer sich melden würde. Scheinbar widerwillig hob auch Lukas die Hand:

»Wann soll's losgehen?«

»Morgen früh um sieben! Die Bergung des Piloten hat erste Priorität. Ich will, dass ihr zuerst ihn ausgrabt und auf den Zusatzschlitten bindet. Danach macht ihr euch auf die Suche nach Hubschrauberteilen! Um elf Uhr seid ihr wieder hier. Den Piloten begrabt ihr bei der nächsten Wetterstation im Nordosten, wo ihr auch wieder eine Markierung setzt!«

»Alles klar«, sagte Lukas.

»Ihr zwei geht jetzt hinaus und bereitet den Motorschlitten vor, damit ihr morgen sofort losfahren könnt!«

Sie verließen die Kantine, um sich anzuziehen. Währenddessen erzählte ich den restlichen Leuten belangloses Zeug, bis ich sicher war, dass sich Lukas und Svenson draußen befanden. Darauf versuchte ich der restlichen Belegschaft so kurz wie möglich zu erklären, was wir alles herausgefunden hatten. Ich bat sie, zu schweigen und für weitere Anweisungen bereit zu sein. Danach rief ich Alina ins Sanitätszimmer.

Roy, Alina und ich betraten den Raum wortlos. Alina war sehr verstört, es war offenbar alles ein wenig viel für sie.

»Alina - was kann ich tun, um mich ohne Bewegung vor Kälte zu schützen?«, fragte ich. Sie reagierte kaum. Roy legte seine Hand auf meine Schulter und fragte: »Hör mal, was sollte das Theater mit dem toten Piloten? Und was soll die Frage wegen der Kälte?«

»Setzt euch!«, sagte ich und begann, meinen Plan zu erklären.

»Roy, du und ich fahren morgen früh zum toten Piloten. Dort werden wir ihn ausgraben und aus der Folienhülle nehmen. Stattdessen werde ich in die Hülle schlüpfen, und du wirst mich wieder vergraben - irgendwie so, dass ich noch atmen kann. Wenn Lukas und Svenson auftauchen, werden sie mich auf den Zusatzschlitten binden und einige Hubschrauberteile einsammeln, welche da herumliegen. Danach - und davon bin ich felsenfest überzeugt - werden sie zum Treibeis fahren und alles für die Nacht vorbereiten. So eine Gelegenheit haben sie sich doch schon lange erhofft. Auf diese Weise erfahre ich vielleicht, wo und wie die ganze Sache um 22.00 Uhr ablaufen soll!«

»Du bist total verrückt! Warum sperren wir die beiden nicht einfach ein?«, fragte Alina. Einen Augenblick dachte ich über diese Möglichkeit nach. Dann sagte ich: »Ich befürchte, dass unsere Station auf einen Schlag ausgelöscht werden soll. Das geht nur, wenn die beiden Schurken die Station irgendwie präpariert haben. Bislang konnte ich weder Sprengsätze noch sonst irgendwelche Hinweise finden. Vielleicht erfahre ich unterwegs mehr.«

Roy blickte mich nachdenklich an. »Wenn du erfrierst oder die beiden merken, dass du in dem Leichensack steckst, kannst du die Tüte gleich anbehalten!«

Ich war mir dessen bewusst, sah aber keine andere Möglichkeit.

»Alina, kannst du mir helfen?«

»Ich glaube nicht. Du kannst dich ja nicht mit Bewegung warmhalten, weil sie es sonst bemerken! Ich kann dir höchstens ein Herz- und kreislaufstärkendes Mittel spritzen. Dies hat aber den Nachteil, dass deine Körpertemperatur um mindestens ein Grad ansteigen wird. Dadurch kühlt sich dein Körper auch schneller wieder ab. Ich kann nicht sagen, ob es demzufolge überhaupt etwas bringt!«

»Gut, Alina. Ich werde alles anziehen, was ich finden kann.«

An diesem Abend herrschte eine angespannte Atmosphäre in der Kantine. Es war ein eigenartiges Gefühl - alle wussten Bescheid, durften sich aber nichts anmerken lassen. Roy spielte sogar Karten mit Svenson. Wie er sich dazu überwinden konnte, ist mir heute noch ein Rätsel. Begreiflicherweise gingen alle früh zu Bett. Roy und ich schlichen, nachdem es ruhig wurde, nochmals nach draußen und machten den kleinen Motorschlitten bereit. Wir schoben ihn etwa 300 Meter weit von der Station weg und deckten ihn mit einer Plane zu. Danach kehrten wir in die Unterkunft zurück und legten uns in die Betten. Ich konnte kaum einschlafen und musste die ganze Nacht drüber nachdenken, wie wohl der folgende Tag ablaufen würde.

Der Morgen kam schneller, als uns lieb war. Gegen fünf Uhr standen wir auf. Ich stopfte kalorienreiche Nahrung in mich hinein, als ob es das letzte Mal wäre. Wir mussten leise sein. Um sechs Uhr waren wir umgezogen und bereit; ich hatte so viel angezogen, dass ich kaum mehr gehen konnte. Wir stahlen uns heimlich aus der Station. Das angebrauchte Essgeschirr versteckten wir im Putzkasten. Der Weg zum Motorschlitten war mühsam, der Wind blies wieder um einiges stärker als am Vorabend; dies kam uns diesmal aber nur zugute. Wir hatten eine große, weiße Plane am Motorschlitten festgemacht, welche wir hinter uns herzogen, wodurch wurden die Spuren des Schlittens geglättet und fast unsichtbar wurden. Den Rest besorgte der Wind. Wir kamen gut voran: Gegen halb sieben Uhr waren wir beim Piloten.

»Bist du nicht von deinem Plan abzubringen?«

Ich schüttelte wortlos den Kopf und begann, den Piloten auszugraben. Nach wenigen Minuten war es soweit. Als wir die Folienhülle öffneten, drang der Gestank in unsere Nasen. Furchtbar, trotz der tiefen Temperaturen.

»Ich sollte dich davon abhalten!«, sagte Roy und drehte sich mit dem Rücken zum Wind. »Würdest du da hineinschlüpfen für mich?«, fragte ich zurück.

An Roys Gesichtsausdruck erkannte ich, dass er es niemals getan hätte. Wir zogen den Piloten heraus und rieben das Innere der Folie mit Schnee aus. Danach klopften wir alles weg und ich schlüpfte hinein. Roy zog den Reißverschluss bis auf wenige Zentimeter zu. Bevor er mich wieder mit Schnee zudeckte, öffnete ich mein Taschenmesser und steckte es in den Gurt meiner Jacke. Die Pistole entsicherte ich und steckte sie ebenfalls griffbereit in den Gurt.

»Lass mir genug Luft!«, rief ich Roy zu.

»Wenn das nur gut geht!«, war seine Antwort, und ich spürte, wie Roy Schaufel um Schaufel des Schnees auf mich warf. Nachdem ich mich kaum mehr bewegen konnte, wurde es still. Roy sagte noch irgendetwas, was ich aber nicht verstehen konnte. Dann hörte ich das Brummen des Motorschlittens leiser werden. Ich war allein. Noch nie in meinem Leben hatte ich mich so einsam gefühlt. Es war totenstill. Ich hörte nur meinen Herzschlag in den Ohren und meinen eigenen Atem - sonst war da gar nichts. Anfänglich hatte ich das Gefühl, dass ich die Kälte gut aushalten konnte, meine Füße waren warm und ich hatte genügend Atemluft. Wenig später war ich aber bereits nicht mehr so überzeugt. Die Kälte fing zuerst bei den Beinen an, durch die vielen Stoffschichten zu dringen. Langsam, langsam stieg sie in den Unterleib hoch und floss gleichzeitig nach unten in die Stiefel. Schließlich spürte ich die Kälte im Brustkorb, und meine lädierten Lungen meldeten sich zurück. Das Stechen wurde immer unerträglicher. Die Zeit schien mir endlos zu sein. Schließlich drehte ich fast durch und entschloss mich, das kalte Grab zu verlassen und irgendwie zur Station zurückzufinden. Ich bewegte meinen unterkühlten Arm mit der klammen Hand zum Taschenmesser und wollte den Leichensack aufschneiden. In diesem Moment hörte ich das Brummen eines Motors. Es wurde lauter und lauter: der große Motorschlitten! Jetzt ging es los! Sofort steckte ich das Messer in den Gurt zurück und lag ganz still da. Ich bemerkte, wie jemand den Schnee von mir wegschaufelte. Einmal wurde mir die Schaufel so stark in die Seite gerammt, dass ich fast aufgeschrien hätte. Ich biss mir auf die Lippen und schluckte den Schmerz herunter. Dann hörte ich die erwarteten Stimmen:

»Müssen wir diesen Kerl wirklich mitnehmen?«

»Natürlich! Denk doch mal nach. Wenn wir es nicht tun und heute Nacht irgendetwas schiefgeht, könnten wir nicht einmal zurück zur Station!«

»Es muss klappen! Wir können sowieso nicht mehr zurück - wir hätten ja nichts zu fressen mehr!«

Als Lukas das sagte, hatte ich die Lösung auf eine meiner Fragen. Die hatten irgendeine Schweinerei mit den Lebensmittelvorräten im Sinn! Also keine Sprengladungen und dergleichen, sondern mithilfe der Lebensmittel - oder eben ohne Lebensmittel - wollten sie uns auflaufen lassen. Vernichten oder vergiften! Ich spürte die Kälte nicht mehr. Mein Herz schaufelte Blut, dass es nur so rauschte. Als mich die Männer freigelegt hatten, schoss mir das Adrenalin in die Adern. Jetzt kam der schwierige Teil: Ich musste wie steif gefroren sein, wenn sie mich aufluden. Einer packte das untere Ende des Sackes und zog mich aus der Vertiefung. Dann packte auch der andere zu - dieser griff nach dem Kopfende des Sackes und erwischte dabei auch meine Mütze und ein Büschel meiner Haare. Es schmerzte höllisch, als mich die beiden hochhoben, ich blieb aber steif wie ein Brett. Sie warfen mich so achtlos in den Zusatzschlitten, dass ich mit dem Kopf aufschlug. Ich fluchte in mich hinein und schwor mir ewige Rache für dieses pietätlose Verhalten. Ich kam auf der Seite zu liegen, und durch das kleine Loch beim Ende des Reißverschlusses konnte ich die Beine von einem der beiden Männer sehen. Ich war kaum festgebunden. »Svenson, such dir ein paar Hubschrauberteile und leg sie da drauf!« »Muss das auch noch sein?«, fragte Svenson genervt. »Natürlich - du weißt, der Tag ist noch lang. Die dürfen nichts merken, wenn wir zurückkommen«, war Lukas' Antwort. Wenig später knallten mehrere Eisen- und Kunststoffteile auf meinen Körper. Ich wartete sehnlichst darauf, dass die beiden Männer endlich losfahren würden; ich musste mich dringend ein wenig bewegen! Während der Fahrt würde das am wenigsten auffallen. Dann ging es los: Ohne Rücksicht auf den 'Toten' im Anhängerschlitten rasten die beiden über den Schnee. Nach wenigen Minuten Fahrt hielten sie wieder an. Svenson und Lukas stiegen ab und gingen geradewegs auf einen Schneehügel zu. Ich hatte Glück und konnte die ganze Vorstellung durch das Loch im Sack mitverfolgen: Beim vermeintlichen Schneehügel handelte es sich, wie ich nun sah, um eine weiße Plane, welche im Schnee verspannt war und irgendetwas zudeckte.

Die Männer lösten die Plane auf einer Seite und legten etwas Graues, Mattglänzendes frei. Es war, wie ich annehmen musste, der abgestürzte Satellit, oder vielmehr, was davon übriggeblieben war. Am rechten Ende konnte ich eine Art Düse ausmachen, weiter oben eine zertrümmerte und stark verkohlte Vorrichtung - vermutlich für Solarzellen. Am stark geschwärzten Gehäuse waren deutlich Keramikkacheln zu sehen, wie sie auch bei Space Shuttles verwendet wurden, um vor der Hitze beim Wiedereintritt in die Erdatmosphäre zu schützen.

Die beiden Männer lösten eine weitere Plane vom Boden, welche ich zuvor gar nicht bemerkt hatte. Da lagen sie - die vier Blechkisten, welche wir in der Station vermisst hatten! Die Männer begannen, diverse Einzelteile in die Kisten zu verpacken. Einige Teile wurden vom Hauptwrackteil demontiert und ebenfalls eingepackt. Das große Hauptstück wickelten sie in die große, weiße Plane und schnürten das Ganze gut zusammen. Die gefüllten und wieder verschlossenen Blechkisten wurden wieder zugedeckt. Lukas und Svenson betrachteten ihr Werk und kamen wieder auf mich zu. Ich versuchte, mir anhand der Geländeformen die Stelle einzuprägen.

In vollem Tempo preschten wir zurück in Richtung Station. Bei der nächstgelegenen Wetterstation hielten sie an, schaufelten eine kleine Öffnung in den Schnee und warfen mich hinein. Sie hatten mich kaum zugedeckt, als sie auch schon wieder wegfuhren. Ich horchte und vernahm, wie der Motor des Schlittens bei der Hauptstation abgestellt wurde. Sofort schnitt ich den Leichensack auf und zwängte mich aus den Schneemassen. Ich schüttete das Loch wieder zu und musste zuerst meine Glieder zählen, bevor ich loslaufen konnte. Ekelhaftes Gefühl, so 'ohne Füße' gehen zu müssen. Ich hatte einige Probleme mit meinem steifen Körper und fiel mehrmals hin. Dazu kam noch, dass ich einen weiten Bogen schlagen musste, damit mich niemand durch eines der Fenster beobachten konnte. Die knapp fünfhundert Meter machten mir zu schaffen. Als ich die Station endlich erreicht hatte, schlich ich mich um die Unterkunft und schlüpfte durch die Notluke in den Flur. Sofort ging ich in meine Kabine und zog alle Kleider aus. Als ich im leichten Trainingsanzug anfing, mit Körperübungen mein Blut aufzuwärmen, klopfte es bereits an die Tür.

»Wer ist da?«

»Ich bin's, Roy - mach auf!«

»Es ist ja offen, komm rein!«

Roy betrat meine Kabine und sagte erleichtert: »Du bist also noch am Leben - du blutest ja!« Er zeigte auf meinen Kopf.

Ich hatte es gar nicht bemerkt. Das musste passiert sein, als mich die Männer in den Schlitten warfen.

»Sieht es schlimm aus?«, fragte ich Roy.

Dieser packte ein Taschentuch aus und wischte das Blut ab.

»Nur ein kleiner Kratzer!«, sagte er erleichtert.

Dann drückte er mich aufs Bett und fragte: »Und - wie sieht es aus?« Ich begann zu erzählen, während ich mich wieder erhob und Freiübungen machte.

»Es ist ein Satellit, keine Ahnung was für ein Typ. Den Ort werde ich wiederfinden. Ferner sieht es so aus, als müssten wir unbedingt unsere Vorräte bewachen lassen.«

»Was willst du damit sagen?«, fragte Roy aufgeregt.

»Die wollen unsere Lebensmittel vernichten oder vergiften!«

»Jetzt reicht es - zum Teufel! Gib mir deine Pistole, ich werde mir die beiden vorknöpfen!«

»Roy, reiß dich zusammen!«

»Was willst du denn? Einfach warten?«

»Nein. Ich will genau wissen, wer den Satelliten übernimmt. Ich will auch wissen, was für ein Satellit es ist, und demnach auch, warum das Ding so viele Menschenleben wert ist!«

Roy schaute mich an und sagte: »Du bist und bleibst ein Bulle! Du kannst dich nicht damit abfinden, unsere Haut zu retten, du musst natürlich den ganzen Fall aufklären!«

Ich mochte es nicht, wenn Roy so mit mir sprach. Mein Blick machte dies wohl klar. Roy setzte sich auf mein Bett:

»Was schlägst du vor?«

Einen Moment lang musste ich überlegen.

»Wir werden Alina mit der Untersuchung der wichtigsten Lebensmittel beauftragen. Die untersuchten und intakten Esswaren werden wir beschlagnahmen, rationieren und gegen Zugriff sichern. Einen Teil der Lebensmittel lassen wir in der Vorratskammer, damit die beiden Kerle keinen Verdacht schöpfen. Ich will sie heute Nacht auch nicht aufhalten, denn ich glaube, dass sie mit ihrem Abnehmer mitgehen werden, sonst hätte die Auslöschung unserer Station ja keinen Sinn. Die Funkstation ist immer noch abgeschlossen, der Generator läuft auch. Wir können also wieder funken, wenn wir wollen. Ich traue dir zu, die Antenne wieder einsatzfähig zu machen! Wenn wir alles überstehen, haben wir einige Fragen an unsere Regierung!«

Als ich Luft holte, um weiter zu sprechen, stand Roy auf und sagte: »Gut, gut, gut! Ich habe verstanden. Eines interessiert mich aber brennend: Was ist das für ein Satellit? Erzähl mir, was du alles gesehen hast!«

Ich erklärte Roy meine Erlebnisse und versuchte, das Ganze mit ein paar Skizzen festzuhalten. Roy rückte immer näher an die Skizzen heran und runzelte die Stirn.

»Wie lang war das Ding?«

»Der Hauptkörper war vielleicht drei bis vier Meter lang. Es sah aber so aus, als würde der vorderste Teil fehlen. Da waren so etwas wie Keramikplatten, wie sie für Hitzeschilde verwendet werden.«

Roy zeigte mit dem Bleistift auf eine Skizze, in der ich eine Art Stummelflügel zu zeichnen versucht hatte. Dann sagte er etwas, das ich nie mehr vergessen sollte!

»Hast du schon einmal einen Satelliten mit Tragflächen gesehen? Die würden dort oben einen feuchten Dreck nützen!«

Ich verneinte und wusste nicht recht, was Roy damit sagen wollte. Er führte seine Erklärungen fort:

»Bei der anderen Skizze dort hast du ganz typische Satellitenteile gezeichnet. Diese Skizze hier zeigt aber klare Züge eines Flugkörpers für hohe Geschwindigkeiten in der Erdatmosphäre, und nicht auf einer Erdumlaufbahn im All!«

Ich kam immer noch nicht recht mit.

»Versteh doch! Das ist ein Gerät, welches vermutlich beide Zwecke erfüllen sollte!«

Er machte eine Pause und kratzte sich am Kopf. Allmählich wurde mir klar, was Roy andeuten wollte.

»Du glaubst, dass es sich hierbei um eine Waffe - eine Art Rakete oder Bombe - handeln könnte?«

»Genau«, sagte er mürrisch, »eine Bombe, die als Satellit getarnt auf ihrer Umlaufbahn darauf wartet, im richtigen Moment und am richtigen Ort auf die Erde geschossen zu werden. Dadurch würde die Vorwarnzeit, welche dem Gegner sonst zu Verfügung stünde, massiv verkürzt!«

»Könnte eine solche Waffe mit nuklearen Sprengköpfen ausgerüstet sein?«, fragte ich etwas verunsichert.

Roy schaute mich mit zusammengekniffenem Mund an. »Ich glaube nicht, dass es beim vorliegenden Fall eine nukleare Bestückung gegeben hat. Das hätten unsere Forscher bestimmt bei ihren Tagesmessungen bemerkt! Vermutlich handelt es sich um einen Versuch, welcher gescheitert ist. Ich denke da an etwas anderes. Die Verhandlungen zwischen den USA und Russland haben in den letzten Jahren große Fortschritte gemacht. Ich könnte mir aber vorstellen, dass unsere Jungs trotzdem an ihrer Suppe weitergekocht haben. Als der Absturz bekannt wurde und die Recherchen ergaben, dass sich unsere Station ganz in der Nähe der Absturzstelle befindet, haben die Herren wohl alles in Bewegung gesetzt, um diesen Satelliten zurückzuholen, bevor die anderen davon Wind bekommen. Stell dir das Theater vor, wenn die Russen von dieser Waffe erfahren würden!«

Bis dahin konnte ich Roy noch folgen.

»Warum aber wollen die uns liquidieren?«

»Wir sind eine internationale Station einer international tätigen Firma und haben internationale Verbindungen - eben auch nach Osten! Verstehst du, was ich meine?«

Mir war nun alles klar. Sollten sich Roys Befürchtungen als richtig erweisen, saßen wir ganz schön in der Klemme. Wenn wir überlebten, waren wir ein Risiko für die Drahtzieher dieser Aktion. Die würden uns jagen, bis sie uns kriegten.

Wir saßen da und wurden uns erst jetzt der Tragweite unseres Problems bewusst. Es war, als hätte uns jemand den Teppich unter den Füssen weggezogen. Gab es eine Lösung?

***

Wir riefen wieder alle in die Kantine. Lukas und Svenson hatten sich bereits umgezogen.

»Habt ihr alles erledigen können?«, fragte ich Lukas.

»Ja, der Pilot liegt bei der Wetterstation, und die Hubschrauberteile sind im Vorraum zur Werkstatt!«

Der Mann sprach mit einer Kälte, welche mich fast erschreckte. Ich erklärte den Leuten, dass sie mit ihrer gewohnten Arbeit fortfahren sollten. Svenson meldete sich zu Wort:

»Ich sollte im Laufe des Abends mal nachsehen, wie es in der Messstation im Süden mit den Instrumenten steht. Ich glaube nicht, dass nach diesem Sturm überhaupt noch etwas da ist. Geht das in Ordnung?«

Ich merkte sofort, worauf Svenson hinauswollte.

»Natürlich geht das in Ordnung! Du gehst aber nicht alleine da raus. Nimm einen zweiten Mann mit!«

Logischerweise kam, was ich erwartet hatte.

»Ich werde dich begleiten. Ich habe sowieso noch einige Sachen von mir auf dem Schlitten!« sagte Lukas ruhig.

»Gut, dann gehst du mit. Wann müsst ihr aufbrechen?«, fragte ich Svenson.

»Abends nach dem Essen«, war die Antwort.

»Wir werden heute also in der Station noch etwas Ordnung machen. Du«, ich deutete auf Alina, »wirst die Zeit dazu nutzen, Routineuntersuchungen bei der Besatzung zu machen!«

»Zu Befehl, Sheriff!«, war die trockene Antwort.

»Ich werde zuerst zu dir kommen. Ich habe danach noch zu tun!«, sagte ich beim Weggehen.

Alina empfing mich nicht gerade freundlich im Sanitätszimmer.

»Was wünscht der Herr?«, fragte sie zynisch.

Ich erklärte ihr, was wir Neues herausgefunden hatten und sie verlor den forschen Ton. Ich bat sie, alle Leute im Lauf der Untersuchungen über den Stand der Dinge aufzuklären. Ich orientierte sie auch über unsere Absicht, die Lebensmittel untersuchen zu lassen, und bat sie, die notwendigen Vorbereitungen dafür zu treffen. Danach verließ ich das Sanitätszimmer und suchte Roy in seiner Kabine auf.

»Komm, wir gehen in die Vorratskammer!«

Roy stand auf und folgte mir. Die Leute, welche in der Kantine saßen, konnten uns von dort glücklicherweise nicht verschwinden sehen. Wir luden zwei Säcke mit Mehl, allen Reis, einen großen Teil der Teigwaren und das Büchsenzeug auf den Rollwagen und fuhren damit ins Hinterzimmer der Sanitätsstation. Dort warteten wir auf Alina. Nach einem Augenblick kam sie mit einigen Gefäßen zu uns und machte sich sogleich ans Werk. Sie brauchte ziemlich viel Zeit, überraschte uns aber mit der Nachricht, dass aufgrund der Untersuchungen noch keine Vergiftung stattgefunden haben konnte. Roy und ich schleppten den

Wagen zurück durch den Flur, und ich kletterte durch den Notausstieg ins Freie. Ich hatte nur meinen Trainingsanzug an und musste mich daher beeilen. Roy schob all die Lebensmittel durch den Ausstieg, und ich deckte das Zeug mit Schnee zu. Als ich wieder in die Wärme kroch, waren meine Lippen wieder einmal blau und meine Finger nicht mehr zu spüren. Ich hatte auch wieder Probleme mit dem linken Auge - von meinen Lungen gar nicht zu reden.

»He, Roy - ich glaube, ich werde langsam zu einem Schneemenschen!«, zitterte ich hervor. Roy schleppte mich in die Kabine, legte mich ins Bett und deckte mich bis zur Nasenspitze zu.

»Schone deine Kräfte!«

Ich blieb im Bett, bis ich meinem Körper wieder richtig spürte. Ich dachte darüber nach, ob es eine Möglichkeit gab, vor Lukas und Svenson beim Sektor 45 zu sein. Wir mussten die Männer täuschen! Dann kam mir eine Idee, und ich stand auf. Roy war in der Kabine und schlief.

»Wie kannst du nur schlafen?«, fragte ich ihn entrüstet.

Er erschrak selbst ein wenig und schaute auf seine Uhr. Es war bereits vier Uhr nachmittags. Wir zogen uns an und gingen in die Kantine.

»Wart ihr alle bei der ärztlichen Untersuchung?«, fragte ich die Anwesenden.

Sie nickten wortlos. Svenson las in einem Journal, Lukas rauchte eine Zigarette.

»Ich werde mit Roy ins Funkhaus gehen. Mal sehen, ob wir die Batteriesäure aufwischen können, bevor sie uns ein Loch in den Barackenboden frisst. Und noch etwas ...«, sagte ich und schaute in die Runde, »morgen früh werde ich eine interne Untersuchung einleiten. Offiziell, mit Verhören und allem Drum und Dran. Ich habe nicht vergessen, dass wir unter uns einen Saboteur haben. Vielleicht ist es auch nur ein Spinner - ich werde es herausfinden! Das könnt Ihr mir glauben!«

Ich drehte mich um. Mir war nicht entgangen, dass die Leute, gewollt oder ungewollt, zu Svenson und Lukas blickten.

»Sollten wir bis zum Abendessen nicht zurück sein, fangt ihr ohne uns an. Dann war die Schweinerei drüben noch grösser, als ich dachte!«

Roy blickte mich erstaunt an. Wir gingen zurück in seine Kabine.

»Was schaust du mich so komisch an?«, fragte ich, »das ist unser Freipass! Wir können gehen, wann wir wollen, und sind vor denen am Ort!«

Roy schmunzelte und murmelte etwas vor sich hin. Er begann, sich warm anzuziehen; die folgenden Stunden konnten bitterkalt werden. Ich begab mich in meine Kabine, zog mich ebenfalls an und beschaffte mir zwei Nachtsichtgeräte. Ich packte alles zusammen in meine Tasche und ging zu Alina.

»Alina, wir werden heute Abend draußen am Treibeis sein. Wünsche mir Glück!«

Sie kam auf mich zu und drückte sich an mich. »Passt auf euch auf!«, flüsterte sie mir ins Ohr.

»Alina - das war ein Fehler! Jetzt weiß ich, dass du mich magst! Wenn ich zurückkomme, kannst du nicht mehr sicher sein vor mir!«, flüsterte ich leise.

»Sieh zu, dass du überhaupt zurückkommst!«, sagte sie, und ich drückte ihr einen Kuss auf die Stirn. Dann verließ ich den Raum. Roy wartete ungeduldig vor der Tür, schmunzelte und sagte:

»Hast du ihr die letzten Instruktionen erteilt? Können wir gehen?«

Ich sagte nichts, konnte aber ein Lächeln nicht verbergen. Mit einem kameradschaftlichen Klaps auf die Schulter schob mich Roy ins Freie.

Es war bereits gegen 17.00 Uhr, als wir beim Funkhaus eintrafen. Wir brauchten das Notlicht, um in der Hütte etwas sehen zu können. Wir mussten annehmen, dass wir von Svenson und Lukas beobachtet wurden; sie hatten von ihren Kabinen aus direkten Sichtkontakt zum Funkhaus. Emsig gingen wir in der Hütte hin und her, absichtlich immer in Fensternähe, sodass es von außen her aussehen musste, als würden wir hart arbeiten. Wir machten so eine Weile weiter, bis draußen die Dämmerung so weit fortgeschritten war, dass keine Einzelheiten mehr zu erkennen waren. Dann schoben wir gut sichtbar den ausgeräumten, mannshohen Batteriekasten vor das Fenster. Auf diese Weise war von außen nur noch das Notlicht im Fenster zu sehen, aber keine Personen mehr. Ganz leise öffneten wir die hintere Luke und stiegen ins Freie. Wir krochen auf dem Boden zur Werkstatt hinüber, und von dort weiter bis zu unserem bereitgestellten Motorschlitten. Danach schoben wir das Gefährt in die Nacht hinaus. Die schwach erleuchteten Fenster der Kantine verschwanden langsam in der Dunkelheit. Zweimal rutschte die aufgebundene, weiße Plane seitlich weg und verklemmte sich in der Raupe. Beide Male hatten wir große Mühe, sie wieder aus der Raupe herauszulösen. Die Zeit wurde langsam knapp. Der Schlitten war schwer, und wir glitten immer wieder mit unseren Stiefeln auf dem Schnee aus. Schließlich hatten wir mehr als einen Kilometer geschafft. Ich schob mühsam den Ärmel der Jacke zurück und schaute auf die Uhr. Der Zeit nach müssten die Leute in der Unterkunft nun in der Kantine sein und Essen fassen. Erfahrungsgemäß war dieser Vorgang immer mit etlichen Geräuschen verbunden. Wir konnten es also wagen! Roy startete den Motor. Wir warteten angespannt, ob die Karre überhaupt anspringen würde. Nach einigem Husten und Qualmen drehte der Motor rund. Wir setzten uns auf den Schlitten und fuhren los. In dieser Dunkelheit war es gar nicht so einfach - die Nachtsichtgeräte wollten wir noch nicht einsetzen, da wir keine Reservebatterien hatten. Schließlich glaubte ich, dass wir die gesuchte Stelle fast erreicht hatten. Roy stellte den Motor ab und wir gruben eine

Mulde in den Schnee. Dort stellte er den Motorschlitten hinein und kühlte die heißen Motorteile mit Schnee ab.

»Was tust du da?«, fragte ich.

»Wenn die vom U-Boot aus mit Infrarotgeräten die Umgebung absuchen, leuchtet unsere warme Karre wie ein Festzelt auf! Für uns gilt das Gleiche. Denk daran, zwischen ihnen und uns immer etwas Schnee!«

Ich hätte nicht vergessen sollen, dass ich es hier mit einem erfahrenen Soldaten zu tun hatte. Wir warfen Schnee in die Mulde.

Zuletzt war vom Schlitten fast nichts mehr zu sehen. Wir machten uns zu Fuß auf den Weg in Richtung Absturzstelle. Wir gingen an der Fundstelle vorbei auf den Eishügel zu, welcher sich zwischen uns und dem Treibeis befand. Zuoberst auf der Krete gruben wir uns ein, damit auch wir von den Infrarotgeräten nicht erfasst werden konnten. Wir ließen lediglich einen ganz schmalen Spalt vor unseren Gesichtern frei, damit wir mit den Nachtsichtgeräten die Umgebung überblicken konnten. Ich probierte mein Gerät aus. Roy nahm seines unter die Jacke, damit sich die Batterien nicht zu stark abkühlen konnten. Wir hatten einen guten Ausblick, sowohl auf die Absturzstelle als auch auf das Treibeis neben uns. Ich suchte das Eis nach Bewegungen ab, konnte aber nichts feststellen. Wir warteten und froren. Es war bitterkalt. Hätten wir uns nicht eingegraben, hätte uns der Wind vermutlich in die Flucht geschlagen. Mein linkes Auge begann wieder zu schmerzen, und ich musste Roy das Sichtgerät geben. Ich zog die Kapuze vor meinem Gesicht bis auf ein kleines Loch zu. Das tat gut. Ich spürte, wie sich mein Auge langsam wieder erholte.

Plötzlich, gegen 21.30 Uhr, hörten wir den Motorschlitten näherkommen.

»Verflucht noch mal, was haben die noch so lange gemacht?«, zischte Roy.

»Pssst...!«, machte ich und klopfte an Roys Jacke. Er verstand meine Bitte und packte das andere Sichtgerät aus.

Svenson und Lukas fuhren direkt zur Fundstelle und begannen sofort, die Planen von den Kisten zu nehmen. Zeitweise, wenn der Wind günstig stand, gelang es uns, einige Wortfetzen aufzufangen. Sie waren hektisch bei der Arbeit. Es wurden Seile am Satelliten befestigt, und die beiden Männer legten den Anhängerschlitten daneben und sicherten diesen gegen das Wegrutschen ab. Danach fuhr Svenson mit dem Motorschlitten seitlich neben den Satelliten und befestigte das Seil an der hinteren Kupplung. Unter ziemlichem Getöse zog er den Satelliten auf den Anhängerschlitten. Lukas band das Ding fest, während Svenson die Anhängerkupplung am Motorschlitten befestigte. Die Kisten luden sie auf das Zugfahrzeug. Dann warteten sie, worauf auch wir warteten: auf den bekannten Unbekannten aus dem Treibeis.

Die Zeit verging - nichts geschah. Es war nun 22.00 Uhr. Svenson ging ungeduldig im Schnee auf und ab. Lukas versuchte sich durch Schwingen der Arme warm zu halten. Roy und ich sprachen kein Wort.

Plötzlich vernahmen wir vom Treibeis her Geräusche. Zuerst hörten wir ein Getöse und Gequietsche, dann ein blechernes Geräusch, ein Zischen und das Schlagen der Wellen an die Eisblöcke. Ruckartig rissen wir die Sichtgeräte hoch und blickten zum Treibeis. Was wir nun sahen, war ein Schauspiel besonderer Art. Auf einer Länge von fast hundert Metern sah es so aus, als würde jemand einen tiefen, schwarzen Graben ins Treibeis reißen. Die Eisplatten wurden unter lautem Getöse zur Seite gedrückt. Wir konnten schwach die Umrisse eines Turmes ausmachen, der aus dem Treibeis in die Höhe stieg. Dann tauchte der Rumpf auf. Ein U-Boot von dieser Größe hatte ich noch nie gesehen. Schwarz lag es da, umrahmt von zerbrochenen Eisblöcken, und das Quietschen und Knarren verstummte fast gänzlich. Am Turm konnten wir einige kurze Lichtsignale ausmachen. Svenson blinkte mit seiner Lampe einige Male zurück. Dann ging alles ziemlich schnell. Irgendwo auf diesem gigantischen, schwarzen Rumpf wurde eine Klappe geöffnet. Mehrere Männer in dunkler Bekleidung holten etwas aus dem inneren des Bootes und legten es auf das Deck. Erst, als sie das Ding der Bordwand nach hinunter auf das Eis gleiten ließen, sahen wir, dass es sich um ein großes Schlauchboot handelte. Die Männer wurden zum Boot hinuntergelassen und dann bewegte sich die Mannschaft, das Schlauchboot als Schlitten benutzend, auf die Männer zu. Svenson startete den Motorschlitten und fuhr bis an die Abbruchkante des festen Eises vor. Lukas eilte ihm nach und machte sich bereit, die Besucher zu empfangen. Er half den Männern über den glatten Abbruch auf die feste Eisfläche, und sie gingen sofort zum Motorschlitten. Einer der Männer, vermutlich ein Vorgesetzter, wechselte einige Worte mit Svenson. Darauf lösten sie die Plane an einer Stelle und wir konnten sehen, wie der Vorgesetzte mit seiner Handlampe das Satellitenwrack betrachtete. Er packte ein anderes Gerät aus und ging damit um das Wrack herum. »Das ist ein Geigerzähler!«, flüsterte ich leise. Nach einem weiteren Blick in die Blechkisten wurde das ganze Zeug, mit Ausnahme zweier Kisten, auf das Schlauchboot geladen. Zwei Kisten blieben noch zurück. Die Männer paddelten und schoben das Boot zurück zum U-Boot. Dort wurde alles an Seilen auf das Deck gezogen und verschwand schließlich in der Luke. Vier Männer kehrten wieder mit dem Schlauchboot zum festen Eis zurück. Sie luden die restlichen zwei Kisten ein.

Dann geschah, was eigentlich niemand erwartet hatte. Einer der Männer brachte eine Maschinenpistole in Anschlag und setzte zwei kurze Feuerstöße auf Svenson und Lukas ab. Die beiden Männer fielen lautlos in den Schnee. Einen Moment lang war es totenstill. Uns stockte der Atem. Wir starrten auf die beiden

Toten. Die Männer packten sie und zogen sie zum Eisabbruch beim Wasser. Zuerst warfen sie Svenson und danach Lukas ins eisige Wasser.

»Und dann zerfleischten sich die Wölfe gegenseitig...!«, murmelte Roy.

Die Männer gingen zurück zum U-Boot. Sehr rasch wurden die Kisten und das Boot wieder eingeladen und die Luke geschlossen. Unter Prusten und Schnauben - als würde sich ein Gigant gegen das Meer aufbäumen - tauchte der schwarze Koloss wieder ab. Nach einigen Augenblicken wurde es wieder ruhig. Die letzten Wellen schlugen gegen das feste Eis. Wir rannten den Hügel hinunter zum Wasser. Außer Atem trafen wir beim Motorschlitten ein. Ich stand vor dem Fahrzeug und wusste, dass ich mich verschätzt hatte. An die Möglichkeit einer Liquidierung von Svenson und Lukas hatte ich nicht geglaubt. Auf dem Schlitten waren die Rucksäcke mit den persönlichen Sachen der beiden Männer. Sie hatten tatsächlich vorgehabt, mit dem U-Boot mitzufahren.

»He - komm her!«, rief Roy aufgeregt. Er lag auf dem Bauch an der Eiskante und hielt irgendetwas fest. Ich rannte zu ihm hin und sah, dass er einen der toten Männer an dessen Jacke festhielt. Mit vereinten Kräften zogen wir den Leichnam auf das Eis. Es war Svenson!

»Den hat's durch die Wellen auf den Absatz im Abbruch gespült!«, sagte Roy und beugte sich über den Körper. Wir konnten vier Einschüsse in der Brustgegend ausmachen.

»Der lebt ja noch!«, zischte Roy plötzlich und zog seine Handschuhe aus.

Er prüfte Puls und Atmung. Jetzt hörte ich ein leises Röcheln.

»Svenson, Svenson, kannst du mich hören? Ich bin's, Roy!«

Svenson stöhnte und versuchte, etwas zu sagen. Ich verstand kein Wort. Roy hielt sein Ohr direkt über Svensons Mund. Er flüsterte irgendetwas, das ich nicht verstehen konnte.

»Warum hast du dann sein Leben gerettet?« fragte Roy und zeigte auf mich.

Svenson öffnete kurz die Augen und blickte mich an. Dann flüsterte er wieder etwas. Als sich Roy aufrichten wollte, packte ihn Svenson mit letzter Kraft am Arm und zog ihn wieder zu sich hin. Er flüsterte noch etwas, bevor ihn der Tod ereilte. Er sackte kraftlos zusammen, seine Augen aufgesperrt, ein Schwall Blut aus seinem Mund fließend.

»Du heiliges Kanonenrohr!«, rief Roy aus, packte mich am Arm und rannte mit mir zum Motorschlitten.

»Wir müssen sofort zurück zur Station. Die haben alles mit Sprengstoff präpariert!«

Mir zog sich der Magen zusammen. Hatten sie es also doch noch getan! Wir hatten immer gedacht, dass sie es nur auf die

Lebensmittel abgesehen hatten. In mir kam der Verdacht auf, dass die beiden wohl heute Abend das Essen hatten vergiften wollen und dabei feststellen mussten, dass ein Großteil der Nahrung sichergestellt worden war. Da keiner von uns die Aktion überleben durfte, mussten sie es also auf andere Weise tun. Sprengstoff hatten die Geologen ja genügend eingelagert. Warum hatte ich nicht daran gedacht, diesen sicherzustellen und wegzuschließen?

Roy raste mit eingeschalteten Scheinwerfern in Richtung Station zurück. Einmal wären wir beinahe vom Schlitten gestürzt - wir waren vielleicht noch etwa 500 Meter von der Station entfernt, als sich mit einem Knall die rechte Raupe in ihre Einzelteile zerlegte. Roy fluchte und trat drei oder vier Mal gegen den Schlitte, dann sprang er wieder auf und versuchte, mit nur einer Raupe vorwärtszukommen. Bald merkten wir, dass wir zu Fuß schneller waren, und ließen die Karre stehen. Wir rannten so schnell wir konnten in Richtung Station, gegen den Wind und gegen die Zeit. Die Lungen begannen wieder zu schmerzen, wir keuchten wie Lokomotiven. Zwischendurch schrien wir aus Leibeskraft und hofften, dadurch die Leute in der Station aufwecken zu können. Wir befanden uns noch etwa dreihundert Meter von der Station entfernt, als eine erste Detonation erfolgte. Ein Feuerball stieg in den Himmel. Dann folgte eine Serie weiterer Detonationen. Die Unterkunft flog in tausend Einzelteilen durch die Luft. Ein Feuerwerk unbeschreiblichen Ausmaßes. Die Druckwellen warfen uns zu Boden. Wir spürten die Hitzewellen und wurden durch das gleißende Licht geblendet.

Ich schrie auf: »Alina - nein - Alina!« Roy hielt mich fest, als ich blindlings ins Inferno rennen wollte.

»Halt, bleib hier - es ist noch nicht vorbei - denk an die Gastanks!«

Kaum hatte er dies gesagt, wurde die Luft noch einmal durch einen gewaltigen Knall zerrissen. Einige Trümmer flogen Hunderte von Metern weit in die Eiswüste hinaus. Ein paar Teile landeten direkt hinter uns und versanken mit lautem Zischen im Schnee. Es war gespenstisch! Plötzlich war alles wieder ruhig. Ein leises Knistern von noch brennenden Teilen - sonst nichts.

»Warum, warum...?«, wiederholte ich immer wieder das gleiche Wort.

Ruhig und gefasst ging Roy auf die Trümmer zu.

»Das hat keiner überlebt!«, sagte er und hob ein Stück eines abgesplitterten Fensterrahmens vom Schnee auf.

Uns bot sich ein Bild des Grauens. Von unseren Hütten war kaum noch mehr als die Bodenkonstruktion vorhanden, wobei auch diese teilweise weggesprengt worden war. Einfach weg - nicht etwa zerfetzt irgendwo herumliegend, sondern einfach weg! Pulverisiert!

Wir fanden auch keine Leichen in den Trümmern. Wir mussten annehmen, dass diese durch die Wucht der Explosionen oder aufgrund der großen Hitze zerfetzt worden waren. Wir setzten uns auf ein Brett auf dem Boden, wo vorher die Werkstatt gestanden hatte. Hinter uns flackerte ein letztes Feuer, bevor auch dieses langsam erlosch. Dann war es wieder ganz still.

»Was nun?«, fragte ich Roy mit zittriger Stimme.

Dieser sagte einen Moment lang gar nichts. Dann begann er zögernd zu sprechen: »Wir hätten die Leute nicht alleine hierlassen dürfen!«

Ich hatte auch Schuldgefühle, war mir aber bewusst, dass uns diese auch nicht weiterbringen würden.

»Was hatte Svenson noch zu sagen, außer dass unsere Station in die Luft fliegen wird?«

»Wenn ich ihn richtig verstanden habe, hat er mir mitgeteilt, dass Lukas die treibende Kraft war. Svenson hat offenbar ein doppeltes Spiel gespielt - einerseits vermutlich für die CIA, andererseits für die Russen. Genaues hat er mir aber nicht gesagt. Vom Auftrag zur totalen Vernichtung der Station habe er erst vor zwei Tagen durch Lukas erfahren. Aus diesem Grund sah er damals noch keinen Anlass, dich im Sturm draußen verrecken zu lassen.«

Wieder war es still. Ich musste immer an Alina denken. Wir versuchten, unsere Fassung wieder zu erlangen, und tauschten einige Gedanken aus.

»Wie weit ist es bis zur Montov 4?«, fragte ich Roy.

Dieser verlor sofort die Selbstbeherrschung: »Die Montov 4? Bist du verrückt? Glaubst du, ich krieche bei den Russen an und bettle um ein Stück Brot und ein geheiztes Zimmer? Nein - niemals!«

»Roy, du bist nicht mehr in der Army! Die Montov 4 ist eine Forschungsstation wie unsere! Da gibt es Schweden, Norweger, Italiener und Schweizer - alles Menschen wie du und ich. Sag schon, wie weit ist sie entfernt?«

Er überlegte, und murmelte irgendetwas vor sich hin.

»Was murmelst du da? Sag schon!«

»Ich weiß es auch nicht genau. Ich glaube, es sind an die siebzig Kilometer Luftlinie. Dazwischen liegt aber eine Rinne mit Treibeis!«

»Glaubst du, dass sie das Feuerwerk gesehen haben?«

»Kaum - zu weit weg!«

»Könnten wir es bis zur Montov 4 schaffen?«

»Nein, zum Teufel noch mal, das schaffen wir nie!«, schrie mich Roy an. Dann wurde er leiser und fügte hinzu: »Lieber verrecke ich hier draußen!«

»Hör zu, Roy - wenn du mir eine Alternative bieten kannst, lass es mich wissen!«

Ich stapfte davon in Richtung Unterkunft, oder besser gesagt, wo diese einmal gestanden hatte. Von meiner Kabine war nichts mehr übrig. Stattdessen fand ich Roys Blechkiste im Schnee. Sie war stark eingebeult und verrußt.

»He Roy, ich hab deine Kiste gefunden!« Es ging nicht lange, bis Roy angeschnauft kam. Er trat den Deckel der Kiste auf und durchwühlte den Inhalt. »Schwein gehabt. Die Funkliste und der andere Krempel ist noch in Ordnung«, murmelte er, als ob dies jetzt noch von Bedeutung gewesen wäre.

Ich fragte ihn misstrauisch: »Hast du es dir überlegt?«

»Ja, zum Henker - ich werde mitkommen. Du musst aber damit rechnen, dass ich an der Montov 4 vorbei in Richtung Festland marschiere!«

Ich konnte mir ein grimmiges Lachen nicht verkneifen: »Roy - zum Festland sind es mindestens 300 Kilometer!«

»Ich weiß. Komm, suchen wir zusammen, was wir noch brauchen können!«

Zusammen begannen wir, die Trümmerhaufen nach brauchbaren Sachen abzusuchen. Im Bereich, wo sich die Krankenstation und der Flur befunden hatten, standen doch tatsächlich noch einzelne Elemente mehr oder weniger aufrecht auf dem Fundament.

»Wir werden uns hier vorläufig einrichten!«, sagte ich und begann ein provisorisches Dach zu bauen.

Roy ging nach drüben, wo wir vor unserem Weggang die Esswaren versteckt hatten. Er schleppte einiges an. Vor allem die Konservendosen waren noch fast alle in Ordnung.

»Mehl und Reis sind hinüber!«, fluchte er und warf mir eine Tafel Schokolade zu.

Arg verkrümmt und angelaufen, aber noch genießbar. In den Trümmern der Krankenstation fanden wir den rußgeschwärzten

Stahlblechschrank mit den Medikamenten und dem Verbandszeug. Wir brachen ihn auf und mussten feststellen, dass die Medikamente alle zerstört worden waren. Im untersten Teil fanden wir aber noch Verbandszeug und einige Schmerztabletten, ansonsten war alles unbrauchbar. Wir packten ein, was vielleicht noch nützlich werden konnte. Den Blechschrank funktionierten wir zu einem Schlitten um, indem wir ihn mit der Rückwand nach unten auf zwei Aluminiumschienen banden und die vorderen Enden der Schienen mithilfe von zwei Blechen wie Skispitzen aufbogen. Danach trennten wir uns wieder, um vielleicht Wolldecken oder sonst etwas gegen die Kälte zu finden. Während ich mich durch den Schutt wühlte, war mir, als hätte ich hinter mir etwas gehört. Blitzschnell drehte ich mich um und starrte in die Dunkelheit.

»He, bist du das?«, flüsterte ich. Ich erhielt aber keine Antwort. Mir war eigenartig zumute. Trotzdem machte ich weiter. Wenig später hörte ich wieder ein Geräusch, wieder drehte ich mich um. Diesmal nahm ich meine Handlampe und leuchtete die Umgebung aus, konnte aber nichts Außergewöhnliches erkennen. Langsam wurde mir so mulmig, dass ich es vorzog, nach Roy zu suchen. Dieser hockte bereits in unserem Windschutz und aß Schokolade.

»Warst du vorhin da drüben?«, fragte ich ihn.

»Wo drüben?«, stellte Roy die etwas verstörte Gegenfrage.

»Na dort!« Ich deutete mit meiner Hand in die Richtung, aus der ich die Geräusche gehört hatte.

»Hör jetzt mal gut zu!«, begann Roy in väterlichem Ton, »du solltest dich zusammenreißen, sonst drehst du durch! Hier draußen ist es so still, dass mir langsam bang wird. Wenn du also Geräusche gehört hast, dann behalt das wenigstens für dich! Es genügt, wenn einer von uns zwei den Verstand verliert!«

Das hatte gesessen. Ich fühlte mich nicht mehr so ernst genommen. Kaum hatte ich fertig gedacht, hörte ich wieder ein Geräusch. Ich war sicher, dass das leise Knirschen auch Roy nicht entgangen war. Er horchte ebenfalls auf, tat dann aber so, als hätte er überhaupt nichts gehört. Ich schnellte herum und erwartete hinter uns irgendetwas. Da war aber nichts!

Ich setzte mich zu Roy. Dieser flüsterte:

»Es ist alles in Ordnung! Schlaf jetzt!«

Ich gab keine Ruhe. »Und warum flüsterst du plötzlich?«, fragte ich scharf. Jetzt wurde Roy wütend: »Wer sollte denn außer uns hier draußen sein? Vielleicht Alinas Geist?«

Das hätte er nicht sagen dürfen. Roy wurde dies offenbar sofort bewusst, den er sagte leise: »Morgen wird alles anders aussehen!«

Wir legten uns zusammengekrümmt auf ein Brett und versuchten zu schlafen. Alles drehte sich. Die Bilder der gewaltigen Explosion wiederholten sich immer und immer wieder in meinem

Kopf. Ich dachte an Alina und spürte dabei einen stechenden Schmerz in mir.

Irgendwann schliefen wir aber doch noch ein. Trotz der Kälte, welche hier draußen eine stete und unbarmherzige Begleiterin war.

***

Mitten in der Nacht wurden wir brutal aus dem Schlaf gerissen. Ich erwachte, weil ich keine Luft mehr bekam und mir jemand den Hals zudrückte. Ich wurde auf den Bauch gedreht und jemand riss mir meine Arme auf den Rücken. Neben mir hörte ich Roy schreien. Er wehrte sich wie ein Tier, es setzte Schläge und Fußtritte. Sehen konnte ich nichts, es mussten aber mindestens vier oder fünf Männer sein. Einer der Männer drückte mir eine Eisenstange ins Genick und ich glaubte, meine Wirbelsäule würde jeden Moment zerbrechen. Ich gab auf. Angesichts der Übermacht hatten wir keine Chance. Mit der linken Wange auf dem kalten Boden sah ich nun Roy neben mir, welcher sich verzweifelt gegen die Übermacht zu wehren versuchte. Ein Schlag mit einer Stange auf seinen Kopf beendete den Kampf. Roy sank mit einem Seufzer zu Boden, direkt neben mir. Er atmete noch, ich konnte es spüren.

»Haben wir euch - ihr verfluchten Schweine!«, rief einer der Männer.

»Unsere Kameraden habt ihr umgelegt, stimmt's?«, sagte ein anderer.

Diese Stimmen! Ich kannte sie! War das denn möglich? Ich glaubte nun aus einem Traum zu erwachen, doch es war Wirklichkeit. Ich erkannte Fernandez und Eddy an deren Stimme. Ich wollte etwas sagen, doch sie drückten mein Gesicht wieder auf den Boden. Bei dem schwachen Licht hatten sie uns nicht erkannt und offensichtlich geglaubt, dass Lukas und Svenson zurückgekehrt waren.

»Was machen wir mit diesen Schweinen?«, hörte ich Francis sagen.

»Umbringen sollten wir sie!«, antwortete Hoffmann.

»Ich werde dich erschlagen, du Hund!«, zischte Eddy und er trat Roy in die Seite.

Dieser spürte nichts. Er war immer noch bewusstlos. Dann hörte ich Schritte im Schnee. Ich vernahm Alinas Stimme:

»Wollt ihr das Recht in eure eigenen Hände nehmen? Sollen wir uns nicht zuerst einmal anhören, was sie zu sagen haben?«

Als ich Alinas Worte hörte, versuchte ich ihren Namen zu sagen. Weiter als bis zum 'A..' kam ich nicht. Schon hagelte es Hiebe. Ich hörte wieder die Stimme von Francis. Er flüsterte etwas. Dann kamen weitere Schritte auf uns zu.

»Habt ihr sie?«, hörte ich Harrys fragen.

Sie waren also am Leben! Wie hatten sie das geschafft?

»Gib mir eine Lampe!«, sagte Hoffmann und ein Licht ging an.

Dann drehten sie mich um. Sie starrten mich vollkommen aus der Fassung an. Als sie Roy ebenfalls erkannten, war die Überraschung perfekt. Die Gruppe stand sicher zehn Sekunden regungslos da und starrte uns an.

»Hallo Leute - netter Empfang«, presste ich durch den schmerzenden Kehlkopf hervor. »Du lebst?«, sagte Alina leise, als ob sie niemanden damit erschrecken wollte.

Dann kniete sie sofort neben Roy in den Schnee und versuchten ihn wachzurütteln. Es gelang nicht. Harrys packte Roy am Kragen und setzte ihn auf. Er öffnete seine Jacke und stopfte ein Stück Eis unter seinen Pullover. Mit einem lauten Schrei fand Roy zurück zu den Lebenden. Sofort ging er wieder voll ans Werk: Der erste, welcher eine Faust ins Gesicht bekam, war Hoffmann. Dann folgten Harrys und Eddy. Schließlich standen alle starr da und glotzten sich im schwachen Schein der Lampe an.

»Das gibt's doch nicht!«, sagte Roy und ließ sich wieder auf die Knie fallen.

Als ob er es noch nicht recht glauben könnte, schaute er wieder auf die Leute. Dann blickte er zu mir und fragte: »Waren das die Geräusche?«

Ich nickte wortlos. Alina, welche neben mir stand, umarmte mich und erdrückte mich fast.

»Wie habt ihr das gemacht?«, fragte ich und zeigte zu den Trümmern der Unterkunft.

Francis begann zu erzählen:

»Kurz nach einundzwanzig Uhr gingen Harrys und ich zum Funkhaus. Wir hatten Bedenken, weil Ihr so lange weg wart. Als wir sahen, dass kein Mensch mehr im Funkhaus war, fragten wir

Alina. Wir dachten uns schon, dass ihr zwei ... na ja, einfach dass sie vielleicht mehr wusste als wir. Sie teilte uns mit, dass ihr auch da draußen wart. Ebenso erfuhren wir von den Lebensmitteln. Als wir diese von draußen in die Küche schaffen wollten, fand Harrys neben der Küchenwand zwei Drähte. Wir hatten keine Ahnung, wofür diese da waren. Zuerst schenkten wir der Sache keine Bedeutung, bis ich beim Tragen der Konserven über das Kabel stolperte und dadurch etwas unter dem Bodenaufbau hervorzerrte. Beim näheren Hinsehen stellte ich fest, dass es sich um einen Sprengsatz handelte. Die Kabel führten weiter unter den Hütten hindurch. Da wir nicht wussten, wie viele dieser Sprengsätze angebracht waren und wo sich der Zünder befand, hielten wir es für besser, die Unterkunft zu räumen. Wir alarmierten alle Leute und holten in der Werkstatt die große Abdeckplane. In diese Plane warfen wir alles, was wir noch hinausschaffen konnten und machten daraus ein großes Paket. Dieses banden wir am kleinen Motorschlitten fest und zerrten das Ganze zu den Eisspalten dort drüben. Lee und Mc Laughlin gingen nochmals in die Küche zurück, um weitere Esswaren zu holen. Als wir den Feuerball am Himmel sahen und die Luft von den Detonationen zerrissen wurde, wussten wir, dass unsere Vorahnung richtig war. Wir hier haben überlebt! Lee und McLaughlin haben es nicht geschafft.«

Roy sagte nachdenklich: »Überlebt? ... Noch überlebt. Keiner weiß, was noch kommen wird!«

Wir wurden alle still und starrten Löcher in den Schnee. Langsam begann es, etwas heller zu werden. Ganz hell wurde es nie um diese Jahreszeit. Wir zitterten vor Kälte. Es versprach, gutes Wetter zu werden. Mir schoss plötzlich ein Gedanke durch den Kopf: Wenn die sich davon überzeugen wollten, dass die Station ausgerottet war, würden sie uns hier finden!

»Packt alles zusammen. Wir brechen auf!«, schrie ich die Leute aus ihrer Trance. »Los geht's - kommt - wenn die nach uns suchen, sind wir geliefert!«

Die Gruppe schaute mich verdutzt an. Erst jetzt realisierte ich, dass wir sie noch gar nicht über das Geschehen beim Treibeis informiert hatten. In kurzen Zügen erzählte ich, was Roy und ich erlebt hatten. Die Leute waren sehr erstaunt, als ich sagte, dass auch Lukas und Svenson daran hatten glauben müssen. Dann kam Leben in die Gruppe: Jeder raffte zusammen, was er kriegen konnte. Wir packten unseren selbstgemachten Schlitten und stapften los in Richtung der Eisspalten, östlich der Station. Wir erreichten den Motorschlitten erschöpft. Sofort packten wir die Plane mit unserem Zeug darauf und fuhren los. Teilweise ließen sich die Leute einfach mitschleifen. Es war egal. Wir mussten weg, weit weg, und zwar so schnell wie möglich. Jeder klammerte sich fest, wo er konnte. Der Motor des Schlittens heulte auf, als die Raupen durchdrehten. Eddy schrie Francis an:

»Fahr nicht wie ein Wahnsinniger - du wirst die Karre noch zu Schrott fahren!«

Francis' Antwort war nicht weniger einleuchtend.

»Halt die Klappe, Eddy - wenn wir uns nicht beeilen, brauchen wir keinen Schlitten mehr!«

Irgendwann, nach etwa einer halben Stunde, hielten wir an. Der Motor brauchte Ruhe. Ich blickte zurück. Unsere Spuren waren kaum zu sehen; der Untergrund war hart und die Kastenrückwand auf unserem Schlitten glättete die Spuren wieder. Wir hatten die Eisspalten umfahren und standen nun am Fuße eines Hügels. Hoffmann schnaufte zu mir hin und sagte laut:

»Weiß überhaupt jemand, wo wir hinfahren?«

Roy hatte die Antwort auf Hoffmanns Frage: »Der da«, er zeigte auf mich, »will unbedingt zur Montov 4!«

Roy war erstaunt, als die Leute zustimmend nickten.

»Seid ihr denn alle verrückt? Die Montov 4 gehört den Russen!«

»Hör doch auf, Roy - das ist eine Forschungsstation und kein Armeestützpunkt!«, unterbrach ihn Harrys.

Alina meldete sich zu Wort und wandte sich direkt an Roy: »Wenn es tatsächlich zutrifft, dass wir von der amerikanischen Regierung gejagt und liquidiert werden sollen, sind wir auf der Montov 4 sicher. Die wird fast täglich mit Flugzeugen und Hubschraubern versorgt. Die Funkanlage dürfte dort auch noch funktionieren!«

Die Leute nickten Alina zu. Roy gab sich geschlagen und stapfte schimpfend durch den Schnee davon. Dann blieb er abrupt stehen und drehte sich um:

»Wisst ihr, was passiert, wenn die uns keinen Glauben schenken? Dann landen wir alle in Sibirien. Dort werden sie euch einer Gehirnwäsche unterziehen und als Agenten zurück in eure Staaten schicken!«

»Roy - jetzt reicht es!«, unterbrach ich seine Schimpftirade.

Hoffmann sagte: »Wir brauchen doch denen keine Märchen zu erzählen! Wir sind mit der Wahrheit sehr gut angezogen. Die werden sich für unsere Angaben brennend interessieren. Wir sind für die Russen äußerst wertvoll!«

Roy gab nicht auf. »Und dann? Glaubst du, die würden uns neue Identitäten in unserer Heimat beschaffen? Nein, mein Freund - sie würden uns höflich einladen, in ihrem Land zu dienen. Die da«, er zeigte auf den Rest unserer Gruppe, »sind alles studierte und gescheite Leute. Die hätten auch da drüben eine Zukunft. Aber was bitte wollen die mit einem alten Funker und einem Bullen anfangen?« Er schäumte vor Wut. Nachdem er das gesagt hatte, musste ich zugeben, dass er nicht ganz unrecht hatte.

Alina schaltete sich ein: »Wir werden uns für euch einsetzen!«

»Ha!«, brüllte Roy, »Du hast ja keine Ahnung! Wir zwei sind für die da drüben absolut wertlos!«

Einen Moment lang waren alle still. Roy hatte vermutlich recht. Was sollten wir also tun? Wir beschlossen, trotzdem zu versuchen, die Station zu erreichen. Wir hatten wirklich keine andere Wahl.

Wir stärkten uns mit etwas Schokolade und Eddy startete den Motor des Schlittens. Wir wollten weitergehen. In dem Moment hörte ich ein anderes Geräusch. Mit zwei Schritten war ich bei ihm und drückte den Knopf, um die Zündung zu unterbrechen. Erstaunt blickten mich die Leute an. Nicht lange! Bald hörten sie es auch: Es war das Geräusch eines Düsenflugzeuges, welches schnell näherkam. Weit hinten am Horizont wurden zwei kleine, schwarze Punkte sichtbar.

»In Deckung!«, schrie Roy, und wir warfen uns hinter den Motorschlitten. Einen Moment lang glaubten wir, dass die Flugzeuge auf uns zufliegen würden, doch dann merkten wir, dass ihre Aufmerksamkeit unserer Station galt. Sie überflogen sie in sehr geringer Höhe und drehten sogleich wieder ab. Wenig später überflogen sie das Gelände aus der entgegengesetzten Richtung nochmals, bevor sie endgültig wieder am Horizont verschwanden.

»Das waren Aufklärer«, zischte Roy, und klopfte sich den Schnee von den Kleidern.

»Die gehen wohl auf sicher!«, murmelte Harrys.

In diesem Moment wurde uns klar, dass wir auf keinen Fall mehr in unsere Heimat zurückgehen konnten. Die Regierung würde uns jagen und umbringen lassen.

Alina fragte: »Wäre es nicht möglich, dass die uns suchen um zu helfen? Vielleicht wurde etwas über die Vorfälle von letzter Nacht bekannt!«

Roy lachte sie aus: »Wenn das so wäre, hätten sie Hubschrauber geschickt - oder hast du schon einmal gesehen, wie Düsenjäger Verletzte aufnehmen?«

Eddy startete den Motor erneut, und wir gingen weiter in Richtung Montov 4.

Ich fühlte mich nach wie vor verantwortlich für die Gruppe. Ich dachte nach, und allmählich kristallisierten sich einige Möglichkeiten heraus. Wir mussten versuchen, den Leuten in der Montov 4 weiszumachen, dass unsere Station aus unbekannten Gründen abgebrannt und schließlich explodiert war. Dass die Funkanlage und ein Großteil der Nahrungsmittel dabei draufgegangen waren und wir deshalb Hilfe brauchten. Vielleicht konnten wir über deren Funkanlage unsere Basis erreichen; möglicherweise konnte uns die Polaris Inc. weiterhelfen. Es war schließlich eine internationale und weltweit von höchsten Ebenen unterstützte Organisation. Wir müssten uns aber genauestens absprechen, dass niemand Verdacht schöpfen konnte.

Wir liefen den ganzen Tag hinter dem Schlitten her. Eddy hatte zwei Reparaturen am Motor auszuführen. Er ermahnte uns, dass der Motor mit dieser schweren Last nicht mehr lange durchhalten würde. Es erfüllte mich mit Angst, dass wir möglicherweise ohne Motorschlitten irgendwo zwischen hier und der Montov 4'liegen bleiben könnten. Treibstoff hatte Eddy allerdings genug mitgenommen. Wenigstens darüber brauchten wir uns also keine Sorgen zu machen.

Als es wieder fast vollständig dunkel wurde, bauten wir mit Planen ein einfaches Zelt auf. Harrys sagte uns, dass das Wetter vermutlich klar bleiben würde. Wir wussten, dass dies auch Kälte bedeutete. Den Gedanken an ein wärmendes Feuer mussten wir allerdings rasch vergessen - das Risiko, entdeckt zu werden, war zu groß. Während sich die anderen hinlegten, banden Roy und ich den Kasten mit den Kufen vom Motorschlitten los. Wir wollten den Weg vor uns erkunden und herausfinden, wie wir am nächsten Tag am besten durch die Treibeisrinne gelangen konnten. Wir fuhren ohne Licht. Am Ende des festen Eises kamen wir vollkommen durchfroren an. Wir mussten uns zuerst mit Körperübungen aufwärmen, bevor wir mit den Nachtsichtgeräten das Treibeis beobachten konnten. An dieser Stelle war die Rinne über dreihundert Meter breit; unmöglich, da auf die andere Seite zu kommen. Wir fuhren also dem Eisabbruch entlang nach Norden. Nach mehreren Versuchen erblickten wir auf der anderen Seite einen Eisvorsprung, welcher sich etwa zweihundertfünfzig Meter tief in die Rinne geschoben hatte - wir hätten also hier noch knapp fünfzig Meter Treibeis zu überwinden. Wir merkten uns die Stelle und fuhren zurück zu den Anderen. Hätte Hoffmann uns nicht kommen gehört und mit der Signallampe Zeichen gegeben, hätten wir unsere Leute nicht mehr gefunden.

Im Zelt gab es etwas trockenen Reis und - wie könnte es anders sein - Schokolade. Harrys hatte einen blechernen Objektiv-Schutzdeckel unseres Fernglases zweckentfremdet. Er legte ihn auf den Rand des Stahlschranks und leerte ganz wenig Benzin hinein. Danach zündete er die Flüssigkeit an. Immer darauf bedacht, dass kein einziger Lichtschein nach außen dringen konnte, wärmte er in einem Kessel eingesammelten Schnee, um Wasser zu kochen. Sechs oder sieben Mal musste er Benzin nachfüllen, und jedes Mal musste er warten, bis das Feuer vollständig ausgelöscht war, damit es beim Nachfüllen nicht zu einer Explosion kommen konnte. In dieser kurzen Zeit, in welcher das Wasser nicht gewärmt wurde, gefror es zweimal sofort wieder zu Eis. Was blieb uns anderes übrig, als den zweiten Objektiv-Schutzdeckel auch noch zu opfern? Auf diese Weise konnten wir das Wasser ohne Unterbruch wärmen. Nach etwa zwei Stunden beschwerlichen Kochens war das Wasser schließlich handwarm. Es dampfte, wie wenn es stark kochen würde. Einer nach dem anderen durfte ein paar Schlucke des kostbaren, warmen Wassers trinken. Ich fühlte, wie sich die warme Flüssigkeit ihren Weg durch meine Speiseröhre suchte und meinen Bauch für einen kurzen Augenblick wärmte. Die Freude dauerte nur kurz. Nach wenigen Sekunden war wieder alles beim Alten. Trotzdem war es erstaunlich, wie sich die Menschen in einer solchen Situation über diese Erfahrung freuen konnten. Es war, als würde jeder von uns einen sehr alten, französischen Spitzenwein degustieren. Jeder Tropfen wurde getrunken.

Alina verdarb uns die Freude, als sie mit ihren Vitamintabletten ankam und jeden von uns zwingen musste, diese zu essen. Eigentlich waren es Brausetabletten, welche ohne vorher aufgelöst worden zu sein, im Mund ein Schaumfeuerwerk entzündeten, dass man zu ersticken drohte. Alina meinte, dass Vitamine im Moment äußerst wichtig wären.

Wir legten uns alle noch ein wenig hin und ließen uns von der Kälte zudecken. Ich fand keinen Schlaf. Neben mir hörte ich ein leises blechernes Geräusch. Als ich mich umdrehte, sah ich, wie Eddy einen kräftigen Schluck aus seiner Schnapsflasche nahm. Ich war nicht der einzige, der es gesehen hatte. Alina sprang auf und begann zu fluchen. Ich wusste gar nicht, dass unsere Frau Doktor solche Wörter aussprechen konnte. Sie packte Eddys Schnapsflasche und steckte sie in einen der Rucksäcke.

»Eddy, bist du wahnsinnig? Weißt du, was du da tust? Du bringst dich um! Wir sind hier nicht in der geheizten Unterkunft!«

Eddy stand vergrämt auf und versuchte sich zu rechtfertigen: »Das wärmt mich auf - ich werde sonst erfrieren!«

Alinas Antworten kamen prompt und hart: »Du Idiot! Du weitest mit dem Alkohol deine Blutgefäße. Das gibt dir im Moment ein Wärmegefühl, aber dein Körper kühlt sich dadurch viel schneller ab!«

Sie drehte sich um und murmelte: »Mein Gott - bin ich hier von Irren umgeben? Habt Ihr hier draußen noch nichts gelernt?«

Ich beruhigte sie und riet ihr, die Schnapsflasche auszuleeren. Sie meinte lakonisch: »Eddy braucht das Zeug. Ein Alkoholentzug hier draußen kommt dem Tod gleich!«

Ich kam nicht mehr mit: »Erst sagst du, dass er keinen Alkohol trinken soll, weil er sonst erfriert, dann sagst du, dass du den Alkohol nicht wegschütten kannst, weil Eddy ihn braucht!«

»Er darf trinken - aber nur wenn er durch eigene Bewegung warm bleibt dabei«, sagte Alina und legte sich wieder hin.

Eddy kroch zu uns her und sagte: »Ihr müsst euch nicht meinetwegen streiten. Das ist mir nicht recht!«

Roy hatte offenbar mitgehört und meinte väterlich:

»Eddy mein Junge, wer sich liebt, neckt sich! Das hat überhaupt nichts mit dir zu tun!«

»Halt den Mund, Roy!«, beendete Alina die Konversation.

Nach einer Weile platzte ich heraus: »Eddy ist trotz allem ein sehr guter Mechaniker - ich mag ihn!«

Ich wusste, dass es Eddy freuen und ihm zu einer Mütze voll Schlaf verhelfen würde.

Schlaf hätten wir alle gebraucht.

***

Am Horizont war nun ein schwacher, heller Streifen zu sehen. Wir zählten unsere Glieder und versuchten uns mit Bewegung aufzuwärmen. Bewegung sollten wir an diesem Tag noch mehr als genug haben.

Zum Frühstück gab es eingemachte Früchte aus der Dose. Wir mussten sie mit dem Messer herausbrechen und im Mund aufwärmen. Dazu eine Schnitte hartes Brot und - na ja - Schokolade. Der einzige, der sich über die Schokolade gefreut hätte, wäre McLaughlin gewesen. Er hatte sie auch eingekauft. Wir hatten in der Station an die dreihundert Tafeln Schweizerschokolade gehabt. Sie waren schon längst weiß angelaufen und immer steinhart gefroren. Wenn es tatsächlich gelang, ein Stück abzubeißen, flogen einem die Splitter um den Mund, aber die Hauptsache war, etwas im Magen zu haben.

Bevor wir aufbrachen, beobachtete ich Eddy, wie er zum Rucksack schlich. Ich dachte, dass er nun einen kräftigen Schluck trinken würde. Ich irrte mich! Als sich Eddy unbeobachtet fühlte, warf er die Flasche in hohem Bogen weg. Ich ließ mir nichts anmerken. Irgendwie war ich stolz auf ihn, und doch hatte ich meine Bedenken.

Wir kamen eigentlich ganz gut vorwärts. Roy informierte die Leute über die Rinne mit dem Treibeis. Da wir keine Ahnung hatten, wie wir über die Rinne gelangen konnten, bat ich alle, sich darüber Gedanken zu machen. Wir wussten, dass wir auf der anderen Seite der Rinne noch mindestens 30 Kilometer vor uns hatten, demzufolge musste der Motorschlitten mit. Wir dachten alle angestrengt nach. Die Rinne erreichten wir, ohne einen festen Plan zu haben. Etwa eine Stunde lang suchten wir die Stelle, an welcher Roy und ich den Eisvorsprung gesehen hatten. Als wir sie fanden, waren wir ziemlich enttäuscht. Bei den etwas besseren Lichtverhältnissen sah alles ganz anders aus. In der Distanz hatten wir uns nicht verrechnet, aber in der Menge der treibenden Eisplatten: es waren viel weniger, als wir angenommen hatten. Wir hatten eigentlich die Idee gehabt, dass einer von uns mit einem am Eisabbruch festgebundenen Seil versuchen sollte, auf die andere Rinnenseite zu gelangen. Mit Hilfe des Führungsseils hätten wir das Material und die restlichen Leute hinüber gebracht. Wir sahen nun aber, dass die Zwischenräume zwischen den Eisplatten zu groß waren, um trocken nach drüben gelangen zu können.

Was sollten wir tun? Roy und Hoffmann brausten mit dem Motorschlitten nach Norden der Rinne entlang. Sie hofften, einen engeren Übergang zu finden. Nach einer knappen Stunde kamen sie zurück, enttäuscht und frustriert. Wir mussten also hier an dieser Stelle durch. Wir berieten uns längere Zeit ohne nennenswerte Ergebnisse. Wir sahen unsere Flucht hier an der Rinne scheitern. Hoffmann saß beim Abbruch und fluchte. Dabei stieß er ein Stück Eis ins Wasser. Ich sah dieses Stück Eis an, als ob ich so etwas noch nie gesehen hätte. In der Luft fiel das Eis - im Wasser schwamm es! Natürlich! Das Gewicht!

»Hört zu!«, rief ich, »ich sehe eine Möglichkeit!«

Die Anderen horchten auf.

»Wir schwimmen!«, sagte ich und war kaum mit Sprechen fertig, als ich das Fluchen der Leute hörte:

»Hör doch auf - willst du uns alle umbringen?«

Aufgeregt begann ich, eine nervöse Erklärung abzugeben. »Wir schwimmen mit einem Boot zwischen den Eisplatten hindurch!« Roy klopfte mir auf die Schultern und sagte:

»Gut, sehr gut! Willst du das Boot in den Schnee zeichnen und ausschneiden? Und den Motorschlitten? Willst du das schwere Gefährt da hinüberwerfen?«

Ich wurde zornig: »Lasst mich gefälligst ausreden! Ich muss von Eddy wissen, wie schwer der Motorschlitten ist!«

»Etwa 230 Kilo«, sagte Eddy erstaunt.

»Und wie viele Liter Volumen hat der Stahlschrank?«

Fernandez schaute das Ding an und sagte: »900 bis 1000 Liter.«

»Seht ihr, wenn wir das Eigengewicht des Schrankes abziehen, bleiben uns noch mehr als 850 Kilogramm Auftrieb im Wasser!«

Die Leute staunten und sagten eigentlich gar nichts. Ich hatte offenbar ins Schwarze getroffen. Hoffmann stellte als Erster eine Frage an mich:

»Du willst also den Motorschlitten und uns selber mit diesem Kasten nach drüben bringen? Nacheinander nehme ich an!«

»Nein. Nicht nacheinander, sondern alles auf einmal!«, sagte ich und konnte die Empörung in den Gesichtern erkennen.

»Wenn du den Motorschlitten da daraufstellst, ist der Schwerpunkt zu hoch. Wenn wir da auch noch drinsitzen, wird der Kasten kippen!«, sagte Roy.

»Und überhaupt geht da die Gewichtsrechnung nicht mehr auf. Wir müssen ja auch noch unsere Sachen mitnehmen!«, fügte Fernandez bei.

Ich musste ein wenig schmunzeln. War ich doch kein Akademiker. Trotzdem war ich ihnen einen Gedankengang voraus.

»Der Schlitten wiegt im Wasser nur noch einen Bruchteil seines Gewichtes. Wir werden ihn mit einer Plane wasserdicht verschließen und unten an den Stahlschrank hängen. So haben wir weniger Gewicht und erst noch eine Art Treibanker oder Kiel, welcher uns vor dem Kippen bewahrt!«

Jetzt war es ganz ruhig. Alle starrten auf den Boden. Sie wurden sich offenbar bewusst, dass dies die einzige Möglichkeit war, nach drüben zu gelangen.

Roy fragte: »Warum müssen alle auf einmal gehen?«

»Schau dir die Strömung an! Die können wir nur überwinden, wenn alle rudern!«

Wieder war es ruhig. Wir hatten keine Alternative!

Während Eddy alle Öffnungen des Schlittenmotors mit den verschiedensten Dingen verstopfte, bastelten wir uns Ruder aus allen möglichen Dingen. Danach packte ich mit Harrys den Motorschlitten ein. Es war gar nicht einfach. Wir hatten keine Möglichkeit, dieses Paket mit der Plane wirklich dicht zu verschließen, also mussten wir alle möglichen Öffnungen nach unten verlegen - so konnte das Wasser nur soweit eindringen, wie die oben angestaute Luft Gegendruck leisten konnte: wie wenn man ein Trinkglas mit der Öffnung nach unten ins Wasser taucht.

Von unserem Gepäck landete fast die Hälfte im Wasser, wir nahmen nur noch das nötigste mit. Fernandez pustete alle PVC-Abreißbeutel aus der Küche auf und knöpfte sie zu; es waren etwa zwanzig Stück. Die Beutel packten wir in eine kleine Plane und schnürten diese zu. An diesem Paket befestigten wir das lange Seil. Die Idee war, dieses Paket als Rettungsgerät zu benutzen, falls einer von uns ins Wasser fallen sollte.

Mit vereinten Kräften schoben wir unser 'Boot' zum Eisabbruch hinüber. Dort banden wir den verpackten Motorschlitten an der Unterseite des Schrankes fest und hängten die beiden Blechtüren aus. Sie landeten im Wasser und versanken. Während wir zu fünft den Schrank festhielten, ließ Eddy den verpackten Motorschlitten ins Wasser rutschen. Mit einem Ruck spannte sich das Seil. Langsam ließen wir den Schrank an einer Leine ins Wasser gleiten. Wir legten das Gepäck in die Mitte des Schrankes und stiegen, einer nach dem anderen, vorsichtig ein. Mit jeder Person sanken wir tiefer ins Wasser. Als Roy als letzter einstieg, schwappte auf einer Seite Wasser in den Kasten. Wir sprachen kein Wort. Alle wussten, dass wir absaufen würden wie ein Stein, wenn der Schrank mit Wasser volllief. In dem Eiswasser würden wir kaum eine Minute überleben.

Wir warteten auf einen guten Moment, wo nach einer vorbeitreibenden Eisscholle die Wasserfläche frei wurde. Obschon keiner das Kommando gab, paddelten alle gleichzeitig los. Die ersten 20 Meter gingen erstaunlich gut. Dann wurde es eng: Eine Eisscholle von mindestens zehn Metern Länge schlug mit voller Wucht gegen unser Boot. Alina schrie auf. Die Schrankrückwand war durch das eindringende Wasser glitschig wie eine Eisfläche geworden. Hoffmann versuchte sich noch an mir festzuhalten, fiel aber trotzdem hinaus und landete auf der Eisscholle. Als ich nach ihm greifen wollte, trieb die Scholle wieder von uns weg.

»Hoffmann!«, schrie ich und versuchte, der Scholle nachzurudern.

Obschon alle sofort reagierten und ebenfalls in diese Richtung ruderten, war unser Gefährt viel zu träge. Hoffmann schrie auf und fuchtelte mit den Armen. Er war bestimmt schon zehn Meter entfernt, als Roy ihm den Rettungsbeutel zuwarf. Roy verfehlte Hoffmann, und es kam, wie es kommen musste: Roy fiel rückwärts ins Eiswasser. »He - holt mich raus!«, schrie er und kriegte die eine Schrankseite zu fassen. Francis und Harrys packten ihn am Arm. Als sie ihn reinziehen wollten, neigte sich der

Schrank und es strömte Wasser in unser Boot. Rechts schrie Hoffmann auf der Scholle, links drohte uns der um sein Leben kämpfende Roy zu versenken. Alina, Francis und ich versuchten, auf unserer Seite das Gewicht nach außen zu verlagern, damit die anderen Roy hereinziehen konnten. Es gelang tatsächlich. Roy fiel zwischen unseren Beinen auf die Schrankrückwand und fluchte. Als ich mich nach Hoffmann umdrehte, sah ich gerade noch, wie er ins Wasser sprang.

»Hoffmann - Dummkopf - was soll das?«, schrie Alina hysterisch.

Wir zogen die Leine des Rettungsbeutels ein und warfen ihn erneut in Hoffmanns Richtung. Er konnte den Beutel fassen, rutschte aber immer wieder von der glitschigen Plane ab. Wir holten die Leine ein. Als Hoffmann etwa fünf Meter von uns entfernt war, verließen ihn seine Kräfte. Wir mussten mit ansehen, wie er erneut vom Beutel rutschte und zwischen zwei Eisschollen getrieben wurde. Was wir dann zu sehen bekamen, würde ich mein Leben lang nicht mehr vergessen. Er versuchte, mit einer Hand die herantreibende Scholle wegzustoßen. Er versuchte dann, auf die Scholle zu klettern, rutschte aber immer wieder mit den Handschuhen auf dem Eis ab. Dann wurden seine Beine eingeklemmt, sein Körper verdreht und er wieder nach unten gezogen. Wir hörten einen letzten Schrei und Hoffmann wurde zwischen den Eisschollen zermalmt. Die Oberkanten der Schollen färbten sich dunkelrot. Entsetzlich. Er hatte keine Chance!

Wir alle schrien und ich blickte in die geschockten Gesichter der Anderen.

Wir waren kurz wie gelähmt, wurden aber knallhart in die Realität zurückgeholt.

Wir hatten kaum noch Platz zum Stehen. Was mich aber noch mehr beunruhigte, war der Umstand, dass wir uns durch die Zwischenfälle mehr und mehr vom Eisvorsprung auf der anderen Seite entfernt hatten. Die Rinne wurde wieder breiter. Wir ruderten, was wir hergeben konnten. Langsam nahmen wir wieder Fahrt auf. Meter für Meter näherten wir uns dem anderen Ufer. Wir hatten mindestens fünfzig Meter mehr zu überwinden als vorgesehen. Der Stahlschrank füllte sich immer mehr mit Wasser. Ich spürte an meinem linken Bein, wie Roy vor Kälte zitterte. Im Moment war aber keine Zeit, ihm zu helfen.

»Roy, reiß dich zusammen - rudere, hörst du - du sollst rudern!«, schrie ich ihn an.

Roy versuchte aufzustehen, brach jedoch wieder zusammen.

Harrys begann zu zählen: »Eins, zwei, eins, zwei, eins ...!« So lächerlich sich die Kommandos im Augenblick anhörten, so nützlich waren sie, als wir sie alle befolgten. Wir kamen voran, näher und näher an unser Ziel. Der Eisabbruch war schon zum Greifen nahe, als wir zu sinken drohten. Der Schrank war schon fast zu einem Drittel mit Wasser gefüllt. Ich sah, wie Eddy mit Rudern aufhörte.

»Was soll das?«, schrie ich Eddy an.

Dieser sagte mit einer unbeschreiblichen Ruhe: »Wir haben zu viel Gewicht - ich werde aussteigen, sonst saufen wir alle ab!«

»Eddy, spinnst du? Wir werden es schaffen - alle oder keiner!«, sagte ich.

Ich war mir bewusst, dass eher das zweite Szenario zutraf, aber ich konnte Eddys Heldenmut einfach nicht akzeptieren.

»Rudert!«, schrie ich, und wir ruderten wie die verrückten. Wir waren schließlich noch etwa zwei oder drei Meter vom anderen Eisabbruch entfernt, als es plötzlich nicht mehr weiterging. Wir ruderten wie irr, doch wir kamen keinen Meter näher ans feste Eis heran.

»Der Motorschlitten hängt unten fest!«, rief Harrys.

Einen Moment lang wusste ich nicht mehr, wie es weitergehen sollte. Wir mussten unaufhörlich rudern, damit wir nicht wieder abgetrieben wurden. Dicht unterhalb der Stelle, an der wir uns befanden, wurde die Rinne nochmals mehr als zwanzig Meter breiter. Ich wusste, dass wir diese Distanz nicht mehr schaffen konnten. Auch Roy wusste es. Er raffte sich auf, blickte mich kurz an, drückte sich an mir vorbei, packte die Halteleine und sprang! Er sprang ins Wasser! Uns verschlug es die Sprache. Keiner sprach oder schrie irgendetwas. Im ersten Augenblick glaubte ich, dass Roy wie ein Stein versinken würde. Dann tauchte er wieder auf und erreichte das eisige Ufer. Er hielt sich mit aller Kraft fest und zerrte uns zu sich hin. Dadurch gelangten wir bis etwa eineinhalb Meter an den Eisabbruch heran. Ich merkte, wie Roy die Kräfte verließen. Sein linker Arm, mit welchem er die Halteleine spannte, streckte sich langsam. Das Seil glitt Stück für Stück aus seinen Händen. Ich war zuvorderst - ich hatte keine Wahl. Mit aller Kraft stieß ich mich vom 'Boot' ab und sprang. Ich landete hart auf dem Eis. Sofort rammte ich das Blech, welches ich zuvor als Ruder benutzt hatte, in den Schnee. Mit der rechten Hand erreichte ich die Halteleine. Die anderen stolperten durch mein Abstoßen und fielen übereinander in den Kasten. Ich hörte Roy stöhnen. Dann band ich das Seil am Blech fest. Bevor ich mich um die Leute im 'Boot' kümmern konnte, packte ich Roy und zog ihn auf den Schnee. Er schlotterte und war blau angelaufen. Seine Kleidung fror sofort ein. Harrys war der erste, welcher sich am Seil festhielt und das feste Eis erreichte. Danach folgten die Anderen. Mit vereinten Kräften zogen wir den Schrank auf das Eis. »Alina - kümmere dich um Roy!«

Nun hatten wir einen durchnässten Mann, und wieder brach die Nacht herein.

Mit letzter Kraft zerrten wir alle auch den Motorschlitten aus dem Wasser. Während Eddy und Fernandez ein einfaches Zelt aufbauten, zogen Alina und ich den durchfrorenen Roy aus.

»Wir brauchen Kleider!«, kreischte Alina.

Ich persönlich hatte warm; ich schwitzte sogar. Sofort zog ich meine Jacke und die Überhose aus, und Alina zog Roy die Sachen an. Eddys Hose war auch ein wenig nass und hätte demnach nichts gebracht. Mittlerweile zitterten wir alle vor Kälte.

Von Roy hörte ich nur andauerndes Fluchen. Es tat gut, ihn fluchen zu hören. Wer flucht, der lebt!

In der Zwischenzeit war das Zelt fertig. Den Stahlschrank benutzten wir als Schutz gegen den auffrischenden Wind. Wir hatten mehr Probleme, als wir wahrhaben wollten, und es blieb uns keine andere Wahl: Wir mussten Feuer machen, die Kleider trocknen und die beiden Männer aufwärmen. Fernandez brachte mir das Blech, an das ich zuvor das Halteseil angebunden hatte. Wir bogen alle Kanten nach oben und füllten die entstandene Wanne mit Benzin. Harrys zündete den Treibstoff an. Es war fantastisch! Wärme, Wärme, Wärme...!

Wir setzten Roy neben das Feuer und deckten die vom Feuer abgewandte Körperseite mit den Jacken zu. Abwechslungsweise hielten wir die nassen Kleider über das Feuer. Fernandez und Eddy gingen nach draußen und schlossen alle Ritzen der Planen auf der Windseite mit Schnee. Auf diese Weise erreichten wir, dass sich die Temperatur im Zelt rapid erhöhte. Die Kleider trockneten langsam und wir erwärmten uns auf. Roy fluchte immer noch. So ging es die ganze Nacht - die dritte ohne richtigen Schlaf.

Am Morgen konnte Roy die Kleider wieder anziehen. Er hatte zwei abgefrorene Zehen. Alina tat was sie konnte, doch die Zehen waren nicht zu retten. Eddy und ich packten den Motorschlitten aus - er war ein einziger Eisklotz. Mit improvisiertem Werkzeug befreiten wir die wichtigsten Teile vom Eis. Eddy entfernte die Dinge, mit welchen er die Zugänge zum Motor abgedichtet hatte.

»Hoffentlich war alles dicht«, sagte er leise. Er bediente die Zündung und versuchte zu starten. Die Starterbatterie gab nichts mehr her; außer einem schwachen Klicken war nichts zu hören. Eddy befreite auch den Handstarter vom Eis. Gespannt hörten wir auf die Geräusche, als er am Seil zog. Am Anfang tat sich nichts. Wir hielten den Atem an. Dann, plötzlich, zündete der Motor. Sein unregelmäßiges, unterbrochenes Knattern, ließ uns wieder atmen. Der Motor starb noch vier oder fünf Mal ab, bevor es Eddy schließlich gelang, ihn auf Touren zu bringen. Wir ließen den Motor laufen, während wir unser Lager aufräumten. Wir packten das wenige, was uns blieb, auf den Schrankschlitten und hängten ihn am Motorschlitten an. Dann marschierten wir wieder los. Wir mussten alle unsere Kräfte zusammenraffen, um nicht umzufallen. Alina hielt Roys Schmerzen mit Tabletten in Grenzen. Ich musste an Hoffmann denken und an das, was noch vor uns lag. Es wurde mir klar, dass wir die Montov 4 unter diesen Bedingungen nicht erreichen konnten.

***

Wir kamen nicht gut voran. Abwechslungsweise durften wir auf dem Schlitten mitfahren. Immer wieder mussten wir Pausen einschalten, damit sich Roy erholen konnte. Zwischendurch banden wir ihn auf den Motorschlitten, jeweils nach einer Stunde musste er jedoch wieder ein Stück aus eigener Kraft gehen, da er sonst erfroren wäre. Die zierlich gebaute Alina zeigte, was wirklich in ihr steckte. Ich staunte über den Durchhaltewillen und die Kondition, welche diese Frau besaß. Ohne einen Muckser ertrug sie alles, was auf uns zukam. Harrys und Eddy wechselten sich mit dem Lenken des Motorschlittens ab.

Bei Eddy machten sich erste Entzugserscheinungen bemerkbar. Ich ging langsam nach vorne zu Alina.

»Alina, Eddy hat Entzugserscheinungen - kannst du ihm etwas geben?«

Alina schaute mich erstaunt an: »Er kann etwas von seiner Flasche nehmen - er geht ja zwischendurch zu Fuß!«

Ich wusste einen Augenblick lang nicht, was ich sagen sollte. Eigentlich wollte ich Eddy nicht verpfeifen und doch hatte ich Bedenken, dass er irgendwann ausrasten würde. »Ich werde es ihm sagen!«, antwortete ich Alina und marschierte weiter. Ich wartete, bis Eddy von Harrys beim Lenken des Schlittens abgelöst wurde, und ging neben ihm weiter.

»Eddy - wie geht's?«

»Wie soll es mir schon gehen? Euch geht es auch nicht besonders!«

»Du weißt, was ich meine! Ich hab das mit der Flasche gesehen!«

Eddy schaute mich verschämt an und sagte: »Ich werde es schaffen! Ich kann das! Wenn ich diese Hölle überlebe, werde ich nie mehr Alkohol trinken.«

Ich klopfte ihm auf die Schultern und sagte: »Ich hoffe es für dich - du weißt, dass wir auch so schon genug Probleme haben. Wenn es nicht mehr gehen sollte, sagst du mir Bescheid!«

Eddy bedankte sich und bat mich, Alina nichts zu sagen.

Wir marschierten immer im gleichen Trott. Den ganzen Tag. Als das bisschen Tageslicht ganz verschwand, waren wir am Ende unserer Kräfte. Ich bemerkte, dass ich in meinen Stiefeln im Blut schwamm. Ich wusste, dass ich sie nun nicht mehr ausziehen konnte; hätte ich es getan, wären sie sofort gefroren. Ich sagte den Anderen nichts.

Wir bauten wieder ein Biwak auf und versuchten zu schlafen. Es ging nicht! Wir schlotterten vor Kälte und Erschöpfung. Wieder mussten wir mit unserer Blechwanne ein wärmendes Feuer anmachen. Ich kroch zu Roy und fragte ihn, ob er wusste, wie weit es noch war. Er gab mir einen Wink und kroch ins Freie. Ich wusste, dass er mir etwas sagen wollte, was die anderen nicht hören durften.

Draußen flüsterte er leise: »Ich bin sicher, dass es von der Strecke her noch etwas mehr als zwanzig Kilometer sein dürften. Ich weiß aber wirklich nicht mehr, wo wir sind. Ich meine, ob die Richtung noch stimmt!«

Mich schauderte ob dem Gedanken, dass der einzige, welcher die Landkarte einigermaßen im Kopf hatte, nicht mehr wusste, ob wir in die richtige Richtung marschierten.

»Warum hast du das nicht früher gesagt? Wie sollen wir unter diesen Umständen überhaupt je ans Ziel gelangen?«, schimpfte ich leise.

Roy sagte nachdenklich: »Wir haben keinen Kompass und keine Karte. Ich müsste unbedingt wissen, wo Norden ist!«

»Kann man dies nicht anhand der Sterne bestimmen?«, fragte ich unwissend.

»Ich kenne den Lauf der Sterne um diese Jahreszeit nicht genau. Wenn wir uns nur um wenige Grad verrechnen, verfehlen wir die Montov 4 mit Garantie!«

Wir dachten nach. Es musste irgendeine zuverlässige Methode geben, um Norden bestimmen zu können. Wir krochen zurück unter die Plane. Die Leute hatten bemerkt, dass wir irgendetwas da draußen besprochen hatten.

Harrys fragte: »Gibt es etwas, das wir wissen sollten?«

Alle schauten mich an. Ich musste es ihnen sagen.

»Wir wissen nicht genau, wo Norden ist. Ihr könnt euch vorstellen, was das bedeutet!«

Ich sah die Verzweiflung in die Gesichter geschrieben.

»Dass mir jetzt nur keiner ausflippt!«, sagte Fernandez in strengem Ton. Dann senkte er seinen Blick und sagte leise: »Es gäbe da vielleicht eine Möglichkeit!«

Wir horchten alle auf.

Langsam begann er zu erklären: »Ein Kompass ist nichts anderes als eine Nadel, bei der die eine Spitze positiv und die andere negativ geladen ist. Die Nadel darf durch nichts beeinflusst werden und schwimmt deshalb meist in einer Flüssigkeit. Wir brauchen also einen Magneten und eine Nadel, welche wir 'aufladen' können.«

Wir schauten uns an. »Wo wollen wir einen Magneten herbekommen?«, fragte Francis erregt.

Harrys sagte: »Einen Elektromagneten könnten wir konstruieren!«

»Das geht nicht, wir brauchen einen normalen Dauermagneten!« sagte Fernadez.

Harrys erhob sich und kramte in seiner Tasche.

»Mein Batterierasierer - da hat es doch einen Motor drin!«

Diejenigen, die etwas von Elektrik verstanden, begannen zu strahlen. Ich fragte mich, wie ein Mensch in dieser Situation tatsächlich einen Rasierer als wichtig genug erachtet hatte, um ihn vor dem Inferno in der Station zu retten. Jetzt waren wir allerdings mehr als froh darüber.

»Zeig das Ding her!«, zischte Eddy und kramte sein Taschenmesser hervor.

Nach einigem Suchen fand Harrys das Gerät und hielt es Eddy hin.

»Hoffentlich hat er einen normalen Motor drin!«, murmelte er und begann, das Gehäuse aufzuschrauben.

»Ihr wollt wahrscheinlich, dass ich mir einen Vollbart wachsen lassen muss!«, witzelte Harrys etwas verkrampft. Eddy öffnete den Apparat und baute den kleinen Motor aus. Er war voller Eifer bei der Arbeit und genoss es, dass ihm alle zuschauten. Nach einer Weile hatte er das Motorengehäuse geknackt und die beiden Statormagnete freigelegt. Sie ließen sich einfach aus der Halterung ziehen. Sofort hielt Eddy einen Magneten an sein Taschenmesser. Er hielt. Wir freuten uns wie kleine Kinder.

»Nun brauchen wir noch die Nadel!«, sagte Fernandez. Alle schauten in die Runde und die Blicke blieben schließlich auf Alina liegen. Was lag näher, als dass eine Frau Nähzeug bei sich hatte!

»Was würdet ihr Machos ohne die Frauen anfangen!«, sagte sie und fing an, in ihrer Tasche zu kramen. Zur allgemeinen Freude fand sie eine Nadel. Eine sehr feine Nadel, wie sie zum Nähen von feinsten Nähten verwendet wurde.

»Wie willst du die Nadel auf einem Dorn befestigen, ohne dass die Reibung zu groß wird?«, fragte Roy skeptisch.

»Es wird keinen Auflagedorn geben!«, antwortete Fernandez schelmisch und auf seinen Lippen war ein Lächeln zu sehen. Wir wussten auch nicht, was er nun vorhatte.

»Alina - hast du feinen Faden?«

Natürlich hatte sie das. Sie gab Fernandez ein ganzes Röllchen. Dieser riss zwei Stücke von je etwa zwanzig Zentimeter ab und gab Alina den Rest zurück.

»Wo ist die kleine Plane?«, fragte Fernandez.

Sie lag hinter mir und ich reichte sie hinüber. Fernadez legte die kleine Plane auf den Schnee und drückte in der Mitte eine Vertiefung hinein.

»Ich brauche Wasser!«, sagte er, während er die Nadel abwechslungsweise mit dem Ende und mit der Spitze an je einer Seite des Magneten rieb. Harrys und Francis nahmen die Wasserschale neben der brennenden Blechwanne und leerten das Wasser in die Vertiefung der Plane. Die brennende Blechwanne zogen wir vorsichtig daneben, damit das Wasser in der Plane nicht sofort wieder gefrieren konnte. Fernandez schickte uns raus, um die Zeltplane überall abzudichten. Er wollte nicht, dass noch irgendwo Wind eindringen konnte. Nachdem dies geschehen war, ging es los. Fernandez machte mit den beiden Fäden zwei gleich lange Schlingen. Diese hielt er in einem Abstand von etwa zwei Fingerbreiten nebeneinander. Nun legte er die Nadel sehr vorsichtig unten in die beiden Schlaufen, sodass sie horizontal darin hing, wie eine kleine Kinderschaukel. Langsam beugte er sich nun über die Vertiefung mit dem Wasser.

»Nehmt jetzt das Feuer weg!«, zischte er.

Wir packten die Blechwanne und schoben sie zur Seite. Fernandez ging mit der Nadel, genau parallel zum Wasserspiegel, langsam nach unten. Wir waren angespannt wie Federn. Eddy rutschte aufgeregt hin und her.

»He Eddy, halt dich jetzt still!«, presste Fernandez gereizt hervor.

Die Nadel berührte nun leicht die Wasseroberfläche. Wir erwarteten alle, dass Fernandez die Nadel nun ins Wasser eintauchen würde. Weit gefehlt! Die Nadel schwamm obenauf! Langsam, ganz langsam zog Fernandez die beiden Fäden unter der Nadel weg. Sie schwamm tatsächlich. Für mich und auch die anderen absolut unverständlich. Ermahnend hob nun Fernandez seine Hände und wir schauten alle gebannt auf die Nadel. Kaum sichtbar drehte sie sich um einen unsichtbaren Drehpunkt. Nach fast einer halben Minute blieb sie stehen wo sie war. Fernandez legte sich neben die Vertiefung und blickte über die Nadel hinweg. Vorsichtig drückte er seinen Zeigefinger in den Schnee neben der Plane, genau dort, wo die Nadelspitze hinzeigte.

»Puh...», atmete er auf, »dort ist Norden - genau dort!«

Wir jubelten wie Kinder, obschon wir immer noch nicht wussten, was da genau passiert war. Während wir uns umarmten, hütete Fernandez seinen Fingerabdruck im Schnee wie seinen

Augapfel. Er öffnete Eddys Taschenmesser und steckte es genau in die Markierung im Schnee. Dann steckte er einen Bleistift genau an dem Punkt in die Vertiefung der Plane, an welcher sich zuvor die Nadel gedreht hatte.

»Wo habt Ihr die Nachtsichtgeräte?«, fragte er mich.

Roy gab ihm sein Gerät und schaute gespannt zu.

»Das Ding geht ja nicht!«, fluchte Fernandez.

Wir schauten uns an und mussten annehmen, dass es bei Roys Sprung ins Eiswasser beschädigt worden war. Ich gab ihm mein Gerät. Fernandez riss die Zeltplane neben dem eingesteckten Messer aus dem Boden und legte sich auf der anderen Seite der Vertiefung bäuchlings in den Schnee. Dicht über dem Boden blickte er über die unsichtbare Verbindungslinie zwischen Bleistift und Taschenmesser hinweg in die Nacht.

»Ich versuche, einen Geländepunkt auszumachen, an dem wir uns morgen orientieren können!«

Wir warteten gespannt.

»Ich hab's. Die Anhöhe dort hinten weicht etwa drei bis vier Grad von Norden ab. Versuchen wir es morgen!«

Mitten im Freudentaumel fragte Roy immer noch sehr verblüfft:

»He, Fernandez - was war das für ein Taschenspielertrick?«

»Das ist kein Trick«, wehrte sich Fernandez, »das war Physik! Durch die Oberflächenspannung des Wassers wurde die Nadel getragen - ein alter Versuch aus meiner Studienzeit!«

Roy machte eine abweisende Handbewegung und stöhnte vor sich hin, während er sich weiter die Beine rieb.

Wir schöpften neue Hoffnung.

Die Nacht war bitterkalt und der Wind wurde noch stärker. Wir versuchten zu schlafen und es war mir beinahe gelungen, als ich von Roy angestoßen wurde: »Bist du wach?«

»Jetzt schon!«, sagte ich mürrisch. Roy rückte näher zu mir hin und flüsterte:

»Woher wusste Fernandez, welcher Teil der Nadel negativ und welcher positiv geladen war?«

Ich dachte über Sinn und Unsinn dieser Frage nach und sagte nach einigem Überlegen:

»Wir vermuteten ja Norden irgendwo in dieser Richtung, kannten aber die genaue Ausrichtung nicht. Die gegenüberliegende Seite können wir von vornherein ausschließen. Fernandez wusste vermutlich auch nicht, welches Ende der Nadel negativ war!«

Roy wollte mich gleich noch etwas fragen, als wir Fernandez hörten:

»Roy, er hat recht! Schlaf jetzt!«

Wieder war es ruhig. Nur das Pfeifen des Windes war zu hören.

»Und wenn wir im Kreis gegangen sind?«, fragte Roy aufdringlich weiter.

»Ich bitte dich, Roy«, zischte Fernandez, »mach uns nicht verrückt! Wenn das morgige Tageslicht plötzlich verkehrt herum sichtbar wird, hast du recht. Das wissen wir aber erst am Morgen - klar?«

Ich hörte Harrys grinsen.

»Wir werden ja sehen!«, sagte Roy und drehte sich um.

Für mich war der Schlafwagen abgefahren. Ich lag nur noch da und schlotterte.

Der Morgen kam wie er kommen musste. Der Wind war noch stärker, die Leute noch erschöpfter. Ich wusste nicht, ob überhaupt jemand richtig geschlafen hatte. Alina teilte die Essensrationen ein und wir brachen das Biwak ab. Eddy startete den Motorschlitten.

»Viel Treibstoff haben wir nicht mehr!«, murmelte er.

Es kümmerte uns kaum. Wir packten wie in Trance unsere Sachen auf den Schlitten und in den Stahlschrank und marschierten los. Unsere Füße schmerzten und mein linkes Auge bereitete mir zunehmend Probleme. Wenn nur dieser teuflische Wind nicht gewesen wäre!

Wir orientierten uns nach der Anhöhe, welche wir im zusehends stärker werdenden Sturm immer schlechter ausmachen konnten. Langsam verlor das ohnehin schwache Tageslicht durch den aufgewirbelten Schneestaub an Kraft. Die Anhöhe verschwand aus unserem Sichtbereich. Krampfhaft versuchten wir unsere Richtung dadurch im Griff zu behalten, indem wir immer wieder zurückblickten und den Verlauf unserer Spuren korrigierten. Die Moral brach zusammen. Auf einem Tiefpunkt angelangt, warf Eddy seine Tragtasche in den Schnee und kippte um. Es ging eine Weile, bis wir es bemerkten. Alle gingen weiter, einfach weiter. Ein unbeschreibliches Gefühl. Ich dachte, dass ich nicht mehr vom Fleck kommen würde, wenn ich jetzt anhielt. Es ging allen so. Irgendwann, nach einigen Metern Taumeln, meldete sich eine Stimme in mir. Ich hielt an, drehte um und stapfte zu Eddy zurück. Dieser lag völlig erschöpft im Schnee, zitterte am ganzen Körper und wimmerte wie ein kleines Kind.

»Eddy, Eddy... steh auf, wir müssen weiter!«, stammelte ich.

Die Haut meiner Lippen war aufgesprungen. Das Blut fror sofort ein. Ich packte Eddy an der Jacke und versuchte, ihn auf die Beine zu stellen. Kraftlos fielen wir zusammen in den Schnee.

»Eddy... steh auf!«, krächzte ich und wagte noch einen Anlauf. Irgendwie gelang es uns, aufzustehen. Offenbar waren die Anderen aus ihrer Trance erwacht und fanden sich nun ebenfalls bei Eddy ein.

»Eddy kann nicht mehr. Er muss auf den Schlitten!«, stöhnte ich.

Roy hielt sich an mir fest, sodass ich beinahe wieder gestürzt wäre.

»Hörst du es nicht?«, fragte Roy heiser. Ich wusste nicht, was er meinte.

»Nein - was sollte ich hören?«

Von Roy vernahm ich nur ein Stöhnen, bevor er neben mir in den Schnee fiel.

Harrys begann zu kichern:

»Der Motorschlitten - er läuft nicht mehr! Kein Benzin mehr!«

Wieder kicherte er. Er war dem Durchdrehen nahe. Wir setzten uns einer nach dem anderen in den Schnee. Die Situation war aussichtslos. Der Boden unter mir fing an, sich zu bewegen: Die ersten Sinnestäuschungen machten sich bemerkbar.

»Alina, hilf uns - wir werden draufgehen!«, stöhnte Francis.

»Ich kann nicht zaubern!«, zischte Alina. »Ich kann euch höchstens noch aufputschen. Essen können wir auch - sonst habe ich nichts mehr!«

»Putsch uns auf, Alina!«, donnerte Harrys und kroch zu ihr hin.

Alina konnte kaum noch aufrecht sitzen. Sie suchte in der Tasche nach Medikamenten. Während sie mehrere Tabletten auspackte und zu Portionen zusammenlegte, murmelte sie irgendwelche Fachausdrücke vor sich hin. Wir verstanden kein Wort. Nach einer Weile sagte sie: »So - entweder bringt euch diese Mischung um, oder ihr lauft bis ans Ende der Welt!«

Trotz allem Misstrauen nahm ich meine Portion zu mir. Tablette für Tablette würgte ich in mich hinein. Die Anderen taten es mir gleich. Alina nahm nichts.

»Warum nimmst du nichts?«, fragte ich erstaunt.

»Wenn ihr das Zeug genommen habt und überlebt, dann könnt ihr mich nachher tragen. Ich würde nie im Leben so viel Gift auf einmal essen.«

Ich sah ein kurzes Lächeln über ihr Gesicht huschen. War es Schadenfreude oder Wahnsinn? Ich wusste es nicht. Ich wusste aber, dass uns Alina mit den Tabletten umbringen konnte - wenn sie es wollte. Sie kramte weiter in ihrer Tasche und zog eine Ampulle heraus. Mit einer kleinen Spritze zog sie einen Teil der Flüssigkeit auf. Blitzschnell drehte sie sich um und stieß Eddy die Spritze durch die Hose in den linken Oberschenkel. »Das ist genau das, was du brauchst. Ich wusste schon lange, dass du keinen Alkohol mehr getrunken hast!«

Eddy erschrak und richtete sich auf.

»Was hast du mir gespritzt? Willst du mich umbringen?«

»Sei still Eddy - sie weiß was sie tut!«, unterbrach ich ihn.

»Wer kann da schon sicher sein!«, war Alinas Antwort.

Wir lagen nebeneinander im Schnee. Vermutlich erwarteten wir, dass irgendein Blitz aus heiterem Himmel uns neue Kraft und vor allem Treibstoff für den Schlitten bringen würde. Ich wusste nicht genau, ob ich einige Minuten geschlafen hatte. Irgendwann fragte ich Alina:

»Wann beginnt das Zeug zu wirken?«

»Das wirkt schon - sonst könntest du bereits nicht mehr sprechen!«, war die trockene Antwort.

Ich konnte mich mit dieser Antwort nicht abfinden.

»Du sprichst ja auch und hast nichts genommen!«

Bevor Alina antworten konnte, krächzte Roy mit schmerzverzerrtem Gesicht: »Sie ist eben eine Frau. Bei den Frauen ist das letzte Lebenszeichen der sprechende Mund!«

Das war natürlich gemein! Aber irgendwie machte mich dieser dumme Spruch darauf aufmerksam, dass unsere Worte wieder verständlicher und unsere Sätze sinnvoller wurden. Ich glaubte tatsächlich, dass die Tabletten nun Wirkung zeigten. Als dann plötzlich Eddy aufstand, als wäre nichts geschehen und uns aufforderte, die Sachen aufzunehmen und weiterzugehen, schaute ich Alina dankend an. Sie konnte meinen Blick nicht erwidern. Ich half ihr auf die Beine und hielt sie unter den Schultern um den Oberkörper fest. Wir marschierten tatsächlich weiter. Unfassbar. Es war alles genau umgekehrt als sonst! Je weiter wir gingen, desto stärker fühlte ich mich. Ich wurde fast euphorisch, spürte die Kälte kaum noch. Alina wurde zum Fliegengewicht an meinem Arm. Ich hätte sie durch die Luft wirbeln können. Eddy ging voran in einem selten gesehenen Tempo. Roy beklagte sich nicht mehr über seine schmerzenden Füße und mein Magen hörte auf zu knurren. Was hatte uns Alina da zusammengemischt?

»Alina, hörst du mich?« Sie nickte kaum sichtbar.

»Was hast du uns da zusammengemischt - das ist ja fantastisch!«

Alina konnte kaum noch sprechen. Wir mussten anhalten, dass ich ihr schwaches Flüstern verstehen konnte.

»Ge...genieß es... solange es wirkt! Bald ist... ist es vorbei!«

»Wie lange noch?«, fragte ich aufgeregt. Alina antwortete nicht mehr und sackte zusammen. Sie war total erschöpft. Sofort halfen mir Harrys und Francis, die Frau auf meine Schultern zu laden. Wir schlugen eine noch schnellere Gangart an. Schritt für Schritt, Meter für Meter, Kilometer für Kilometer, hofften wir näher an die Montov 4 zu gelangen. Immer wieder hielt ich an und lauschte dem Atem von Alina. Ich glaubte, dass sie in einen Tiefschlaf gefallen war. Immer wieder luden wir sie anders auf die Schultern, um allfälligen Blutstauungen vorzubeugen. Sie hätte uns nicht einmal sagen können, wenn ein Fuß abgefroren wäre. Harrys fragte mich zweimal, ob er Alina tragen solle. Ich lehnte ab. Ich wusste nicht genau warum, aber ich wollte sie tragen - ganz allein - ich wollte es für sie tun.

Ich war mir trotz all der Euphorie sicher, dass wir eine weitere Nacht nicht überstehen würden. Allmählich wurden die Beine schwerer und schwerer. Der Atem wurde schneller und der Puls raste. Offenbar ließ die Wirkung der Tabletten nach. Einzig Eddy spürte, glaubte ich, noch keinen Verlust. Er stapfte erstaunlich regelmäßig voran. Der Wind wurde nicht mehr stärker, aber er begann uns langsam aber sicher wieder bewusst zu quälen. Ich hörte Harrys, unseren Meteorologen, vor sich hin rufen: »Betrachten wir einmal den Kühleffekt des Windes. Wir haben nun eine Lufttemperatur von schätzungsweise -34 Grad Celsius. Die Windgeschwindigkeit beträgt nach meinem Ermessen etwa 55 Stundenkilometer. Aufgrund der Berechnung mit dem sogenannten Chill-Faktor ergibt dies eine gefühlte Temperatur von etwa -72 Grad Celsius. Die Gefahr, dass Fleisch innerhalb von sechzig Sekunden gefrieren kann, liegt mit -34 Grad bei einer maximalen Windgeschwindigkeit von 24 Stundenkilometern. Bei der jetzigen angenommenen Windgeschwindigkeit von etwa 55 Stundenkilometern ist die Gefahr, dass Fleisch bereits innerhalb von dreißig Sekunden gefriert, viel höher...«.

»Harrys - bitte!«, unterbrach ich ihn.

Einen Moment lang war er ruhig. Nicht lange!

»Wusstet ihr, dass bei einer Lufttemperatur von -51 Grad und einer Windgeschwindigkeit von 64 Stundenkilometern die effektiv verspürte Kälte derjenigen von -101 Grad Celsius entspricht?«

»Was ist, Harrys - drehst du jetzt durch?«, schrie Francis und packte Harrys am Arm. Dieser befreite sich aus Francis' Griff und schrie zurück:

»Nein - ich rechne, damit ich eben NICHT wahnsinnig werde!«

Bei dem Gedanken, dass ein unverhüllter Körperteil innerhalb von dreißig Sekunden gefrieren könnte, wurde mir fast übel.

Allmählich ließ auch bei Eddy die Kraft nach. Wir kamen nur noch langsam vorwärts. Der Kräfteverlust setzte plötzlich mit einer Vehemenz ein, dass das Gehirn kaum mehr mitdenken konnte. Alina wurde plötzlich schwerer und schwerer. Ich wollte gerade einen der Männer darum bitten, mir beim Tragen zu helfen, als der erste neben mir in den Schnee kippte. Ich wollte Alina sanft auf den Boden legen, musste sie jedoch auf halbem Weg fallen lassen. Als ob wir ausgesaugt würden, schwand die letzte Kraft aus unseren Körpern. So schnell und so gnadenlos! Wir schauten uns am Boden liegend und schnaubend an.

»Die Plane!«, keuchte ich.

Francis, welcher die Tasche mit der aufgebundenen Plane getragen hatte, kroch zu mir. Mit vereinten Kräften versuchten wir, die Plane irgendwie aufzuspannen. Wir hatten die Kraft nicht mehr. Wir legten sie also flach auf den Boden, schlugen den unteren Rand nach oben. So entstand eine Art Sack für alle. Wir krochen auf die Plane, alle nebeneinander, Alina in der Mitte. Wir zogen auch an den Seiten die vorstehenden Teile nach oben und den Teil oberhalb unserer Köpfe nach vorne. Wie ein Paket lagen wir nun also da. Lediglich über unseren Gesichtern war ein Streifen unbedeckt, damit sich die feuchte Atemluft nicht im 'Planen-Schlafsack' verkriechen konnte. Wir fühlten alle die Wärme der Person nebenan. Irgendwie hatten wir die Illusion, dass wir so überleben könnten. Trotzdem wussten wir aber alle, dass die

Feuchtigkeit unserer Körper die Innenseite der Plane trotzdem beschlagen und früher oder später gefrieren würde.

»Nicht einschlafen!«, sagte ich laut. Roy stimmte mit ein: »Nicht einschlafen!«

Jeder wiederholte die gleichen Worte. Schön der Reihe nach, immer und immer wieder. Ich horchte immer nach Alinas Atem. Sie war noch bei uns! Wie lange noch? Die Nacht brach herein. Mit unverminderter Härte fegte der Wind über das Eis.

»Nicht einschlafen!«, war ich wieder an der Reihe.

»Nicht einschlafen!«, tönte es von Roy.

»Nicht ......«, war von Eddy zu hören.

»Eddy!«, zischte ich. »Eddy, du sollst nicht einschlafen, hab ich gesagt - Eddy!«

Eddy blieb stumm.

»Wer liegt neben Eddy?«, fragte ich. Keine Antwort.

»He - wer liegt neben Eddy?« Es blieb still.

Ich fluchte in mich hinein und wollte mich aufrichten, um über die anderen hinweg zu Eddy zu gelangen. Ich fiel wieder zurück - hatte keine Kraft mehr. Ich war verzweifelt. Es war absolut sicher, dass ein schlafender Mensch unter diesen Umständen keine Überlebenschancen hatte. Mir liefen Tränen der Verzweiflung über die Wangen und froren sofort fest.

»Nicht einschlafen!«, hörte ich Roy flüstern.

»Ja, gut Roy - weiter Roy! Nicht einschlafen!«

»Nicht einschlafen!« - »Nicht einschlafen!«

So ging es weiter. Ich weiß nicht mehr, wie lange. Ich hörte immer Alinas gleichmäßigen Atem neben mir.

»Nicht einschlafen!« - »Nicht einschlafen!«

Irgendwann gab Roy keine Antwort mehr.

»Roy - du nicht auch noch!«, presste ich hervor.

Keine Antwort. Roy war auch eingeschlafen. Ich fühlte mich alleine. Alleine hier draußen, in diesem kalten, gnadenlosen Eis. Ich machte einen letzten Versuch, Alina aufzuwecken. Sie rührte sich kurz und lag dann wieder ganz still da.

»Nicht einschlafen! Nicht einschlafen!«, hämmerte ich mir immer wieder ein.

Ich konnte es nicht wahrhaben. Ich wollte nicht, dass einer von uns so kurz vor dem Ziel sterben musste. Ich war doch für die Leute verantwortlich! Verantwortlich – ja, genau - das war ich! Ich versuchte mich auf den Bauch zu drehen, da ich mir erhoffte, so auf alle viere zu kommen. Dann wollte ich aufstehen, alle Leute wecken und sie nötigenfalls mit Gewalt zur Montov 4 treiben. Genau das wollte ich! Ganz langsam gelang es mir, mich auf meine Arme zu stützen. Mein ganzer Körper zitterte. Als ich die Beine anziehen wollte, glitt ich auf der feuchten Plane aus und fiel wieder flach auf den Bauch. Ich verspürte an meinen unteren Rippen einen Schmerz. Während ich über den Stein unter der Plane fluchte, durchfuhr mich ein Gedanke: Es gibt auf dem Schnee keine Steine! Was war es dann? Meine Hand glitt nach unten zu den Rippen. Da war sie! Meine Pistole. Im Laufe der letzten Tage hatte ich sie vollkommen vergessen.

Von der Marschzeit her hätten wir die Montov 4 erreicht haben müssen. Wir konnten also nicht mehr weit entfernt sein. Das gab mir neue Kraft. Mit viel Mühe gelang es mir, die Waffe aus meiner Kleidung zu holen. Ich hielt sie aus dem Spalt der Plane und feuerte einen Schuss in die Luft. Ich hatte mir vorgestellt, dass vielleicht eine der Personen neben mir erwachen würde. Die Hoffnung war vergebens. Nach einiger Zeit feuerte ich einen weiteren Schuss ab. Wenig später den dritten Schuss. So ging es weiter. Ich hatte nur acht Schuss im Magazin. Beim siebten Schuss fluchte ich. Ich war am Ende. Die mussten die Schüsse doch in der Station hören. Sie mussten es einfach hören!

Mittlerweile war es wieder ganz dunkel. Ich raffte meinen letzten Willen zusammen und feuerte den letzten Schuss ab. Mit der allerletzten Kraft zog ich unsere Handlampe aus der Tasche, schaltete sie ein und drückte sie mit dem Lichtkegel gegen den Himmel gerichtet in den Schnee. Ich zog die Plane über uns, dann hüllte mich der Schlaf ein. Das letzte was ich hörte, war Alinas schwacher Atem.

***

Ich schwebte über einer dunklen Masse, weich, feucht und warm. Über mir sah ich ein Meer von schillernden Farben. Gelbe und blaue Blitze durchzuckten meinen Kopf. Ich fühlte meinen Körper nicht mehr. Ich bestand nur noch aus meinem Kopf, den Augen und Ohren. Ich hörte ferne Klänge und versank langsam immer tiefer in die schwarze Masse. Schließlich sah ich über mir noch einen kleinen hellen Fleck. Er tanzte hin und her. Dann wieder ein Blitz. Ich fühlte meine Arme wieder und streckte meine Hand nach dem Licht aus. Langsam schwebte ich empor und das Licht wurde heller. Ich hörte mich atmen. Es dröhnte! In den Ohren hatte ich ein Klirren und ein Krächzen. Ich schwebte durch das helle Licht, zitterte und mir wurde heiß... Ich versuchte zu schreien, aber es klang wie eine Krähe. Dann ließ ich mich treiben.

»Achtung - Kontakt!«

»Nochmals. Achtung - Kontakt!«

»Nichts mehr zu machen! Schauen wir den da an!«

»Der wird durchkommen. Bei ihr sehe ich schwarz!«

»Wo sind die anderen?«

»Bereits draußen - da war alles umsonst!«

»Der mit dem Schnurrbart?«

»Der ist bereits wieder aufgewacht. Zäher Bursche!«

»Hallo - können Sie mich hören? Hallo - hören Sie mich?«

»Gut! Eins, zwei, drei, vier, fünf! Eins, zwei, drei, vier, fünf! Hände weg! Achtung - Kontakt! Nochmals. Achtung - Kontakt!«

»Gut - sie kommt wieder - gut! Hallo - hören Sie mich? Hallo, hallo!«

»Es hat geklappt - sie hat Puls - rasch und unregelmäßig, aber stark!«

Diese kurzen Sätze waren das erste, was ich hörte. Ich hörte eine Frau und einen Mann sprechen. Ich versuchte, meine Augen zu öffnen. Irgendwie kam mir das Gefühl bekannt vor. Über dem linken Auge eine dicke Mullbinde und beide Hände einbandagiert. Das rechte Auge konnte ich öffnen und versuchte, etwas zu erkennen.

Nach einer Weile und mehreren Versuchen stammelte ich leise: »Wo bin ich?«

»Doktor - der da wacht auf!«, rief die Frau aufgeregt.

»Willkommen auf der Montov 4!«, sagte der Mann. Er musste Arzt sein.

»Montov?«, flüsterte ich erstaunt.

»Ja - im Himmel ist es nicht so saukalt!«, war die Antwort.

»Wo sind die anderen?« Einen Moment lang schwiegen beide.

»Die Frau haben wir soeben wieder ins Leben zurückgeholt. Ihr Zustand ist aber noch nicht stabil. Der Mann mit dem Schnurrbart reißt bereits faule Sprüche!«

»Und die anderen?«

»Tut mir leid. Da war nichts mehr zu machen!«

»Alle anderen tot?«, stammelte ich.

»Tut mir leid. Noch ein paar Minuten und Sie hätten es auch nicht mehr geschafft!«

Es drehte sich alles. Furchtbar! Ich verlor die Fassung. Das war einfach zu viel. Erstens war ich mir erst richtig bewusst geworden, dass ich überlebt hatte, und zweitens wusste ich, dass auch Alina und Roy lebten. Alle anderen waren aber erfroren. Für sie war alles vergebens. Musste das sein? Ich war für die Menschen verantwortlich. Ich hatte in der speziellen Situation auf der Station die Autorität an mich gerissen und dabei versagt. Ich hatte diese Menschen auf dem Gewissen. Ich war schuld an deren Tod. Ich hatte es nicht geschafft, sie zu retten!

Ein paar Tränen kullerten aus meinem rechten Auge und verliefen sich in der Ohrmuschel.

»Weinen Sie ruhig. In Russland ist das keine Schande!«

Mit dieser Aussage wurde ich schlagartig in die Realität zurückgerissen. Wir waren auf einer Russen-Station. Der eigentliche Grund für den Weggang von unserer Station war in den letzten Tagen zur Nebensächlichkeit geworden. Es zählte nur noch das Überleben. Jetzt war es wieder da. Das Gefühl der Beklommenheit, die Angst, etwas auszuplaudern oder etwas Falsches zu sagen.

»Kann ich mit der Frau reden?«, fragte ich zaghaft.

»Unmöglich. Erst muss ihr Zustand stabil werden. Wir halten sie vorläufig noch im künstlichen Schlaf!«

»Der Mann mit dem Schnurrbart - wo ist er?«, fragte ich weiter.

»Gleich nebenan. Er ist ein ziemlich hartnäckiger Kerl. Er will uns um keinen Preis seinen Namen nennen!«

»Das ist so seine Art! Er heißt Roy«, sagte ich.

»Roy? Ein Amerikaner?«, fragte die Frau neben dem Arzt.

»Ja. Wir hatten Amerikaner, Spanier, Deutsche und andere auf unserer Station.«

»Ich habe die Abzeichen auf euren Jacken gesehen. Was um alles in der Welt habt ihr hier draußen zu suchen?«

Jetzt kam es. Ich war mir bewusst, dass ich mit der nun folgenden Aussage über unsere Zukunft entscheiden würde.

»Wir hatten eine Pechsträhne. Zuerst stürzte der Hubschrauber aus unerklärlichen Gründen ab, dann fiel der Generator aus, die Akkus der Funkstation konnten der Kälte nicht mehr trotzen und schließlich brach in der Station Feuer aus. Alles was wir retten konnten, führten wir mit uns. Vor der Treibeisrinne mussten wir einen Teil der Ausrüstung zurücklassen. Wir glaubten nicht mehr, dass wir jemals die Montov 4 erreichen würden.«

Dann fügte ich fragend hinzu: »Wie sind wir überhaupt hierhergekommen?«

»Einer der Wachsoldaten hat Schüsse gehört. Sofort schickte er einen Trupp nach draußen. Hätten sie den schwachen Lichtstrahl der Handlampe nicht gesehen, wärt ihr alle erfroren!«

Wie ein Hammer klopfte es in meinem Gehirn. Soldaten? Warum waren hier Soldaten auf einer Forschungsstation?

»Wozu haben Sie denn Soldaten hier in der Station?«, fragte ich beiläufig.

»Na ja. Die kamen vor etwas mehr als einem halben Jahr hier an. Sie haben einen Geheimauftrag. Es ist noch keinem von uns gelungen, einem der Soldaten das Geheimnis zu entreißen. Jeden Tag fahren sie mit den Motorschlitten weg und kehren am Abend wieder zur Station zurück. Wir haben die Männer eigentlich nicht besonders gerne hier - sie machen unsere Arbeit schwieriger als sie sonst schon ist!«

Ich schwieg. Der Arzt bemerkte, dass ich in Gedanken versunken war.

»Machen Sie sich keine Sorgen. Denen ist es egal, ob Amerikaner hier sind oder nicht. Die haben ganz andere Interessen. Übrigens - wir haben auch Leute aus westlichen Ländern hier. Einen Schweizer, zwei Franzosen, einen Engländer und einen Italiener.«

»Doktor - sind Sie Russe?«, fragte ich erstaunt über das Englisch, welches der Mann sprach.

»Nein, Gerda und ich kommen aus Ostdeutschland. Oder besser gesagt, wir kamen aus Ostdeutschland. Seit dem 9. November letzten Jahres sind wir ganz normale Deutsche! Und wir gehören hier schon fast zum Inventar!« Er lachte.

Der Arzt war sicher an die sechzig Jahre alt und die Frau - offenbar Krankenschwester - nicht viel jünger. Er hatte graues, schütteres Haar und trug eine dickglasige Brille. Sie war schwarzhaarig und nur etwa 150 cm groß.

»Ich bin Doktor Wagner und Gerda ist meine langjährige Assistentin«, stellte er sich endlich vor. «Ich heiße Tom, und die Frau nebenan heißt Alina Sanders. Sie ist ebenfalls Ärztin.«

»Eine Kollegin - schön!«, sagte der Arzt, während er mir irgendeine Spritze gab.

Ich bekam offensichtlich Beruhigungsmittel und schlief wieder ein. Ich träumte von einer großen, grünen Wiese, mit Blumen und Bäumen, singenden Vögeln und viel Sonne. Sonne - wärmende Sonnenstrahlen streichelten mein Gesicht. Es war schön!

»Hallo, hören Sie mich?«, wurde ich geweckt. Gerda strich mir mit ihren warmen Händen über die Stirn. Das waren also die warmen Sonnenstrahlen!

»Wie geht es Ihnen heute?«

»Heute? Wieso heute? Wie lange habe ich geschlafen?«

»Den ganzen Tag und die Nacht!«

Ich bemerkte, wie die Binde vom linken Auge verschwunden und die rechte Hand nicht mehr einbandagiert war. Langsam richtete ich mich auf.

»Wir werden Sie heute nochmals untersuchen. Wenn alles stimmt, können wir die Infusion abnehmen und Sie dürfen es mit einer Suppe versuchen.«

»Wie geht es den anderen?«, fragte ich aufgeregt.

»Dieser Roy ist wohlauf. Er ist aber sehr vergrämt, weil wir ihm zwei Zehen amputieren mussten. Er ist, glaube ich, sogar wütend auf den Doktor!«

»Typisch Roy!«

»War Roy Soldat in der US-Armee?«

»Ja, aber das ist lange vorbei«, sagte ich schnell. Ich wollte noch nicht zu viel ausplaudern.

»Ich dachte es mir. Für ihn sind wir alles Russen und somit seine Gegner!«

»Ist denn nicht ein wenig Wahrheit dabei?«, sagte ich fragend.

»Ärzte und Krankenschwestern machen auf der ganzen Welt die gleiche Arbeit. Sie haben das Ziel, den Menschen zu helfen. Den Menschen - nicht den Russen oder den Amerikanern! Für uns sind alle einfach nur Menschen!«

Ich glaubte, dass sie ernst meinte, was sie sagte.

Ich fragte sie, ob es mit Alina aufwärts gehe. Sie verneinte nachdenklich und fügte dann leise hinzu: »Der Zustand bleibt nicht stabil. Wir müssen sie in ein Krankenhaus verlegen lassen!«

Ich zuckte zusammen bei dem Gedanken, dass wir nun doch noch voneinander getrennt würden.

»Können Roy und ich nicht mit ihr gehen?« Ich zögerte, sagte aber dann: »Sie müssen wissen, dass Alina und ich... ich meine... dass wir uns nahe stehen.«

Gerda schmunzelte. »Ich werde mit dem Stationskommandanten sprechen!«, sagte sie und verließ die Krankenstation.

Nach einer Weile kam sie mit einem Mann zurück.

»Ich bin Professor Sirinov - willkommen auf der Montov 4!«

»Ein Russe!«, schoss es mir durch den Kopf. Ich hatte noch nie einen Russen zu Gesicht bekommen. Eigentlich ein Mensch wie wir alle! Höflich fragte er mich, ob er sich zu mir setzen dürfe. Ich zeigte auf den Stuhl in der Ecke. Er winkte ab und setzte sich locker auf die Bettkante. Er war Mitte fünfzig, schlank, fast zwei Meter groß und sprach Englisch mit starkem Akzent.

»Gerda hat mich über Ihren Wunsch unterrichtet. Sie wissen, dass es nicht so einfach ist! Das Gebiet unserer Station hier ist mehr oder weniger neutraler Boden, obschon wir einige Leute der Armee bei uns einquartieren mussten. Wenn Sie aber mit Ihren Kollegen nach Moskau fliegen, müssen Sie die Formalitäten für die Einreise erfüllen. Ihre Kollegin, die Ärztin, könnte im Sinne einer humanitären Handlung eingeflogen werden. Bei Ihnen und diesem Roy ist das aber nicht so. Ich biete Ihnen die Möglichkeit, mit Ihrer Firma Kontakt aufzunehmen, damit man Sie hier abholen kann!«

Ich überlegte einen Augenblick.

»Wenn uns die Firma abholen kann, kann sie ja auch Alina mitnehmen!«

»Das würde zu lange dauern! Alina - wie sie offenbar heißt - wird heute noch mit dem Hubschrauber zur Hauptbasis geflogen und dort von einer Transportmaschine übernommen. Heute Abend wird sie im Krankenhaus sein! Ich habe die Verantwortung über diese Frau und kann sie in ihrem Zustand nicht länger bei uns behalten. Wir sind nicht gut genug ausgerüstet.«

Ich wusste nicht mehr weiter. Ich konnte es nicht ertragen, dass Alina von mir weg ging und ich nicht wusste, wie es ihr dort ergehen würde.

»Professor - wie kommt Alina dann wieder nach Hause?«

»Dies wird nach ihrer Genesung vermutlich auf diplomatischem Wege erfolgen.«

»Wann kann ich Funkkontakt mit unserer Basis aufnehmen?«

»Das kann ich Ihnen nicht sagen. Seit die Soldaten hier sind, müssen selbst wir betteln, um die Anlage benutzen zu dürfen. Sie haben alles unter Kontrolle. Ich werde aber mit Oberst Kirov sprechen. Er ist sowieso darauf erpicht, mit Ihnen einige Worte wechseln zu können. Bis jetzt konnte ich ihn aufgrund des 'medizinischen Standpunktes' von Ihnen fernhalten. Wenn Sie aber nun etwas von ihm wollen, wird dies nur über ein persönliches Gespräch zu erreichen sein!«

»Was geschieht mit unseren Toten?«

»Die kann ihre Firma abholen, wann immer sie will!«

Der Professor verließ den Raum. Gerda hielt meine Hand und sagte:

»Es wird alles gut. Ich kann Sie verstehen. Auch der Professor versteht Sie - ich weiß es. Er hat keinen leichten Stand hier, seit die Soldaten angekommen sind. Er trägt nach wie vor die Verantwortung für die Station, und doch wurden seine Befugnisse stark eingeschränkt.«

Es war gegen 12.00 Uhr mittags, als ich emsiges Treiben im Raum nebenan wahrnahm. Alina wurde für den Transport vorbereitet.

»Alina!«, rief ich, so laut ich konnte. Die Tür ging auf und Dr. Wagner schaute mich an.

»Haben Sie gerufen?«

»Ja - kann ich Alina nochmals sehen, bevor ihr sie wegbringt?«

Der Arzt winkte ab.

»Sie ist schon richtig eingepackt. Es ist kalt draußen!«

Ich war verzweifelt. Würde ich sie jemals wieder sehen?

Ich hörte den Lärm des startenden Hubschraubers und hätte am liebsten laut aufgeschrien.

Da waren's nur noch zwei! Roy und ich. Seit unserer Rettung hatte ich ihn noch nicht gesehen. Ich musste mit ihm sprechen - unbedingt. Ich fühlte irgendwie, dass wir zwei gezielt voneinander ferngehalten wurden. Gerda kam mit einer Suppe ins Zimmer.

Mütterlich versuchte sie, mir die Suppe einzuflößen. Ich hatte aber wirklich keinen Hunger. Ich bat sie, die Suppe auf den Tisch neben dem Bett zu stellen. Vielleicht wollte ich später etwas davon probieren. Mein Gehirn fing wieder an, richtig zu arbeiten. Ich brütete die verschiedensten Pläne aus. Ich musste irgendwie mit Roy sprechen können. Sie wollten aber weder ihn zu mir, noch mich zu ihm bringen. Selber gehen konnte ich noch nicht. Konnte ich es wirklich nicht? Sofort versuchte ich, mich auf die Bettkante zu setzen. Die Kraft der Muskeln wäre vorhanden gewesen, aber mir drehte sich nach wenigen Sekunden alles vor den Augen. Ich legte mich wieder hin. Der Kreislauf war noch vollkommen geschwächt. Ich wäre beinahe ohnmächtig geworden. In der folgenden Zeit benutzte ich jede unbeobachtete Gelegenheit, um meinen Kreislauf zu stärken. Immer und immer wieder setzte ich mich auf die Bettkante. Ich zählte die Sekunden, bis mir wieder schwindlig wurde. Ich lehnte auch das Essen nicht mehr ab. Am nächsten Morgen wollten Doktor Wagner und Gerda mit mir versuchen, aufzustehen. Es hätte geklappt. Ich war überzeugt, dass ich einige Schritte hätte gehen können. Ich gaukelte den beiden aber starken Schwindel vor, sodass sie mich sofort wieder ins Bett legten. Ich wollte ihnen nicht zeigen, wozu ich bereits in der Lage war. Ich wusste, dass sie Roy und mich noch stärker voneinander abschirmten, wenn ich wieder gehen konnte. Ich übte und übte. Ich stand mitten in der Nacht auf und ging zwei oder drei Mal durchs Zimmer, bevor ich mich wieder hinlegte. Am folgenden Tag schaffte ich es, mindestens eine Viertelstunde im Zimmer auf und ab zu gehen. Ich ging in die Knie und stand wieder auf, um erneut in die Knie zu gehen. Ich fühlte mich großartig. Auch an diesem Tag spielte ich beim Aufstehversuch mit dem Arzt den Kranken. Ich erhielt kreislaufstärkende Präparate, welche ich allesamt in meine Jacke steckte. Man wusste ja nie... Dann kam die Nacht. Ich wusste, dass die Zeit drängte. Als ich keine Geräusche mehr hörte, stand ich langsam auf und ging zur Tür. Ich öffnete sie leise und sah, dass im Flur die Beleuchtung auf Nachtbetrieb umgeschaltet war. Im schwachen Licht ging ich langsam den Flur entlang, bis zur nächsten Tür. Ich drückte die Klinke sorgfältig nach unten. Die Tür ließ sich nicht öffnen. Erst dann sah ich einen kleinen, gelben Kleber, welcher wie eine Art Siegel auf Tür und Rahmen geklebt war. Vermutlich war dieser Raum nach Alinas Abtransport sterilisiert und abgeschlossen worden. Ich ging weiter und erreichte die nächste Tür. Sie ließ sich lautlos öffnen. Als ich ein leises Schnarchen hörte, war ich sicher, Roy gefunden zu haben. Im Zimmer war es fast vollständig dunkel. Ich sah die Umrisse des Bettes und der Person darin. Ganz vorsichtig tastete ich mich durch das Zimmer zum Bett. Im schwachen Licht, welches vom Fenster her ins Zimmer fiel, erkannte ich als erstes Roys Schnurrbart. Ich beugte mich über ihn und flüsterte ihm leise ins Ohr:

»Roy, wach auf - ich bin's!« Nach einem Augenblick hörte das Schnarchen auf.

»Roy, ich bin's, Tom!«, flüsterte ich erneut.

Ganz langsam drehte sich Roy nach mir um:

»Halleluja, Kleiner!«, war das erste, was er sagte. Diesmal machte es mir nichts aus. Dann packte er mich am Handgelenk und zog mich zu sich hin.

»Hast du dem 'Ivan' schon alles erzählt?«

»Nein. Die haben keine Ahnung. Ich habe gesagt, dass wir mehrere Pannen erlitten hätten und dass die Station aus unerklärlichen Gründen abgebrannt sei.«

»Gut - sehr gut - mir wird es hier langsam zu eng!«

»Die haben Soldaten hier. Ich glaube, dass die den Auftrag haben, nach dem Satelliten zu suchen! Und nun will unbedingt der Oberst mit mir sprechen. Was soll ich ihm erzählen?«

»Weiß ich alles schon!«, zischte Roy.

»Wir werden ihnen genau das erzählen, was du schon gesagt hast. Wenn es überhaupt so weit kommt!«

»Was meinst du damit?«

»Wir hauen ab - wie geht es Alina? Kann sie mitkommen?«

»Alina ist weg. Die haben sie in ein Spital nach Russland gebracht!«

»Oh Gott - das hat uns noch gefehlt. In ihrem Zustand wird sie alles ausplaudern!«

»Was jetzt?«

»Ich weiß auch nicht. Morgen Nacht kann ich zu dir rüber kommen!«

»Kannst du denn gehen mit deinen Zehen?«

»Ich kann! Die wissen es zwar nicht, aber ich kann. Hab fleißig geübt!«

»Die wissen auch nicht, dass ich aufstehen kann. Das ist gut so! Komm morgen zu mir. Ich bin im Zimmer am Ende des Flures!«

»Gut - halt die Ohren steif«, sagte Roy und fügte nachdenklich bei: »Halt ja die Klappe, klar?«

»Klar - mach's gut!«

Ich schloss die Tür wieder leise und ging in mein Zimmer zurück. Roy ging es also besser als ich dachte. Wir hatten eine Möglichkeit mehr: Ich überlegte mir, dass Roys Fluchtgedanke gar nicht so schlecht war. Ich konnte kaum einschlafen, studierte immer und immer wieder an möglichen Lösungen für unser Problem. Wenn wir unverhofft flohen, würden alle hier vermuten, dass etwas nicht stimmen konnte. Die Soldaten würden uns mit ihrer guten Ausrüstung in kürzester Zeit finden. Einfach nur die Dummen spielen konnten wir auch nicht ewig. Die Firma würde uns hier abholen und nach Hause bringen. Dort würden uns die eigenen Leute, welche uns nach dem Leben trachteten, rasch aufspüren und vermutlich liquidieren. Wir mussten also einen Handel eingehen. Der einzige verfügbare Verhandlungspartner war zurzeit Oberst Kirov. Wie um alles in der Welt wollte ich das anstellen?

Ich erwachte am Morgen, als mir Gerda die Medizin brachte. Ausnahmsweise nahm ich die Tabletten ein. Irgendwie kamen sie mir bekannt vor.

»Wie geht es Ihnen?«

»Ich glaube schon besser.«

»Sie hat es schön erwischt. Eigentlich müssten Sie längst wieder gehen können!«

»Ist es möglich, dass wir als Folge der Aufputschtabletten nun so erschöpft sind?«

»Aufputschtabletten?«

»Alina hat uns auf dem Weg hierher mit Medikamenten vollgepumpt. Ohne diese hätten wir es nie bis hierher geschafft!«

»Jetzt wird mir vieles klar! Natürlich fällt man nach Aufputschmitteln in ein viel tieferes 'Loch' als sonst!«

»Na ja. Ich bin zuversichtlich!«, sagte ich und musste ein Lächeln unterdrücken. Eigentlich war Gerda eine sehr nette Frau. Sie stand, glaubte ich, voll hinter dem, was sie mir am Anfang gesagt hatte und betrachtete mich einfach nur als Mensch. Nicht als Amerikaner oder gar als Feind. Ich aß an diesem Tag alles auf. Ich musste mich dazu zwingen, tat es aber trotzdem. Als es Abend wurde, wartete ich ungeduldig auf Roys Besuch. Ich musste bis nach Mitternacht ausharren. Dann ging langsam die Tür auf. Ich sah Roy durch das Zimmer humpeln.

»Hallo Roy - wie geht es Dir?«, flüsterte ich leise.

»Blendend! Ich kann laufen wie ein junges Reh!«

»Eher wie ein angeschossener, alter Rehbock!«, lachte ich leise.

»Ich habe heute diesen Oberst mit Doktor Wagner reden hören. Ich kann nur ein paar Brocken Russisch, glaube aber, dass von dir die Rede war. Ich vermute, dass der Oberst morgen mit dir reden will!«

»Nicht schon morgen!«, presste ich hervor.

»Hast du eine Idee?« Ich erklärte Roy, worüber ich letzte Nacht nachgedacht hatte. Er war von der Idee mit dem Handel beeindruckt, wusste aber auch nicht genau, wie wir es anstellen sollten. Wir tauschten einige Gedanken aus.

»Wir müssten dem Oberst einen Teil der Geschichte erzählen. Nur gerade so viel, wie es braucht, damit er uns Glauben schenkt.«

»Wir müssen ihm aber auch sagen, dass unsere eigenen Leute uns liquidieren wollten und immer noch wollen.«

»Ja - das würde ihn, vielleicht ohne dass er es will, auf unsere Seite zwingen.«

»Es würde ihm auch einleuchten, dass wir nicht einfach in unsere Heimat zurückgehen könnten!«

»Wir müssen ihn soweit bringen, dass er uns seine Hilfe im Gegenzug zu den Informationen garantiert.«

»Ich will gerne nach Hause zurück. Wir müssen dafür sorgen, dass die Presse und alle Medien vom Vorfall erfahren. Das ist unsere einzige Sicherheit. Vielleicht kann man darüber mit dem Oberst reden.«

»Wenn wir dem Oberst alles erzählen, was wir wissen, und er diese Informationen an seinen Staat übermittelt, dann entsteht ein Wirbel in der Politik, dass die Wände wackeln!«

»Wenn wir ihm alles erzählen, haben wir aber keine Trümpfe mehr im Ärmel und demnach keine Sicherheit!«

»Er braucht ja nicht zu wissen, dass es alles ist!« Das war's! Wir hatten einen Plan. Jetzt musste er nur noch funktionieren. Roy wollte das Zimmer verlassen, als ich ihm nachflüsterte:

»Da ist noch etwas! Wir müssen jeder darauf beharren, dass wir nur zu zweit mit ihm reden werden!«

Roy ging und es war wieder still. Ich machte noch einige Turnübungen und legte mich wieder ins Bett. Der Morgen kam rascher, als mir lieb war.

***

Gegen sechs Uhr erwachte ich, weil ich auf dem Flur Stimmen hörte. Es ging nicht lange, bis Dr. Wagner ins Zimmer kam. Hinter ihm folgte Professor Sirinov.

»Guten Morgen. Wie geht es Ihnen?«

»Danke, schon besser.«

»Sind Sie bereit, mit Oberst Kirov zu sprechen?«

»Ja«, sagte ich kurz und merkte, wie mir warm wurde.

»Oberst!«, rief Sirinov in den Flur.

Nach einem kurzen Augenblick erschien der Oberst im Zimmer. Er war bereits an die sechzig Jahre alt. Sein Gesicht war dasjenige eines Mannes, welcher schon viel erlebt hatte. Die kleinen, dunklen Augen schauten streng aber trotzdem mit warmem Ausdruck unter den buschigen Augenbrauen hervor. Er trug eine Fellmütze. Unter dem Arm hielt er eine Aktenmappe. Er kam mit ausgestrecktem Arm auf mich zu und schüttelte mir die Hand.

»Ich bin Oberst Kirov. Herzlich willkommen auf der Montov 4.«

Ich stellte mich auch vor und bedankte mich für die vielen Aufmerksamkeiten, welche mir hier zuteilwurden. Ebenso lobte ich die medizinische Betreuung und das feine Essen.

»Ich glaube, junger Mann, dass wir uns prächtig verstehen werden!«, sagte der Oberst lächelnd. Er setzte sich auf den Stuhl neben dem Bett und schickte alle anderen hinaus. Dies geschah mit einer Selbstverständlichkeit, als käme es täglich vor. Dann begann er in absolut perfektem Englisch zu sprechen:

»Ich habe gehört, dass Sie von der ARC 1 da drüben kommen.«

»Ja - von der ist nicht mehr viel übrig!«

»Was ist passiert?«

»Macht es ihnen etwas aus, wenn mein Freund Roy bei unserem Gespräch dabei sein kann?«

»Ihr Freund Roy? Das ist der Mann mit dem Schnurrbart! Ich wollte mit ihm sprechen, doch er sagte mir, dass er Sie bei der Unterhaltung dabeihaben möchte. Sind Sie Brüder?«

»Wir wurden zu Brüdern auf dem Weg hierher!«, sagte ich trocken.

Einen Augenblick überlegte er und sagte dann mit einem verschmitzten Lächeln: »Na gut - dann werden wir drei Brüder gemütlich zusammensitzen und ein wenig plaudern!«

»Ich danke Ihnen.« Mir wurde bewusst, dass wir es hier mit einem absoluten Profi zu tun hatten. Ich hegte den Verdacht, dass dieser Mann trotz seiner freundlichen Art ziemlich gemein werden konnte. Er rief irgendetwas auf Russisch in den Flur. Das einzige, was ich verstand, war das Wort 'Americani' oder so ähnlich. Da war es also wieder: Amerikaner und Russen. Eben nicht nur Menschen wie alle anderen, sondern 'Amis und Ivans'. Nach wenigen Augenblicken schoben zwei Soldaten Roys Bett ins Zimmer. Ich tat so, als sähe ich Roy zum ersten Mal seit der

Rettung. Roy erwiderte meine Freude und wir strahlten uns an, dass es fast peinlich wirkte. Nachdem wir unser Theater zu Ende gespielt hatten, klatschte der Oberst kräftig in die Hände:

»Ha! Gut gespielt, Männer! Sie sollten zum Theater gehen!«

Vermutlich schauten Roy und ich wie zwei ertappte Kinder aus der Wäsche.

»Ihr Amerikaner könnt das Theaterspielen einfach nicht lassen. Na ja. Es gab schon Schauspieler, welche bei Ihnen Präsident geworden sind!« Und wieder lachte er aus voller Brust. Dann wurde er plötzlich sehr ernst. Mit einer Kälte, die kaum zu beschreiben war, schaute er uns abwechslungsweise in die Augen. Dann sagte er ganz leise und sehr betont: »Schluss mit dem Theater. Sie wollen etwas von mir und ich will etwas von Ihnen! Glauben Sie etwa, wir lassen Sie nachts unbeaufsichtigt in der Station herumspazieren? Nein! So etwas gibt es nur im Film!«

Er zog Roys Bett ganz nah zu sich hin. Wir hockten nun alle ganz dicht beieinander.

»Wer ist hier wessen Vorgesetzter?«, war seine erste Frage.

»Keiner. Auf der Station war ich Sicherheitsbeauftragter der Firma Polaris Inc. und Roy war für die Kommunikation zuständig.«

»Sicherheitsbeauftragter der Firma? Sind Sie sicher, dass nicht der Staat Ihr Arbeitgeber ist?«, fragte mich Kirov kritisch.

»Ich war früher Polizist und habe mich auf eine Ausschreibung der Firma beworben. Leider haben sie mich ausgesucht!«

»Das weiß ich natürlich alles!«, sagte Kirov nachdenklich. Er wühlte in seiner Aktenmappe und zog zwei Umschläge heraus. Dann begann er laut vorzulesen:

»Sheen, Roy Sheen, Vietnam-Veteran im Grade eines Sergeants, Spezialist für Funkanlagen, unverheiratet, ... - Geburtsdatum, Kontaktadresse in den USA, Hobbys, Raucher, und so weiter und so weiter!« Dann nahm er den zweiten Umschlag zur Hand und begann zu blättern. »Dasselbe habe ich von Ihnen! Polizeiakademie, Streife und danach mit Zusatzausbildungen zur Kriminalpolizei, später Abteilung für Kapitalverbrechen, und so weiter und so weiter!«

Roy und mir blieb für einen Moment die Luft weg. Er fasste sich als erster und sagte kühl: »Wer sagt Ihnen, dass ich wirklich Roy Sheen bin?«

Kirov öffnete die Akte und hielt sie Roy vors Gesicht. Halb singend sagte er: »Fotos! Jede Menge Fotos!«

Auf den Bildern waren Roy und ich bei unserer Arbeit auf der Station abgebildet. Mir blieb die Sprache weg.

Roy packte die Akte und starrte auf die Bilder. »Wer hat diese Fotos gemacht?«

Anstatt zu antworten, stellte Kirov eine Gegenfrage: »Wer glauben Sie denn?« Wir konnten es nur erahnen. Stolz über seinen Triumph klappte Kirov die Akte zu und sagte freundlich: »Ich weiß so ziemlich alles über die Arbeit und die Leute auf Ihrer Station! Ich weiß auch, dass Sie etwas wissen, was mich interessieren wird! Sie werden nach unserem Gespräch erleichtert aufatmen - sofern der Dialog zwischen uns 'Brüdern' zustande kommt.« Roy und ich schauten uns an. Er nickte fast unsichtbar - doch auch dies war Kirov nicht entgangen. Er war ein Fuchs.

»Warum sprechen Sie unsere Sprache perfekt?«, fragte ich, vollkommen fehl am Platz.

»Einen Moment lang schaute mich Kirov eigenartig an. Dann sagte er wieder mit seinem eingeübten Lächeln: »Wissen Sie, junger Mann, ich war schon fast überall in dieser schönen, weiten Welt. Sogar in Amerika. Stellen Sie sich einmal vor: Ich machte in jungen Jahren sogar vor dem Weißen Haus Gartenarbeiten!«

Ich starrte ihn an. Fassungslos, und fast ein wenig enttäuscht. Ich hätte nie gedacht, dass so etwas in unserem Land möglich wäre.

»Also gut«, begann ich konzentriert, »erzählen wir die Wahrheit!« Ich erzählte von Anfang an bis zum Schluss alles, was wir erlebt hatten. Nur zwei Dinge verschwieg ich: Die Namen 'COMA' und 'PAX 2' und die Form des Satelliten. Der Oberst hörte aufmerksam zu. Stellte keine Zwischenfragen und machte sich auch keine Notizen. Mein Vortrag dauerte sicher eine halbe Stunde. Regungslos saß Kirov da und sog die Worte in sich auf.

»So, das war's. Sie wissen nun, wie es um uns steht. Wir können nicht zurück, bevor die ganze Sache publik geworden ist!«

Kirov seufzte: »Stimmt alles haargenau! Das hätte ich nicht erwartet!« Wieder zog sich mein Magen zusammen. Eindrucksvoll ergriff Kirov das Wort.

»Wir hatten große Mühe, den Sektor 45 zu lokalisieren. Alles andere wussten wir bereits. Als feststand, wo sich dieser Übergabeort befand, war es zu spät. In der gleichen Nacht flog eure Station in die Luft. Sie ist ja nicht abgebrannt! Das wusste ich! Ich wusste auch, dass Sie die Station vor der Explosion verlassen haben. Wir haben Sie gesucht. Sie haben sich sehr gut versteckt gehalten. Als wir dann das ganze Gelände absuchten, fanden wir vor der Treibeisrinne die Sachen, welche Sie zurückgelassen haben. Wir dachten, Sie wären alle im Treibeis ersoffen. Wir haben Sie nicht mehr erwartet.«

Ich war platt. Roy schüttelte nur noch den Kopf. Kirov bemerkte unsere Gesten und sagte väterlich: »Lassen Sie die Köpfe nicht hängen! Das hat nichts damit zu tun, dass wir Russen sind und solche Dinge besser können als Sie. Es geht nur darum, die richtigen Leute zur richtigen Zeit am richtigen Ort zu haben! Wir hatten Glück!«

»War es Svenson?«, fragte ich geradewegs heraus.

Jetzt blickte mich Kirov erstaunt an: »Sie haben Ihre Hausaufgaben gemacht, junger Mann! Wer hätte das gedacht!« Er lachte und fragte dann: »Wie haben Sie das herausgefunden?«

»Ich habe noch viel mehr herausgefunden!«, versuchte ich den Spieß umzudrehen.

»Oh, interessant zu hören! Meinen Sie vielleicht die Namen 'COMA' und 'PAX 2'? Oder vielleicht sogar die speziellen Gehäuseteile des Satelliten? Ha ha, junger Mann, versuchen Sie nicht, mich auszutricksen!«

Kirov stand aufgeregt auf und ging im Zimmer auf und ab. Endlich drehte er sich nach mir um, zeigte mit dem Finger auf mich und sagte: »Sie beide gehen zurück nach Amerika! Und zwar bevor der politische Sturm losbricht! Wir wissen alles über das Satellitenprojekt. Wir kennen den Zweck, die Technik und die Wirkung bei einem Einsatz! Alles was uns noch fehlt, ist der Satellit selber. Den brauchen wir, um der Welt endlich beweisen zu können, dass die Amerikaner aufrüsten und ihre Projekte weiter vorantreiben, während ihre Vertreter mit uns an den Tischen die Abrüstungsverträge unterzeichnen. Das ist es, was die Welt wissen muss! Sie beide seid für die Welt vollkommen unwichtig!«

Er war richtig wütend und jagte mir einen riesigen Schrecken ein. Ich wusste, dass wir nun Kirov voll ausgeliefert waren.

»Wie stellen Sie sich unsere Rückkehr nach Amerika vor?«

»Sie werden als Diplomaten mit russischer Herkunft einreisen und für uns ein paar Sachen in Erfahrung bringen!«

»Wir kommen niemals an die notwendigen Informationen heran!«, sprudelte Roy verzweifelt. Ich nickte, sagte nichts.

»Doch, das werden Sie. Wollen Sie den Grund wissen?«, sagte er fragend.

Wir nickten wortlos.

»Weil wir über die Doppelagenten durchsickern lassen werden, wer Sie wirklich sind. Die Amis werden sich um Sie reißen. Die wüssten nämlich zu gerne, was Sie uns alles erzählt haben und was wir schon darüber wissen!«

»Die werden uns sofort liquidieren!«, stammelte ich.

»Werden sie nicht!«, brüllte Kirov. »Sie beide werden als Teilnehmer einer offiziellen Delegation nach Washington gehen. Die können es sich nicht leisten, einen russischen Diplomaten umzulegen!«

»Und wenn wir untertauchen?«, fragte Roy zynisch.

»Denkt an Alina Sanders. Ich habe vernommen, dass Sie sich ziemlich gut mögen!«

Mit diesen Worten, den Blick auf mich gerichtet, verließ Kirov das Zimmer. Wir hockten wie zwei geduschte Hunde in unseren Betten. Wir hatten eigentlich erreicht, was wir wollten. Gespielt wurde aber nach russischen Regeln, und dadurch fiel die Lösung etwas anders aus.

Keiner bemühte sich von nun an mehr darum, Roy und mich voneinander fernzuhalten. Beim Mittagessen sagte Roy nachdenklich: »Ich werde trotzdem untertauchen!«

»Denk doch an Alina!«, wetterte ich.

Roy schwieg. Wir aßen und schliefen, aßen und schliefen wieder. Irgendwann kam Gerda ins Zimmer und überreichte mir ein Paket.

»Der Oberst sagte, dass Sie das hier brauchen würden.« Ich öffnete das Paket und fand zwei russische Wörterbücher.

»Ich werde keinen Blick in dieses kommunistische Machwerk werfen!«, zischte Roy.

»He! Was soll's. Einige Wörter Russisch können uns nicht schaden. Vielleicht sind wir noch froh darum.«, antwortete ich.

So ging es drei Tage lang. Irgendwie hatte ich das Gefühl, dass es allmählich auch Roy ein wenig Spaß machte. Wir büffelten Wörter, als hätten wir eine Prüfung vor uns. Irgendwie war es ja auch so! Kirov kam jeden Morgen zu uns und kontrollierte den Stand unseres Wissens. Am dritten Tag, als er mit Roy ein russisches Gespräch führen wollte, warf dieser das Buch in hohem Bogen in die Ecke: »Ist doch Mist, das Ganze - was soll ich hier Wörter büffeln? Es hat ja doch keinen Sinn!«

Der Oberst klopfte Roy fast freundschaftlich auf die Schulter und sagte: »Bringen Sie es wenigstens fertig, Englisch mit russischem Akzent zu sprechen?«

»Abär natirlich, Genossä Obärst!«, sagte Roy. Ich musste laut herauslachen. Auch Oberst Kirov musste schmunzeln. »Gut, üben Sie Ihre Sprache mit unserem Akzent - Sie werden in Amerika sowieso kaum Russisch sprechen müssen!«

Der Oberst stand auf und sagte uns beim Weggehen, dass wir uns waschen und rasieren sollten. Er käme in einer Stunde wieder. Wir schauten uns im Spiegel an. Immer noch müde Gesichter.

Nach der Rasur fühlte ich mich richtig sauber. Roy war währenddessen unter der Dusche gewesen. Als ich mit Duschen an der Reihe war und in die Kabine trat, freute ich mich wie ein kleines Kind. »Endlich - ich stinke wie eine Sau!«, sagte ich zu mir selbst. Es war herrlich, das warme, dampfende Wasser auf der Haut zu spüren und endlich, endlich die Haare zu waschen. Ich fühlte richtig, wie der Dreck von mir weggespült wurde. Einzig meine immer noch nicht verheilten Füße brannten, als die Seife dem Körper nach darüber rann. Es machte mir aber nicht viel aus. Ich genoss es, einfach nur dazustehen und mich reinigen zu lassen. Ich stand lange unter der Dusche.

Jemand klopfte an die Kabinentür:

»Leben Sie noch oder war da so viel Dreck, dass nichts mehr von Ihnen übriggeblieben ist?«, hörte ich Gerda rufen.

»Ich bin gleich fertig!«, rief ich ihr zu. Flugs flog ein großes - natürlich rotes - Badetuch über die Kabinenwand. Ich trocknete mich eilends ab, band das Tuch um meinen Körper und ging ins Zimmer zurück. Dort angekommen, verschlug es mir fast die Sprache! Roy stand da, in einem konservativen Anzug, Krawatte und Hemd mit Manschettenknöpfen.

»Gehst du zum Tanz?«, lachte ich ihm entgegen.

»Wart es ab - gleich wirst auch du hier stehen wie ein Lackaffe!«

Als er dies sagte, legte mir Gerda bereits einen Anzug auf das Bett. Dunkelgraue Hose, uralter Schnitt, schwarzes Jackett, weißes Hemd und - wie könnte es anders sein - eine rote Krawatte.

»Warum müssen wir das Zeug anziehen?«, fragte ich Gerda. Sie lachte und sagte uns, dass gleich der Oberst mit dem Fotografen kommen würde.

»Mit dem Fotografen? Will der etwa Fotos von uns machen?«

Gerda zuckte mit den Schultern und sagte: »Ich glaube kaum, dass der Fotograf kommt um euch die Zehennägel zu schneiden!« Sie lachte und ging hinaus.

»Bei deinen Zehen wäre er schneller fertig!«, witzelte ich Roy an. Das war natürlich gemein und konnte von ihm nicht einfach geschluckt werden. »Dir laufe ich noch um die Ohren wie früher! Grünschnabel!«

»Möglich - aber nur, wenn sie für dich ein Paar Schuhe finden!«

»Hör auf! Das ist nicht fair!«

»Was heißt hier nicht fair? Du kannst jetzt viel weniger Blasen an den Füssen kriegen als ich!«

Jetzt hatte ich den Bogen überspannt. Roy war echt verletzt. Nach kurzer Zeit sagte er: »In den Arsch treten kann ich dir immer noch - klar?«

Ich dachte, dass es jetzt besser war, die Klappe zu halten. Ich hielt sie.

Als sich die Gemüter beruhigt hatten, legte ich Roy die Hand auf die Schulter und sagte: »He Roy - russische Agenten schlagen sich doch nicht!«

»Zum Teufel!«, zischte er, von neuem Zorn befallen. »Das bin ich nicht! Wenn ich etwas nicht freiwillig mache, dann bin ich auch nicht der, den ich vorgebe zu sein!«

»Roy, wir tun das in gewisser Weise freiwillig. Und wenn du dich damit nicht abfinden kannst, denk wenigstens daran, dass wir auf diesem Weg eine Überlebenschance haben!«

Roy nickte. Er wusste genau, dass uns im Moment keine Alternative blieb.

Ohne anzuklopfen, öffnete der Oberst die Türe. Hinter ihm kam ein Soldat mit einer Kameratasche herein. Ich musste lachen, als ich die Aufschrift 'Canon' auf der Seite der Tasche las.

»Warum lachen Sie?«, fragte der Oberst.

»Westprodukte!«, gab ich zur Antwort.

»Warum nicht? Unsere Technologie in Ihren Gehäusen!«, sagte er überheblich und lachte.

»Das ist doch nicht wahr!«, zischte Roy.

»Natürlich nicht!«, sagt der Oberst und lächelte. »Wir können nicht überall besser sein. Aber was soll's. Vielleicht lag es auch nur an den Batterien, dass unsere Kameras in dieser Kälte immer versagten!«

Roy war zufrieden.

»Stellen Sie sich vor die weiße Wand dort - einer nach dem anderen!«

»Zu Bäfähl, Genossä Obärst!«, sagte Roy und stellte sich vor die Wand.

Leise murmelte er vor sich hin: »Kommando anlegen, Achtung, Feuer!«

Das war nicht zum Lachen! Der Fotograf knipste einige Bilder von allen Seiten. Dann war ich an der Reihe. Nachdem ich die Prozedur überstanden hatte, wollte ich meine Krawatte wieder auszuziehen.

»Nein - Sie können die Sachen anbehalten. In einer Stunde fliegen wir!«, sagte der Oberst streng.

Das war ein Schock für uns. So schnell schon? Eben noch war es mir wie ein Spiel in weiter Ferne vorgekommen. Nun hatte uns die Realität eingeholt. Man brachte Roy ein Paar viel zu große Schuhe und uns beiden gefütterte Gamaschen, einen schweren, warmen Mantel und eine Pelzmütze. Wir sprachen kein Wort. Nachdem der Oberst und der Fotograf das Zimmer verlassen hatten, stellte sich Roy vor dem Fenster auf und murmelte etwas vor sich hin.

»Denk nicht daran!«, sagte ich zu ihm. »Wir werden hier nie fliehen können!«, fügte ich noch an, und wieder waren wir ruhig.

Pünktlich, nach einer Stunde, hörten wir den landenden Hubschrauber. Der Oberst betrat das Zimmer und verkündete feierlich: »Meine Herren - es geht los! Nehmen Sie mit, worauf Sie nicht verzichten können!« Er wusste genau, dass uns nur das Zeug am Leib geblieben war.

Als wir erstmals nach all den Tagen ins Freie traten, brauchte es wieder einige Überwindung, die kalte, trockene Luft einzuatmen. Die Lungen rebellierten mit einem Hustenanfall. Der Oberst wartete geduldig. Langsam schritten wir die paar Meter durch den Schnee, bis wir den Hubschrauber erreichten.

»He, Roy - Ihre Tabletten!«, hörten wir Gerda von der Tür aus rufen. Einer der Soldaten beim Hubschrauber rannte zur Baracke und nahm den Beutel in Empfang. Er übergab ihn Roy. Wir winkten beide Gerda zu und machten uns ans Einsteigen. Roy war schon drin, als ich sah, dass nur noch ein Sitzplatz zu Verfügung stand. Ich zögerte und schaute den Oberst an.

»Das ist schon gut so. Ich komme nicht mit!«, sagte er leise und hielt mir die Hand entgegen. Ich drückte sie, während ich ihm tief in die Augen schaute und zurückhaltend fragte: »Wer wird uns empfangen?«

»Die richtigen Leute sind informiert. Sprechen Sie mit niemandem sonst über die Geschichte. Major Rodov wird Sie einweisen!«

Ich ließ seine Hand los und stieg ein. Der Pilot schloss die Türe und startete die Turbine. Als wir abhoben, fühlte ich einen eigenartigen Schmerz in mir. Es war ein endgültiges und trotzdem unfassbares und undurchsichtiges Gefühl. Ich spürte, dass wir noch einen weiten, schwierigen Weg vor uns hatten.

»Alte Mühle!«, hörte ich Roy neben mir fluchen. Ich ignorierte ihn einfach. So hatte jeder seine eigene Art, den Stress abzubauen. Ich schwieg - er fluchte.

Wir flogen ohne Unterhaltung an die zwei Stunden. Schließlich setzte der Hubschrauber scheinbar im Nichts auf. Wir sahen wirklich nichts, außer dem aufgewirbelten Schnee. Draußen war es dunkel.

Ich fragte den Piloten: »Wo sind wir hier?«

Er zuckte mit den Achseln und brabbelte etwas in Russisch, das ich nicht verstand. Ich versuchte, mich an die russischen Wörter zu erinnern und fragte in Russisch ungefähr: »Wo wir?«

Der Pilot konnte ein Schmunzeln nicht unterdrücken und sagte in Englisch: »Träffpunkt mit Maschinä!«

Der Kerl hatte mich reingelegt. Der konnte einiges besser Englisch als ich Russisch. Roy lachte mich aus. Endlich war auch er aus seinem Schweigen ausgebrochen.

Dann ging alles sehr schnell. Wir mussten rasch aussteigen und durften uns nicht umsehen. Wir durften wirklich nur in die Richtung blicken, in die wir gehen mussten. Roy begann wieder zu fluchen. Plötzlich hörten wir neben uns eine Frauenstimme sagen:

»Regen Sie sich nicht auf, meine Herren. Sie befinden sich auf einer Militärbasis. Hier sind Fremde nicht erwünscht!«

»Sind Sie die Kammerzofe?«, presste Roy wütend hervor.

»Ich bitte Sie!«, sagte die Frau und fügte dann hinzu: »Wir sollten uns vertragen. Wir haben noch viel Gemeinsames vor uns!«

Ich reagierte: »Sind Sie...«

»Ja!«, unterbrach sie mich, »Major Rodov. Herzlich willkommen. Ich bin auf dem Flug für Sie verantwortlich.«

»Eine Frau?«, fragte Roy erstaunt.

»Ja, sehen Sie, bei uns ist die Laufbahn von den Fähigkeiten und nicht vom Geschlecht abhängig! Oder... haben Sie grundsätzlich etwas gegen Frauen?«

Als sich Major Rodov vor uns hinstellte, verging Roy das Witzeln. Sie war etwas über vierzig, bildhübsch, blond, trotz der Winterbekleidung schlank, hatte stahlblaue Augen und einen hübschen Mund. Ich glaubte, sogar ein wenig Lidschatten gesehen zu haben. Roy starrte die Frau an und sie starrte zurück.

»Tut mir leid, was ich da vorhin gesagt habe!«, hauchte Roy.

»Ist schon gut. Sie hatten es auch nicht leicht! Gehen wir!«

»Wohin?«

»Zum Flugzeug!«, sagte Major Rodov und ging voran.

Wir sahen nicht, wo wir hinmarschierten. Nach etwa hundert Metern konnte ich die Umrisse eines Flugzeugs ausmachen. In diesem Moment wurden auch die Motoren gestartet. Wir gingen um die Maschine herum und stiegen auf der anderen Seite ein. Es war eine viermotorige Tupolev. Bequeme Bestuhlung und ordentlich warm. Wir setzten uns. Es ging nicht lange, bis die Müdigkeit siegte. Das letzte, was ich hörte, war: »Wieder so eine alte Mühle!«

***

Wir flogen in die Nacht hinein. Gelegentlich erwachte ich, weil das Flugzeug von Turbulenzen geschüttelt wurde. Roy schnarchte wie ein Bär. Major Rodov konnte ein Lächeln nicht unterdrücken. Ich versuchte, mit ihr ein Gespräch anzufangen.

»Wie geht es nun weiter?«

»Ich habe den Auftrag, Sie mit den nötigen Papieren auszustatten und zur Delegation zu bringen.«

»Wo werden wir bleiben, bis wir nach Amerika fliegen?«

»Nirgends! Sie fliegen umgehend weiter.«

»Nirgends? Wir können doch nicht so unvorbereitet nach Amerika!«

»Sie erfüllen einen Zweck für uns! Ob Sie nun vorbereitet sind oder nicht!«

Nach einer kurzen Denkpause, welche ich benutzte, um Major Rodov genau anzuschauen, fragte ich:

»Sind Sie verheiratet?«

»Warum wollen Sie das wissen?«

»Reine Neugier!«

»Ja. Ich bin die Frau von Flottenkommandant Semetin Rodov. Seit acht Jahren!«

»Ist es für Sie einfach, so lange von Ihrem Gatten getrennt zu sein? Ich meine... eine so hübsche Frau wie Sie!«

»Geben Sie sich keine Mühe! Ich habe meinen Auftrag und ich verstehe es sehr gut, Dienst und Privatleben zu trennen!«

»Mögen Sie es nicht, wenn ich mit Ihnen spreche?«

»Nein!«

Das war kurz und klar. Ich schwieg. Zwischenzeitlich war auch Roy erwacht. »Wie lange geht es noch?«, fragte er.

»Keine Ahnung - sie spricht nicht mehr mit mir!« sagte ich laut. Roy beugte sich nach vorne und fragte die Frau: »Wie lange geht es noch?«

»Wir werden in etwa 15 Minuten dort sein.«

»Wo ist 'dort'?«, fragte Roy weiter.

»Für Sie hat 'dort' leider keinen Namen. Es ist der Ort, an welchem Sie umsteigen müssen!«

»Wohin umsteigen?«

»In die Linienmaschine!«

»Ein offizieller Flughafen, nehme ich an.«

»Nein, kein offizieller Flughafen!«

»Darf ich Sie noch etwas fragen?«

»Nein!«

Nun war auch Roy still. Die Frau war knallhart. Und doch glaubte ich, in ihr ein ganz klein wenig Interesse an uns festgestellt zu haben.

»Wir haben ja keine Kleider, kein Geld - nichts!«, sagte ich nach einer Weile.

»Das ist alles organisiert!«, war die kurze Antwort.

Wir mussten die Sitzgurte anschnallen und merkten, wie wir langsam zur Landung ansetzten. Es begann zu dämmern. Wir flogen über einen See, einige Felder und eine kleine Siedlung. Langsam und fast ohne Holpern setzte die Maschine auf. Roy löste den Gurt und sagte singend: »Hier spricht der Captain - ich hoffe, dass Sie einen angenehmen Flug hatten und dass Sie unsere Gesellschaft weiterempfehlen. Angenehmen Aufenthalt in 'Unbekannt-City'.«

Ich musste schmunzeln. Ich sah sogar über die Mundwinkel von Frau Major ein feines Lächeln huschen.

»Gibt es hier einen Tax-Free-Shop?«, witzelte Roy weiter.

»Wir sind da! Steigen wir aus!«, sagte die Frau und ging zwischen den Sitzreihen zur Tür.

Wir mussten die Maschine über eine primitive Treppe verlassen und konnten uns kaum etwas umsehen. Sofort wurden wir in einen bereitstehenden Personenwagen befördert. In hohem Tempo ging es der Piste entlang. Am vorderen Ende wartete bereits eine Linienmaschine. Beim Einsteigen drückte uns Major Rodov einen Umschlag in die Hände. Sie drehte sich nochmals um und sagte: »Wenn es sein muss, sehen wir uns vielleicht wieder!«

In der Maschine saßen bereits sechs Personen: fünf Männer und eine Frau. Sie schauten uns kurz an und taten weiter, womit sie gerade beschäftigt waren. Der eine las Akten, der andere blätterte in einer Zeitung.

Ich begrüßte sie in gebrochenem Russisch. Einer der Männer drehte sich um und lächelte uns an. Sehr freundlich - viel zu freundlich.

»Setzt euch zu uns - Genossen!«, sagte er und wies uns zwei Plätze zu. Wir setzten uns mit gemischten Gefühlen. Der Mann sprach in beinahe akzentfreiem Englisch weiter: »Wir sind alle Ihrer Sprache mächtig. Sie sind bei uns gut aufgehoben!« Der Reihe nach stellte er uns die einzelnen Personen vor. Selbstverständlich ohne dass die anderen von uns überhaupt Notiz nahmen hätten. Da waren nur zwei Männer, welche offizielle Ämter als Diplomaten ausübten. Die anderen gehörten einfach zur Delegation.

»Wir sind für Ihre und die Sicherheit der beiden Attachés verantwortlich!«, schleimte der Mann. Sein Grinsen ging uns grauenvoll auf die Nerven. Nach einer Weile flüsterte Roy im ärgsten Slang, welchen wir in den Staaten kennen:

»Weißt du, was KGB heißt?«, Ich schüttelte den Kopf.

»Das heißt: Keiner grinst blöder!«, Roy konnte sich kaum noch halten.

Ich versuchte ernst zu wirken und kniff mich ins Bein, um nicht lachen zu müssen. Der 'Schleimer' drehte sich zu uns und sagte: »Gut, dass Sie Ihren Humor nicht verloren haben! Wollen Sie uns nicht an Ihrem Witzreichtum teilhaben lassen?«

Roy hörte auf zu lachen und sagte: »Wir haben uns gerade vorgestellt, was wohl wäre, wenn nun diese Maschine abstürzt. Dann stünde Ihr Verein mit ziemlich kurzen Hosen da!«

Der Mann lächelte wieder und sagte: »UNSER Verein - UNSER Verein. Sie wissen ja, dass Sie ohne uns keinen Tag überleben würden!«

Das hatte gesessen! Klar wussten wir das!

Wir öffneten die Umschläge und fanden darin die Papiere. Diplomatenpass, Reisevisas, Devisenkarten und so weiter. Ferner, zu unserem Erstaunen, für jeden tausend US-Dollars in Scheinen. Als ich las, wie ich heißen musste, brach mein letzter Stolz: 'Boris Tallin'. Mein Geburtsdatum stimmte fast mit dem richtigen überein. Ich kam aus Moskau und war Berater des einen Attachés. Roy lachte mich aus und öffnete seinen Ausweis. Als ich las, was da stand, kriegte ich fast Bauchkrämpfe: 'Ivan Ivanowic'.

»Ivan! Ivan!«, lachte ich Roy ins Gesicht. Ich spürte, wie er schäumte vor Wut.

»Verflucht und zugenäht. Ausgerechnet 'Ivan'! Das haben die mit Absicht getan!«

Der Schleimer schaute Roy lächelnd an und sagte: »Diesen Namen wird auch Ihr kleines Gehirn nicht mehr vergessen! Prägen Sie sich alles genau ein - es ist lebenswichtig!«

Ich las die ganzen Papiere durch.

»Und noch etwas«, begann Schleimer etwas später erneut, »Sie, 'Ivan', gehen immer vor mir und Sie, 'Boris', hinter mir! Das wird immer so sein - klar?«

Er genoss es sichtlich, Roy 'Ivan' zu nennen und schaute ihn von oben herab an.

»Gilt dies auch beim Duschen? Mögen Sie das?«, fragte Roy ironisch.

»Ich glaube nicht!«, sagte Schleimer, »wir sind nicht so degeneriert wie die Amis!«

»Warum besucht ihr uns dann?«, zischte Roy.

Es war klar, die beiden Männer hassten sich!

»Würden Sie sich bitte anschnallen!«, sagte die einzige Frau.

Erstaunt zogen wir die Gurte an, und die Maschine startete. Wir waren kaum in der Luft, als wir auch schon wieder zur Landung ansetzten. Kaum hatten wir aufgesetzt, wurden neben unseren Sitzen die Rouleaus heruntergezogen. Wir durften nicht einmal wissen, wo wir hier waren.

Nachdem die Maschine ausgerollt war und stand, wurden die Türen geöffnet. Es stiegen an die sechzig Personen ein. Alles ganz normale Leute. Keiner wunderte sich darüber, dass wir bereits in der Maschine saßen. Offensichtlich war das hier normal.

»Von jetzt an halten Sie den Mund - klar?«, flüsterte uns Schleimer zu. Ausnahmslos alle Mitglieder der Delegation blickten uns kurz an, als wollten sie uns klarmachen, dass es von nun an ernst galt.

Wir schwiegen. Es war der langweiligste Flug meines Lebens, obschon wir innerlich sehr angespannt waren.

Bei einer weiteren Zwischenlandung im Nirgendwo stiegen die meisten Leute aus. Es waren danach nur noch etwa zwanzig Personen an Bord. Das Essen war vorzüglich, da war nichts auszusetzen. Mittlerweile hatten wir bemerkt wir, dass es regnete. Erst als wir wieder über den Wolken flogen, drang die Sonne durch die Fenster in die Maschine. Ich schlief wieder ein. Ich wusste nicht, wie lange ich geschlafen hatte, als mich Roy anstupste. Alle Leute schnallten die Gurte an. Ich tat das Gleiche und merkte, wie wir uns im Sinkflug befanden. Nach etwa zwanzig Minuten landeten wir. Schleimer drückte uns die Flugtickets in die Hände. Erst beim Verlassen der Maschine bemerkten wir, dass wir in der Schweiz, auf dem Flughafen von Zürich, gelandet waren. Ich war noch nie in der Schweiz gewesen. Ich wusste, dass es da ein 'Matterhorn', 'Rösti' und die gute Schokolade gab, und dass die Schweizer den Käse schmolzen, um ihn dann mit Brotstückchen zu essen. Ich verspürte Freude, da ich diese Dinge immer schon einmal hatte sehen und ausprobieren wollen. Die Enttäuschung war groß, als wir nur bis in den Transit-Warteraum kamen. Verzweifelt versuchte ich, durch die Fensterscheiben das

Matterhorn zu sehen. Roy schaute mich mitleidig an und flüsterte: »Die Schweiz ist nicht so klein, wie du denkst!«

Nach knapp einer Stunde ging es weiter. Mit einer Linienmaschine der Swissair flogen wir in Richtung USA.

Nach dem Essen lehnte ich mich zurück. Wir sprachen kaum ein Wort, und wenn, dann sehr leise hinter vorgehaltener Hand.

Über dem Atlantik überflogen wir eine heftige Gewitterzone. Irgendwie verspürte ich Angst. Ich war noch nicht sehr oft geflogen und glaubte, dass die Situation sehr ernst war. Als ich um mich herum all die Geschäftsleute sah, wie sie seelenruhig in ihren Journalen blätterten, fühlte ich mich wieder ein wenig sicherer.

Im Flugzeug wurde ein Spielfilm gezeigt. Er interessierte mich nicht. Ich war in Gedanken versunken - musste an Alina denken. Gab es wirklich keine Möglichkeit, aus diesem Schlamassel herauszukommen?

Ich schlief wieder einmal ein. Ich wusste nicht, was Roy tat. Irgendwann weckte er mich wieder und ich wusste, dass wir bald unsere Heimat sehen würden. Ich hatte mir meine Rückkehr schon ein wenig anders vorgestellt!

In New York mussten wir zwischenlanden. Die Passagiere wurden durchsucht und die Gepäckstücke überprüft. Während die anderen Passagiere lange warten mussten bis ihr Gepäck über die Rollbänder in die Halle befördert wurde, konnten wir an einem speziellen Schalter unsere Ausweise vorzeigen und passieren. Es war lächerlich! Keines der Gepäckstücke wurde untersucht, keiner der Ausweise genauer überprüft, keine Fragen gestellt - nichts! Lediglich die Diplomatenpässe wurden auf einen Apparat gehalten und vermutlich fotografiert. Kaum hatten wir die Wartehalle des Flughafens betreten, wurden wir sofort in die Mitte der Gruppe gedrängt. Unruhig und sehr angespannt prüften unsere Begleiter die Umgebung. Es ging sehr rasch in Richtung Ausgang. Dort warteten drei Limousinen auf uns. Sofort mussten wir einsteigen und die Wagen fuhren los. Wir waren Gefangene in der eigenen Heimat! Kein Wort wurde gesprochen. Wir fuhren Umweg für Umweg. Die Wagen trennten sich, um wenig später an einem anderen Punkt wieder aufeinanderzutreffen und die Fahrt in veränderter Reihenfolge fortzusetzen. Langsam verlor ich die Orientierung. Die Häuser wurden niedriger, die Straßen schmaler. Vermehrt wurden begrünte Vorgärten und eingezäunte Villen sichtbar. Bei einem herrschaftlichen Haus mit großer Allee und schmiedeeisernem Tor, hielten wir an. Der Fahrer des vordersten Wagens sprach in die Gegensprechanlage beim Tor und wie von Geisterhand wurde das eiserne Kunstwerk geöffnet. Alle drei Wagen fuhren bis vor das Gebäude. Zwei Männer erwarteten uns. Nachdem sie die beiden Attachés herzlich umarmt und begrüßt hatten, warfen sie auch uns einen flüchtigen Blick zu. Während wir die breiten Stufen der Treppe vor dem Eingang emporstiegen, kamen mindestens acht Männer aus dem Haus und verteilten sich auf dem Gelände. Es wurde uns klar, dass wir für dieses Haus und dessen Leute eine erhöhte Gefahr darstellten. Ebenso wurde uns klar, dass wir von hier nie fliehen konnten.

So schön das Haus von außen aussah, so karg und geschmacklos war es aber innen eingerichtet. Kalt, da und dort ein Möbelstück, Stein- und Parkettböden und abgetretene Teppiche auf den Stufen zum Obergeschoss. Überhaupt deutete nichts darauf hin, dass hier irgendwann Leute mehr als einen Tag verbracht hätten. Vermutlich war es eines dieser 'bekannten unbekannten' Verstecke der Russen.

Uns wurde je ein separates Zimmer zugeteilt. Ein Bett, ein Tisch mit Stuhl, eine Toilette und sonst gar nichts, was mich sehr an eine Zelle erinnerte.

»Ruhen Sie sich aus! Wir fliegen am Abend weiter!« sagte Schleimer und machte die Zimmertür hinter sich zu. Ich wartete auf das Geräusch des Schlüssels im Schloss, doch es blieb zu meinem Erstaunen aus. Irgendwie traute ich mich aber nicht aus dem Zimmer zu gehen. Ich schaute aus dem Fenster und konnte die wachsamen Männer entlang des Zaunes beobachten.

Äußerst angespannt und professionell beobachteten sie die Umgebung. Als ein schwarzer Lieferwagen der Straße entlangfuhr, kam Bewegung in die Gruppe. Die einen versteckten sich hinter Büschen und Bäumen, die anderen präsentierten sich am Tor. Der Lieferwagen verlangsamte seine Fahrt vor dem Tor und gab dann wieder Gas. Einer der Männer beim Tor zog ein kleines Funkgerät aus der Tasche und gab irgendeine Meldung durch. Vermutlich wurde das Kontrollschild abgelesen. Nach wenigen Minuten stürmte Schleimer in mein Zimmer. Ich sah durch die offene Tür, dass Roy bereits im Flur stand.

»Kommen Sie mit!«

Ich eilte hinter Schleimer her und Roy folgte uns, so schnell er humpeln konnte. Wir gingen die Treppe hinunter und durch die Halle. Im hinteren Bereich befand sich eine weitere Tür. Ein Mitglied der Delegation stand schon dort und hielt sie auf. Wir gingen dahinter eine schmale, dunkle Treppe hinunter in einen Keller. Dort wurde uns ein Schrank geöffnet. Ich hatte keine Ahnung, was das Ganze sollte. Es sah aber nach Flucht aus, und mir war nicht mehr wohl in der Haut. Als Schleimer in den Schrank stieg, kamen mir Szenen aus alten Filmen mit versteckten Türen in den Sinn. Schließlich schlüpften Roy und ich hinterher und wir kamen in einen schmalen, feuchten Tunnel. Er war bestimmt an die fünfzig Meter lang und nur schwach beleuchtet. Die Wände rau und dreckig. Am Ende des Tunnels schlüpften wir wieder durch einen Kasten wie vorher. Wir erreichten einen Keller, in welchem sich viel Unrat befand. Nachdem wir einige alte Möbel und Bretter auf die Seite geräumt hatten, kamen wir zu einer halb verfaulten Holztreppe. Einzeln, die Füße immer ganz außen auf den Stufen aufsetzend, erreichten wir die obere Tür. Schleimer klopfte an. Wir hörten, wie schwere Riegel zurückgeschoben wurden. Eine Frau öffnete uns den Zugang zur Küche. Es handelte sich um ein altes, verlottertes Haus. Vermutlich war es früher das Haus für das Dienstpersonal gewesen. Die Küche wurde wohl seit Jahren nicht mehr benutzt: Im Spülbecken lag fingerdicker Staub und der Rest des Raumes sah auch nicht viel besser aus. Schleimer sprach mit der Frau einige Sätze in Russisch. Er drehte sich zu uns um und sagte triumphierend: »Eure Freunde haben bereits angebissen!«

Wir standen im Haus herum wie bestellt und nicht abgeholt. Immer wieder hörten wir neue Meldungen über Funk. Schleimer und die anderen beiden Männer, welche uns gefolgt waren, waren ziemlich nervös; vor allem der große, schlanke, welcher zuletzt das Haus erreicht hatte, schwitzte. Immer wieder hastete er zum Fenster und schaute zur Straße. Als Roy auch einen Blick hinauswerfen wollte, wurde er harsch zurückgewiesen. Schließlich klopften Roy und ich den Staub vom Sofa und setzten uns hin. Ich wollte Schleimer eine Frage stellen. Er winkte ab. So ging es etwa zwei Stunden lang. Erstaunlicherweise brachte man uns allen trotz der Hektik eine Mahlzeit. Kalt, aber gut. Ich wollte mir die Hände waschen, fand aber keine Leitung, welche Wasser führte. Wieder warteten wir. Roy schlief ein. Die Erschöpfung im Eis saß tief im Körper und brauchte mehr Zeit zur Erholung, als wir gedacht hatten. Keiner wollte mit mir sprechen.

Ich vermutete, dass wir bald zum Flughafen aufbrechen mussten, und ich behielt recht. Etwa eine Stunde später schaute

Schleimer auf seine Uhr und sagte der Frau etwas in Russisch. Sie verließ das Wohnzimmer und ich weckte Roy auf.

Zuerst folgten einige Anweisungen an die beiden 'Wachhunde', dann wandte sich Schleimer an uns: »Wir brechen auf. Kommen Sie!«

Er führte uns in die Garage, welche man direkt vom Flur her durch eine Tür erreichen konnte. Die Frau öffnete das Garagentor und wir sahen einen alten Pickup mit Doppelkabine. Ein Chevrolet, mindestens zwanzig Jahre alt. Wir setzten uns alle in die alte Karre und die Frau startete den Motor.

»Legt euch alle auf die Sitze!«, sagte Schleimer und machte seinen Lakaien ein entsprechendes Zeichen.

Wir legten uns hin. Es war sehr eng. Der Wagen verfügte wohl über eine Doppelkabine, war aber nicht für sechs Personen gedacht. Den Geräuschen nach zu urteilen, fuhren wir auf einem Kiesweg vom Haus weg und bogen in eine asphaltierte Straße ein. Vermutlich war es die Straße, welche vor der Villa durchführte. Nach einigen Augenblicken erzählte die Fahrerin aufgeregt etwas von 'Americanis'. Schleimer fluchte laut und ausgiebig. Vermutlich hatten sie den schwarzen Lieferwagen an der Straße gesehen.

Wir mussten den ganzen Weg bis zum Flughafen unten bleiben. Die Frau parkierte den Chevrolet, stieg aus und schloss die Türen von außen ab. Als ich mich aufrichten wollte um auszusteigen, riss mich einer der Wachhunde wieder auf die Sitzbank zurück. Wir harrten noch mehr als zehn Minuten so aus. Erst jetzt wurde mir bewusst, dass alles dazugehörte, alles minutiös vorbereitet und professionell abgewickelt wurde. Sollte dieser Pickup trotz der Wegfahrt von einem anderen Haus als der Villa beobachtet worden sein, wären uns die Verfolger bis hierher gefolgt und hätten nun beobachten können, wie viele und welche Leute ausstiegen. Die Frau schloss aber ab und ging alleine weg. Dies war clever und doch sehr einfach.

Endlich durften wir aussteigen. Zuerst ging einer der Wachhunde und dann Schleimer. Erst als die beiden die Umgebung überprüft hatten, durften wir ihnen folgen. Sofort ging es zur Abflughalle. Dort wartete zu meinem großen Erstaunen ein weiteres Mitglied der Delegation mit unserem Gepäck. Wie er in dieser Zeit zum Flughafen gekommen war, wusste ich nicht. Sofort wurden wir wieder in die Mitte genommen und die Wachhunde umgaben uns unauffällig mit ihren scharfen Blicken. Als wir eincheckten und die Passkontrollen wieder einmal mehr erstaunlich leicht passierten, erkannte ich in der wartenden Menschenmenge vor den Gates die anderen Leute der Delegation. Wir waren also wieder alle schön beisammen. Wir mussten nicht sehr lange warten, bis wir durch die Docks zur Maschine gehen konnten. Die Maschine startete. Der Flug war kurz und die Landung hart. Ich hatte während des Fluges bemerkt, wie Roy und ich vom Chefsteward gemustert wurden. Er schaute uns länger an als all die anderen Gäste. Ich war mir ganz sicher. Ich flüsterte Roy meine Feststellung ins Ohr. Er hatte nur ein schwaches

Lächeln für mich übrig. Ich hatte bereits Bedenken, unter Verfolgungswahn zu leiden.

Das Aussteigen aus der Maschine wurde zur Tortur. Die Passagiere konnten die Maschine aus irgendeinem Grund nicht sofort verlassen. Wir standen da zwischen den Sitzreihen und warteten ungeduldig. Schließlich mussten wir uns wieder hinsetzen und die Maschine rollte einige Meter zurück. Erst dann wurden die Türen geöffnet, und wir konnten die Maschine über herangefahrene Treppen verlassen. Auf dem Boden stiegen wir in drei Busse. Der Zufall wollte es, dass wir voran mit Schleimer den ersten Bus erreichten, hinter uns gleich die Türe geschlossen wurde und die anderen der Delegation mit den nachfolgenden Bussen fahren mussten. Ich bemerkte, wie Schleimer nervös wurde. Wir waren nun zu zweit mit ihm. Die Leute standen dicht zusammen. Als ich die Türverkleidung ansah und mit meinem Blick auf dem Tür-Notschalter hängen blieb, packte mich Schleimer am Handgelenk. »Keine Fehler!«, flüsterte er leise.

Ich hätte es tun können. Roy und ich wären schon irgendwie aus dem Flughafengelände gekommen. Mit Schleimer wäre ich vielleicht noch fertiggeworden. Aber was wäre dann? Wo hätten wir hingehen können?

Wir erreichten die Einfahrt zur Halle. Die Leute drängelten hinaus und wir hatten Mühe, zusammenbleiben zu können. Wir warteten bei der Treppe zur Halle auf die anderen. Als diese zu uns stießen ernteten sie zuerst einige Rügen. Wie geschlagene Hunde nahmen sie ihre Aufgabe wieder wahr. Wir kamen uns vor wie Popstars, welche durch die tobende Menge geschleust wurden.

Unser Gepäck stand bereits auf einem Rollwagen bereit. Ein Flughafenangestellter stand daneben, bis wir es in Empfang nahmen. Die Kontrolle im Flughafen blieb vollständig aus.

Als wir in die Wartehalle traten, schaute sich Schleimer ungeduldig um. Er fluchte wieder ungehalten und wetterte über irgendeine Person.

Ich hörte eine Durchsage über die Lautsprecher: »Doktor Peters - bitte zur Flughafeninformation - Doktor Peters bitte!« Schleimer sagte etwas zu der Frau und machte sich auf zur Information. Tatsächlich war da ein Anruf für ihn. Er sprach nur kurz und legte den Hörer auf. Nachdem er sich bei der hübschen Dame an der Information bedankt hatte, kam er vergrämt zu uns zurück.

»Der kleine Wirbel ist bereits zum Sturm geworden!«, sagte er und sprach dann missmutig weiter: »Es hat da einige Verzögerungen gegeben. Hier in der Halle sind Sie ausgestellt wie im Aquarium! Wir werden dort drüben etwas trinken, bis wir abgeholt werden.«

Wir gingen zur einzigen Bar, welche um diese Zeit geöffnet hatte und bestellten uns - wie könnte es anders sein - eine Cola.

Die erste seit fast einem halben Jahr. Irgendwie schmeckte das Getränk aber eigenartig. Auch Roy hatte Probleme damit. Wir blickten uns an und rümpften die Nasen.

»Du willst doch nicht etwa unser Nationalgetränk verachten!«, sagte ich zu ihm und wir leerten das ganze Glas in einem Zug. Einer der Wachhunde bot mir eine Zigarette an. Ich rauchte eigentlich schon lange nicht mehr, nahm aber trotzdem dankend an. Ich genoss es, den Rauch in Schleimers Gesicht zu blasen. Einfach so, wie zufällig. Nach etwas mehr als zwanzig Minuten begann mein Verdauungstrakt zu rebellieren. Zuerst glaubte ich, dass ich die Cola zu schnell getrunken hatte. Dann sah ich aber, dass sich auch Roy an den Bauch fasste. Die Koliken wurden immer stärker. Unsere Begleiter bemerkten, dass etwas nicht stimmte. Mittlerweile spürte ich, wie sich bei mir im Darm etwas bereitmachte, wobei ich nur erahnen konnte, was bald geschehen würde.

»Haben Sie die Toiletten gesehen?«, fragte ich mit zusammengepressten Zähnen.

»Dort drüben! Sie sehen schlecht aus. Was ist los?«

»Ich werde jeden Augenblick eine neue Hose brauchen!«

Schleimer schickte drei Wachhunde mit uns mit, und diese folgten Roy und mir zur Toilette. Ich konnte kaum noch alles beisammenhalten. Von den acht Toiletten waren gerade zwei frei. Nebeneinander! Was ich da neben mir zu hören bekam, konnte nur eines bedeuten: Roy ging es kein bisschen besser als mir.

»Brauchen Sie noch lange?«, fragte einer unserer Begleiter.

»Jaaa...!«, stöhnte Roy und weiter ging es.

Ich hörte, wie sich zwei unserer Begleiter nach draußen vor die Tür begaben. Offenbar hielten sie es nicht mehr aus. Mir ging es ganz ähnlich - nur hatte ich keine Wahl!

Es war also nur noch einer der Männer vor unseren Kabinen, die anderen beiden vor der Tür in der Halle.

Ich saß so da und hoffte, dass dieser Spuk bald ein Ende haben würde. Der Spuk ging aber erst richtig los! Ein Spuk ganz besonderer Art. Es ging alles so schnell, dass ich es fast nicht mehr nachvollziehen kann. An etwa folgende Einzelheiten kann ich mich noch erinnern:

Ich hörte ein leises Zischen, darauf ein kurzes Stöhnen des Wachhundes. Dann war es einen Moment lang still, bis ich hörte, wie der Mann vor unseren Kabinen zu Boden fiel. Danach hörte ich über mir Lärm, irgendein Blech flog von der Decke. Es handelte sich um einen Lichtschachtdeckel. Als ich nach oben blickte, sprangen zwei Männer in unsere Kabinen. Es ging so schnell! Ich hatte, ehe ich mich versah, ein Klebeband auf dem Mund und die Hände mit einem Kabelbinder auf dem Rücken gefesselt. Ich sah noch, wie von oben zwei Seilschlingen durch die Luke gelassen wurden. Die eine Seilschlinge landete in Roys Kabine, die andere in meiner. Der Mann bei mir legte diese Schlinge blitzschnell um meinen Oberkörper, und schon wurde ich nach oben gezerrt. Einen Moment lang konnte ich in Roys Kabine blicken.

Auch er wurde mit dem Seil angehoben. Bei der Luke schlug ich mit dem Kopf so stark an, dass ich einen Moment lang ohnmächtig war. Ich erwachte auf dem Flachdach im Kies liegend, neben mir Roy. Die Männer zogen uns die Hosen hoch und stellten uns auf die Beine. Ich sah nun, dass es insgesamt sechs Männer waren. Einer zischte: »Wenn Sie überleben wollen, müssen Sie jetzt laufen, was das Zeug hält!«

Die Männer zerrten uns einfach mit. Ich hörte hinter uns Schleimers Geschrei. Sie hatten bemerkt, was passiert war. Roy stöhnte, seine Füße schmerzten wohl. Wir rannten über das ganze Dach bis zur Brüstung am Ende. Ich rechnete fest damit, dass wir nun von der Brüstung gestoßen würden. Doch hätten sie uns töten wollen, wäre das in der Toilette einfacher gewesen. Ich staunte nicht schlecht, als plötzlich die Plattform eines Mobilkrans hinter der Brüstung sichtbar wurde. »Los! Da rauf!«

Wir wurden auf die Plattform geworfen und sofort hinuntergelassen. Mit uns allen im Korb fuhr der Mobilkran zur Straße neben dem Flughafengebäude. Dort warteten zwei Lieferwagen, in welche wir einsteigen mussten. In wahnsinniger Fahrt ging es irgendwohin. Wir waren vielleicht fünfzehn Minuten unterwegs. Während ich auf dem Boden des Lieferwagens lag, merkte ich, dass ich mir beim Scheitel eine Platzwunde zugezogen hatte. Das Blut rann durch meine Haare und tropfte auf den Boden. Endlich wurden uns die Pflaster vom Mund gerissen. Roy gab dafür einige Schnurrbarthaare her.

»Verfluchte Schweinehunde - seid ihr wahnsinnig?«, brüllte Roy mit hochrotem Kopf.

»Ich kann Ihre Aufregung verstehen«, begann einer der Männer ruhig, »es ging nicht anders!«

»Wer seid ihr? CIA, NSA, Mafia oder Cu-Clux-Clan?«, wetterte Roy weiter.

»Tut mir leid. Ich darf Ihnen nichts sagen. Wir hatten nur den Auftrag, euch da herauszuholen und ins Büro zu bringen!«

»Das glaube ich einfach nicht! Ich habe mir in die Hose gemacht!«, polterte Roy.

»War die Cola gut?«, fragte ein anderer Mann und lachte.

»Hatten Sie etwas damit zu tun?«, fragte ich.

»Natürlich. Das gehörte zum Plan. Die anderen Toiletten waren auch gar nicht besetzt, aber über denen gibt es keine Luke!«

»Generalstabsmässig geplant!«, hauchte ich.

»...und durchgeführt!«, ergänzte der Mann.

»Nehmt uns diese dreckigen Fesseln ab!«, keuchte Roy.

»Tut mir leid, das darf ich nicht!«, sagte einer der Männer.

Wir harrten also der Dinge, die da auf uns zukamen.

***

Ich merkte, wie sich die Männer langsam zum Aussteigen fertigmachten. Wir wurden langsamer und bogen nach links ab. Es ging über eine holprige Einfahrt. Einen Moment lang standen wir still, als jemand zweimal an die Außenwand klopfte. Sofort öffneten die hinteren Männer die Türen und wir wurden aus dem Wagen gezerrt. Ich sah, dass wir uns in einem schmutzigen Hinterhof eines größeren Gebäudes befanden. Eine Treppe führte uns ins Untergeschoss. Dort wurde ebenfalls von innen die Tür aufgerissen und man nahm uns in Empfang. Es zerrten so viele verschiedene Leute an uns herum, dass ich überhaupt nicht mehr wusste, wer eigentlich für uns verantwortlich war. Immer wieder ging es durch Türen, über Treppen und in neue Räume, bis wir schließlich in einem kleinen Büro verschnaufen konnten. Die Handfesseln wurden entfernt. Blitzschnell - wie sie gekommen waren - entfernten sich die Männer und waren weg. Roy und ich brauchten einen Moment, um unsere Gedanken zu ordnen. Hinter uns hörten wir eine Stimme: »Willkommen zuhause - ihr 'Agenten'!«

Blitzschnell drehten wir uns um.

»Duncan! Mein Gott - alter Krieger!«, brüllte Roy und ging auf den Mann zu. Ich dachte, dass Roy nun vollends übergeschnappt war und starrte die beiden Männer an. Erst als Roy diesem Mann kräftig die Hand drückte und sich die beiden auf die Schultern klopften, wusste ich, dass dieser Duncan ein alter

Freund von Roy sein musste. Ich stand nur da, wie ein Kind, und hörte mir an, was sich die beiden zu sagen hatten:

»Roy - altes Haus - wie geht es dir?«

»Das kannst du dir ja vorstellen!«

»Oh ja! Ihr habt ja einen riesigen Wirbel veranstaltet!«

»Bist du immer noch bei diesem Verein?«

»Wie du siehst! Und nun kann ich sogar etwas für einen alten Freund tun!«

»Viele hast du wohl nicht mehr, Duncan!«

»Da hast du recht. Ich musste schon vielen in den Hintern treten!«

»Das kann ich mir gut vorstellen.«

Dann wandte sich Duncan mir zu und fragte: »Und wie geht es Ihnen?«

Noch etwas erstaunt sagte ich: »Eigentlich ziemlich gut. Wenn ich endlich erfahren könnte, was hier gespielt wird, ginge es mir bestimmt noch besser!«

Duncan lächelte und sagte: »Wissen Sie - Roy und ich waren lange zusammen im Dienst gewesen. Ich war sicher zehn Jahre lang sein Vorgesetzter. Wir haben viele gute, aber auch harte Zeiten zusammen verbracht. Kurz vor Roys Abgang bei der Army hat er mir noch meinen Hintern gerettet. Das werde ich ihm nie vergessen!« Wieder klopften sich die beiden auf die Schultern.

Dann sagte mir Roy: »Duncan arbeitet bei der militärischen Abwehr. Er ist inzwischen ganz weit oben!«

»Soweit kann ich euch folgen. Ich habe aber immer noch keine Ahnung, was hier gespielt wird!«, sagte ich aufgebracht.

»Hier wird nichts gespielt! Bei uns wird nie gespielt - verstanden?«, brüllte mich Duncan unvermittelt an.

»Das war ja nicht so wörtlich gemeint!«, versuchte ich mich zu rechtfertigen.

»Soll ich Ihnen sagen, was nicht wörtlich gemeint war? Das, was Sie mir und meinen Männern nicht gesagt haben! Nämlich DANKE! Das wäre das Mindeste, was ich erwartet hätte - ein einfaches 'DANKESCHÖN'.«

Jetzt wurde ich wütend. Erstens war ich Zivilist und ich mochte es nicht, wenn mich irgendein Offizier so anbrüllte, als wäre ich sein Rekrut, und zweitens wusste ich immer noch nicht, was das Ganze hier sollte!

»Sie überhebliches Großmaul - was glauben Sie eigentlich, wer Sie sind? Kenne ich Sie? Nein! Ich weiß nur, dass wir unter Gewaltanwendung mitgeschleift und in diesem verfinsterten Loch abgeliefert worden sind! Ich habe gesehen, dass Sie meinen Freund Roy kennen und dass Sie vermutlich irgendein Obermacker in irgendeiner undurchsichtigen Organisation sind! Mehr weiß ich nicht! Und Sie verlangen Dank dafür? Wofür denn?

Dass Sie uns nicht sofort umgelegt haben?« Ich zeterte und polterte - ich kannte mich selber nicht mehr.

»He Roy - dein Freund hat echtes Temperament!«, sagte Duncan ruhig.

»Er ist in Ordnung. Ohne ihn hätte ich es nie bis hierher geschafft!«, sagte Roy und zeigte auf mich.

Ich hätte kotzen können. Einfach auf den Fußboden, oder noch besser auf Duncans Schreibtisch. Irgendwohin! Ich verlor fast die Nerven.

Duncan schaute mich einen Augenblick nachdenklich an. Dann sagte er mit erschreckender Bestimmtheit: »Hätten wir euch gestern erwischt, hätte es keiner von euch überlebt!«

Jetzt wusste Roy nicht, was er von der Aussage halten sollte. »Was meinst du damit? Warst du gestern noch nicht zuständig?«

»Doch, das war ich. Auch du weißt, dass wir die Interessen unseres Staates vor unsere eigenen setzen müssen. Unsere Freundschaft bedeutet dem Staat nichts!«

Roy schluckte leer und sagte nichts mehr.

Ich fragte Duncan, warum sich die Situation auf heute geändert hatte. Er gab eine lange Erklärung ab:

»Eure Überlegung war richtig. Wir hätten euch vermutlich liquidiert. Ihr habt einfach zu viel gewusst, und dadurch hättet ihr eine Gefahr für die Verhandlungen mit Russland bedeutet. Wir wissen, dass die Russen an einem ähnlichen Projekt wie wir arbeiten und dass sie ebenfalls versuchen, es geheimzuhalten. Aus dem gleichen Grund wie wir: Sie wollen auch nicht, dass bei den Verhandlungen etwas dazwischen kommt.

Bekanntlich wackelt der Stuhl des russischen Präsidenten bedenklich. Dies ist der Grund für die andere Denkweise der Russen. Sie wussten von unserem Projekt und führten parallel dazu ein eigenes Projekt dieser Art durch. Sie erfuhren vom Absturz unseres Satelliten und wollten ihn unbedingt haben. Der Grund war nicht etwa der, dass sie etwas Neues über die Technik im Inneren des Satelliten erfahren wollten, sondern dass sie in der ganzen Weltpresse die Amerikaner verurteilen wollten. Dadurch hätte der russische Präsident bei den Verhandlungen mehr Spielraum und natürlich mehr 'Kredit' vor der Öffentlichkeit erlangt. Dies wiederum hätte seine Position gestärkt. Dank unseren Agenten, die ihr unter den Namen Lukas und Svenson kennengelernt habt, erhielten wir viel früher den genauen Standort des abgestürzten Satelliten. Dies ermöglichte uns ein gezielteres Handeln. Es waren zwei amerikanische U-Boote an der Aktion beteiligt. Die Übernahme des Satelliten klappte. Vorgängig hatten wir aber erfahren, dass die Russen immer wieder neue Informationen erhalten hatten. Wir mussten annehmen, dass entweder Lukas oder Svenson ein doppeltes Spiel spielten. Wir erteilten den Befehl, dass zwei ausgesuchte Männer bei der Übergabe die Agenten neutralisieren sollten. Dies wurde auch erledigt. Der Kommandant des einen U-Bootes war der Bruder von Lukas. Der Kommandant selbst hatte keine Kenntnis von unserem Befehl.

Dies wussten nur die zwei ausgesuchten Soldaten der Bergungsmannschaft.«

Ich fiel ihm ins Wort: »Zum Teufel nochmal - unsere Station habt ihr in die Luft gesprengt! Wozu?«

»Lassen Sie mich weiter erzählen!«, sagte Duncan ruhig. »So lautete unser Befehl nicht. Lukas und Svenson hätten mit dem U-Boot mitgehen sollen. Bei Ihnen hätten sie als vermisst gegolten. Die beiden Männer haben eigenmächtig gehandelt. Den Grund dafür werden wir nie erfahren. Möglicherweise spielten sie nicht nur ein doppeltes Spiel, sondern tanzten auf drei Hochzeiten.«

»Und die Düsenjets, welche uns suchten?«, fragte ich weiter.

»Lukas' Bruder - der U-Boot-Kommandant - hätte uns nach der Bergung über den Stand der Dinge informieren müssen. Nachdem diese Meldung nicht eintraf, schickten wir die zwei Jets los. Das waren Aufklärer! Die haben Fotos gemacht mit Infrarot und allem Drum und Dran. Wir sahen keinerlei Lebenszeichen mehr auf der Station. Für uns war der Fall klar. Die Vermutung lag nahe, dass alle Leute ums Leben gekommen waren. Wir konzentrierten uns also auf die Aktivitäten der Russen von der Montov 4. Da waren sehr viele Aktivitäten! Wir fingen einen Funkspruch auf, wonach eine Lieferung Pakete angekommen war. Der Zustand der Ware war schlecht, und außer bei dreien hatte der Inhalt weggeworfen werden müssen. Wir waren überzeugt, dass es sich um Personen handeln musste. Da eure Station die einzige weit und breit war, dachten wir uns, dass es Leute von euch sein mussten. Wir wussten aber nichts Genaues. Unsere Agenten im Osten arbeiteten auf Hochtouren, bis wir schließlich die Namen der drei Überlebenden hatten. Von zweien - nämlich von euch - erhielten wir Fotografien. Die dritte musste eine Frau sein. Wir wussten aber nichts über sie und fanden sie auch nirgends. Über die Personalakten der Polaris Inc. erfuhren wir dann aber die Personalien der Frau.«

Mich durchzuckte ein schrecklicher Gedanke. Die hatten Alina als Geisel und würden sie töten, nach dem was hier abgelaufen war!

»Alina - die werden sie töten!«, rief ich aus.

»Das glaube ich nicht!«, antwortete Duncan zu meinem Erstaunen.

»Was soll das heißen?«

»Es ist sehr selten, dass Russen eigene Agenten umlegen! Vorher schicken sie diese nach Sibirien in irgendeines dieser 'Rehabilitierungszentren'.«

Mir verschlug es die Sprache. Ich rang nach Luft.

»Sie .... sind ja wahnsinnig!«

»Bin ich das wirklich?«

»Ja, das sind Sie wirklich! Alina war eine unserer Vertrauten!«

Auch Roy blickte Duncan recht misstrauisch an und sagte: »He, Duncan - bei allem Respekt - jetzt habt ihr euch verhauen!«

»Hört mir jetzt genau zu!«, begann Duncan erneut zu erklären. »Alinas Vater war keine unbekannte Nummer! Er war einer der schärfsten Agenten nach dem Zweiten Weltkrieg. Alina Sanders - übrigens heißt sie richtig Alinka Sandrov - wurde die Zukunft durch ihren Vater in die Wiege gelegt. Vor etwa vier Jahren machte ihr Vater einen Fehler. Wir wissen auch nicht genau, welchen. Auf alle Fälle verschwand er von der Bildfläche und Alinka Sandrov wurde 'stillgelegt'. Sie befand sich seit dieser Zeit in einer Art Warteposition. Sie hatte eigentlich keinen festen Auftrag und keine festen Kontaktpersonen. Sie wurde nur soweit überwacht, dass sie nicht zu uns überlaufen konnte. Wir vermuten, dass Alinka auf der Station irgendeinen Auftrag hätte erhalten müssen. Auf welchem Weg und durch wen können wir nur vermuten. Wahrscheinlich hatte Svenson oder Lukas diesen Auftrag. Da diese wie gesagt mehrgleisig arbeiteten, war ihnen Alinka in die Quere gekommen. Dies war vermutlich auch der Hauptgrund für die Sprengung der Station.«

Nach einer kurzen Pause welche Duncan für das Anzünden einer Zigarette benutzte, sagte er: »Ihr seht also, dass ihr euch um eure Alina keine Sorgen zu machen braucht.«

Ich konnte mich nicht damit abfinden: »Warum hat Alina - oder Alinka - sich nicht gegen uns gerichtet, sondern uns in allen Belangen unterstützt, uns sogar vermutlich das Leben gerettet?«

»Das ist ganz normal! Ein russischer Agent in Warteposition ist fast unentdeckbar. Er - oder sie - hat die klare Weisung, sich 'normal' zu verhalten und nichts zu tun oder zu lassen, was jemanden auf die richtige Fährte bringen könnte. Vielleicht hat sie euch tatsächlich gemocht. Das ist nach einer so langen 'Stilllegung' nicht auszuschließen!«

»Dann hätten wir ja zu jeder Zeit abhauen können!«, sagte Roy aufgeregt und fasste sich an den Kopf.
»Ja, das hättet ihr tatsächlich gekonnt - nur überlebt hättet ihr es nicht. Wir haben jeden eurer Schritte genau verfolgt. Wie gesagt - bis gestern waren wir die größere Gefahr für euch!«
»Wie habt ihr uns überwachen können?«, fragte Roy.
»Tja - auch wir haben Leute da drüben!«, sagte Duncan geheimnisvoll.

Ich musste mich setzen. Das war alles ein wenig viel. Roy ging es nicht anders.
»Wir werden euch in eine Unterkunft bringen. Ihr habt neue Kleider - vor allem Unterwäsche - und eine Dusche nötig!«
Das konnten weder Roy noch ich abstreiten. Nur etwas beschäftigte mich ganz enorm. Ich drehte mich nochmals zu Duncan um und fragte ernst: »Wer garantiert uns, dass ihr keine falschen Spiele mit uns treibt?«
»Wer garantiert uns, dass ihr zwei nicht für die Russen arbeitet?«, war die trockene Gegenfrage. Dann fügte Duncan etwas lächelnd bei: »Betrachtet die Tatsache, dass ihr zwei am Leben seid, als Bestätigung für das, was ich euch erzählt habe!«

Roy und ich schauten uns fragend und zugleich nachdenklich an. Irgendetwas fehlte noch! Irgendetwas. Ich wäre vor lauter Aufregung nicht darauf gekommen. Duncan machte uns weis, dass wir seit heute nicht mehr in Gefahr waren, dass dies gestern noch anders gewesen war, und dass wir ihm vertrauen sollten. Warum?

»Warum denkt ihr seit heute anders über unsere Zukunft?«, begann Roy.

Duncan lächelte überheblich und sagte dann: »Ich dachte schon, ihr würdet überhaupt nicht mehr danach fragen! Das ist nämlich der Clou der ganzen Geschichte!« Er schloss die Tür wieder und ging gemächlich auf und ab.

»Ich habe euch doch erzählt, dass der Kommandant des einen U-Bootes Lukas' Bruder war. Ich habe euch auch erzählt, dass er über den Eliminierungsbefehl an Lukas und Svenson nicht Bescheid gewusst hatte. Er hat natürlich bei der Übernahme gemerkt, was gespielt wurde, und hat das Blatt nun gewendet. Wir haben seit der Übergabe der Satellitenteile nichts mehr von ihm gehört. Er hat sich mitsamt der Ladung und der Mannschaft abgesetzt! Wir wissen nicht, wo er ist und was er vorhat. Mit seinem Atom-U-Boot kann er ewig lang unter dem Packeis bleiben und sich dort verstecken. Vom anderen U-Boot haben wir ebenfalls nichts mehr gehört. Möglicherweise hat es Kapitän Lukas abschießen lassen. Uns interessiert natürlich, was nun der Kapitän mit den Satellitenteilen machen wird. Wird er das Zeug den Russen anbieten, stellt er an uns Forderungen oder sucht er sich einen anderen Partner für seine Geschäfte?«

Er steckte sich wieder eine Zigarette an. »Seht ihr nun, was uns zum Umdenken gezwungen hat?«

Jetzt war mir vieles klar! Eines jedoch überhaupt nicht. »Was spielen wir nun für eine Rolle?«

»Ihr seid die einzigen Überlebenden, welche die Übergabe des Satelliten an das U-Boot beobachtet haben. Uns schwebt vor, dass wir eine Pressemeldung herausgeben könnten, in welcher ihr zwei als die einzigen Überlebenden mitteilt, dass es sich um ein russisches U-Boot gehandelt hat. Damit müsste sich der Russe wieder vor der Öffentlichkeit rechtfertigen, und wir hätten dadurch einen kleinen Zeitvorsprung!«

Genüsslich nahm er einen kräftigen Zug seiner Zigarette und lächelte uns an.

»Das sind wir euch wohl schuldig, was?«, sagte Roy.

»Sagen wir es mal so: Ich glaube nicht, dass ihr eine andere Wahl habt!«, sagte Duncan ruhig.

»Und dann? Was kommt dann?«, zischte ich.

»Es gibt verschiedene Möglichkeiten«, sagte Duncan gelassen. »Roy könnte für uns arbeiten. Ich kenne ihn und seine Fähigkeiten. Sie kenne ich weniger. Für Sie käme eine neue Identität in Frage. Sie könnten sich aber - wenn Sie das wünschen - durch uns einweisen lassen und mitmachen. Es würde natürlich eine Weile dauern, bis Sie richtig für uns arbeiten könnten! Obschon

Sie eine fundierte Polizeiausbildung hinter sich haben. Überlegen Sie sich's!«

Er verließ den Raum mit den Worten: »Roy - ich freue mich wirklich, dass du noch am Leben bist!«

Von mir hatte er nichts gesagt. Vermutlich war ich für ihn nur ein zufälliges Nebenprodukt der ganzen Aktion.

Wir standen da und irgendwie konnten wir uns nicht recht in die Augen sehen. Roy war sich meiner Lage bewusst. Es war aber noch zu früh, um darüber zu reden.

Nach wenigen Minuten wurden wir abgeholt. Wir stiegen in eine unauffällige Limousine. Der Fahrer brachte uns zu einem Haus unweit des Stadtrandes. Trotz allem fühlte ich mich ein wenig freier. Keine Wachhunde, keine strengen Gesichter, die vertraute Umgebung und die Luft. Ich atmete Heimatluft!

Wir wurden freundlich empfangen und konnten jeder ein Einzelzimmer beziehen. So rasch wie möglich stellte ich mich unter die Dusche. Endlich, endlich konnte ich mich waschen. Den Schmutz, den Dreck, die scheußlichen Erinnerungen an die Flughafentoilette. Das warme Wasser half mir beim Entspannen. Als ich mich nachher rasierte und saubere Kleider anzog, fühlte ich mich wie neugeboren. Ich konnte auch wieder klarer denken.

Ich legte mich auf das Bett und schaute an die Zimmerdecke, dachte über Alina - oder Alinka - nach und versuchte in Gedanken Duncans Aussagen nochmals durchzugehen. Beim 'wie geht es weiter' blieb ich stehen. Wie sollte es denn weitergehen?

Jemand klopfte an die Zimmertür. »Herein!«, sagte ich, und ein Mann betrat das Zimmer.

»Möchten Sie eine Kleinigkeit essen?«, fragte er höflich.

»Ja, gerne - ich habe einen Bärenhunger!«, antwortete ich. Dann fügte ich fragend hinzu: »Darf ich mit meinem Kameraden zusammen speisen?«

»Das geht leider nicht. Ihr Kamerad ist bereits beim Protokollieren.«

»Beim Protokollieren?«, fragte ich erstaunt.

»Ja. Sie werden nach dem Essen ebenfalls befragt.«

Mit diesen Worten verließ er den Raum, um wenig später wieder mit einem kleinen Rollwagen das Zimmer zu betreten. Ich erhielt eine Mahlzeit wie im Bilderbuch. Da war einfach alles gut. Sogar kalifornischer Rotwein wurde aufgetischt. Ich genoss es, meinen völlig entleerten Verdauungstrakt mit Material zu füllen. Ich büßte es auch sofort mit Krämpfen, welche aber bald nachließen.

Nach dem Essen hätte ich eigentlich ein wenig schlafen wollen, wurde aber sofort abgeholt. Man führte mich in ein Büro.

Schön eingerichtet. Es wartete eine Frau mittleren Alters hinter ihrem Computer. Sie grüßte mich freundlich. Ich erwiderte den Gruß und setzte mich auf den Stuhl neben dem Schreibtisch.

Wir warteten schweigend mehr als fünf Minuten. Dann kamen Duncan und ein weiterer Mann ins Büro.

»Haben Sie gut gegessen?«

»Ja. Vielen Dank!«

»Sie fragen sich, was wir hier tun - stimmt's?«

»Ja, eigentlich schon!«

»Gut. Fangen wir an. Sie werden uns nun minutiös alle Einzelheiten Ihrer Erlebnisse auf der Station und danach schildern. Alles, wirklich alles kann von Interesse sein. Lassen Sie nichts aus und fügen Sie nichts hinzu! Wenn Sie etwas nicht genau wissen, dann sagen Sie, dass es 'vielleicht', 'wahrscheinlich' oder 'eventuell' so war. Klar?«

Ich nickte wortlos.

Langsam begann ich zu erzählen. Ich versuchte mich an die kleinsten Einzelheiten zu erinnern. Immer wieder stellte mir Duncan Zwischenfragen. Nach etwa einer Stunde stellte mir der andere Mann eine Frage. Ich war mir nicht sicher, ob ich da irgendeinen Hauch von einem fremden Akzent festgestellt hatte. Ich fragte misstrauisch:

»Entschuldigen Sie - müsste ich wissen, wer Sie sind?«

Der Mann lächelte und blickte kurz zu Duncan. Duncan lächelte ebenfalls und sagte dann: »Darf ich vorstellen? Das ist ein Freund!«

»Ein Russe?«, fragte ich erstaunt.

»Ein Russe! Aber auch ein wenig Amerikaner - stimmt's?«, sagte Duncan und schaute den Mann lächelnd an.

Duncan ergriff wieder das Wort. »Lassen Sie sich nicht beirren. Das hat alles seine Richtigkeit!«

Ich wurde nervös und hatte von diesem Augenblick an Mühe, mich zu konzentrieren. Schließlich verging die Zeit. Mir wurden Fragen gestellt und ich antwortete. Es dauerte Stunden, bis ich mit meiner Erzählung im Flughafen von Washington angelangt war.

»Ich danke Ihnen. Sie sind ehrlich, standfest und haben ein sehr gutes Gedächtnis!« sagte der Russe. Duncan beugte sich zur Seite und fragte die Frau am Computer: »Haben Sie alles?« Sie nickte und Duncan lehnte sich zufrieden zurück.

»Darf ich fragen, weshalb Sie hier sind?«, fragte ich den Russen.

»Nein! Dürfen Sie nicht!«, war die trockene Antwort. Duncan schaltete sich ein: »Sollten Sie sich fürs Mitmachen entscheiden, werden Sie noch viel mehr erfahren!«

»Und wenn ich eine neue Identität haben möchte?«

»Dann werden Sie leider überhaupt nichts mehr erfahren. Überlegen Sie es sich gut!«, war Duncans Antwort.

Ich durfte zurück in mein Zimmer. Roy wartete dort auf mich.

»Hast du alles erzählt?«

»Ja. Alles!«, sagte ich.

»Wirklich alles? Die werden uns sonst auseinandernehmen!«

»Alles!«, wiederholte ich und ließ mich aufs Bett fallen.

Ich war völlig fertig. Ausgesaugt und leer. Es war, als hätten mir die Kerle alle meine Geheimnisse geraubt.

»War der Russe bei dir auch da?«

»Ja. Ich habe schön gestaunt!«, antwortete Roy.

»Was spielen die hier für ein Spiel? Das ist ein Filz, eine undurchsichtige Kloake!«, presste ich hervor.

Roy schwieg. Nachdenklich saß er auf dem Stuhl und starrte vor sich auf den Boden. Ich merkte, wie er mir etwas sagen wollte, aber nicht wusste, wie er anfangen sollte.

»Sag schon - wo drückt der Schuh?«, half ich ihm auf die Sprünge.

»Ich... ich glaube, dass ich es tun werde!«

»Du willst einsteigen?«

»Ja. Du bist noch jung, aber ich muss mir etwas suchen, was ich in den nächsten Jahren tun kann. Hier könnte ich all meine Fähigkeiten nutzen. Ich hätte eine gute Entlohnung und wüsste, wo ich hingehöre. Ich müsste nicht herumreisen, sondern könnte im Hintergrund arbeiten. Das wäre wirklich etwas für mich!«

»Ist das dein Ernst?«, fragte ich erstaunt.

»Ja - ich glaube schon. Doch - ich bin sicher!«, antwortete Roy.

Es war, als wenn mir jemand kaltes Wasser über den Rücken gegossen hätte. Plötzlich wurde mir kalt. Dann wieder heiß, und wieder kalt. Dazu kam eine undefinierbare Übelkeit. Ich fühlte mich irgendwie im Stich gelassen und abgeschoben. »Du lässt mich sitzen? Ich hatte eigentlich das Gefühl, dass wir die ganze Sache gemeinsam durchstehen wollten«, sagte ich mit etwas zittriger Stimme.

»Sei nicht naiv! Schau der Realität ins Gesicht! Wir können nicht ewig weglaufen und uns verstecken. Das ist kein Leben! Du weißt so gut wie ich, dass wir auch mit einer neuen Identität nicht sicher sein können. Die Russen wissen genau, was hier gespielt wird. Sie sind scharf auf uns. Umso mehr, weil Duncan seine Pressemeldung mit Bestimmtheit noch heute aufsetzen wird!«

»Dazu braucht er aber unsere Unterstützung! Ohne unsere Aussagen ist seine Pressemeldung einen Dreck wert!«, unterbrach ich Roy aufgeregt.

»Gut«, begann Roy zu sprechen und ging im Zimmer auf und ab. »Nehmen wir einmal an, wir werden diesen Mist vom russischen U-Boot nicht aussagen. Glaubst du, dass dies unter dem Strich etwas ändern wird? Glaubst du, dass denen nichts anderes einfällt, um die Geschichte so zurechtzubiegen, dass sie ihren Zweck erfüllt? Die brauchen uns gar nicht! Die machen uns nur ein Angebot - ein lebensrettendes Angebot. Dafür verlangen sie eine kleine Gegenleistung von uns. Diese besteht eben in der bewusst ausgesagten Fehlinformation über das angeblich russische U-Boot. Es ist eine Offerte! Versteh doch endlich! Es geht gar nicht anders!«

Jetzt ging die Wut mit mir durch: »Eine kleine Gegenleistung nennst du das? Eine Offerte? Das ist Mist! Ein großer, dampfender Haufen Mist! Dein ganzes Leben gibst du ihnen - dein ganzes Leben! Keine kleine Gegenleistung! Wenn du da drin bist, bist du genauso der Gejagte wie draußen mit einer neuen Identität. Du merkst es ja selbst - in diesem Verein besteht deine Hauptaufgabe im Verbreiten von Lügen, Vertuschen von Tatsachen, Töten von Menschen und Schüren von Intrigen! Ein verfluchter Filz! Du wirst auch hier nie wissen, wer Freund und Feind ist! Ich traue keinem von hier - keinem!«, sprudelte ich heraus. Ich musste mich setzen.

Roy schüttelte den Kopf und ballte die eine Hand zur Faust:

»Hast du eine Alternative? Sag schon - hast du eine?«, presste er durch die Zähne heraus.

Ich dachte nach. Die Situation war so verwirrend! Einerseits sah ich ein, dass ich da draußen zum Freiwild würde, andererseits konnte ich die Arbeit bei diesem Verein nicht mit meinem Gewissen vereinbaren. Es musste doch noch eine andere Lösung geben! Ich schloss meine Augen. Die Gedanken knallten im Kopf hin und her. Das Ganze entwickelte sich zu einem Sturm. Ich konnte meine Sinne nicht mehr koordinieren. Mir wurde schwarz vor Augen. Ich hatte dieses Gefühl noch nie erlebt. Es war, als würde sich das Ende eines langen Flurs vor mir langsam schließen. Ich rannte den Flur entlang auf die Öffnung am Ende zu. Ich rannte und rannte, kam aber nicht von der Stelle. Langsam aber sicher wurde die Öffnung immer kleiner und kleiner, bis sie schließlich vollständig verschwand. Dann plötzlich war es, als käme ich vorwärts. Der Flur neigte sich plötzlich immer steiler nach unten. Ich rannte und rannte, bis ich schließlich am Ende des Flurs in die Wand klatschte. Ich spürte an meiner rechten Wange einen Schmerz.

»He - reiß dich zusammen!«, hörte ich Roy rufen.

Schweißnass und keuchend lag ich auf dem Fußboden. »Was... was war los?«, fragte ich erschöpft.

»Tut mir leid, Kleiner. Ich musste dir eine reinhauen. Du bist durchgedreht!«

Ich verstand die Welt nicht mehr. War es möglich, dass ich wirklich ausgerastet war? War das 'ausrasten'? So oft ich dieses Wort auch benutzte, ich hatte bis jetzt keine Ahnung gehabt, was es wirklich bedeutete. Der Zwischenfall gab mir zu denken. Noch nie war mir etwas Derartiges passiert.

Roy schaute mich etwas sonderbar an und sagte dann nachdenklich: »Ich glaube, dass dir die ganze Sache ziemlich unter die Haut geht!«

Ich nickte wortlos. Trotz allem war ich irgendwie erleichtert. Ich fühlte mich besser als zuvor. Irgendetwas war von mir gewichen. Ich wusste aber noch nicht, was es war. Ich setzte mich auf den Stuhl und sagte nach einer Weile: »Roy - ich wünsche dir viel Glück!«

»Was soll das heißen?«, fragte er erstaunt und packte mich am Arm.

»Du wirst bleiben und ich werde gehen. Ich muss mit Duncan sprechen!«, sagte ich ganz ruhig.

»Jetzt hat es dich endgültig erwischt!«, zischte Roy und sagte dann fragend: »Versuchst du es mit einer neuen Identität oder haust du einfach ab?«

»Kommt auf Duncans Angebot an. Ich werde ihn unter Druck setzen!«, antwortete ich ruhig.

»Hör zu«, begann Roy, »denk daran, dass ich mit drin bin. Baust du Mist, bin auch ich dran. Kapiert?«

»Natürlich, Roy. Ich bin mir dessen bewusst!«

Roy schüttelte unentwegt den Kopf und flüsterte immer und immer wieder vor sich hin: »Du bist verrückt. Du bist verrückt...!«

Vielleicht war ich das! Ich konnte die Tragweite meiner Entscheidung noch nicht abschätzen. Ich wusste aber, dass es die einzige Lösung für mich war.

***

Ich ging zurück zu Duncans Büro und klopfte höflich an. Er öffnete persönlich.

»Sie sehen mitgenommen aus. Wollen Sie nicht ein wenig schlafen?«, fragte er mich gelassen mit undefinierbarem Unterton.

Ich setzte mich unaufgefordert und wollte mit meiner Erklärung beginnen, als mich Duncan sogleich wieder unterbrach: »Sie wollen mir erklären, dass Sie nicht einsteigen wollen. Stimmt's?«

Ich war platt. Mit offenem Mund starrte ich Duncan an.

»Schließen Sie Ihren Mund! Sie fragen sich, warum ich das weiß - oder?«

Ich nickte. Duncan steckte sich triumphierend eine Zigarre an, zog zwei, drei Mal kräftig und blies den Rauch genüsslich an die Zimmerdecke. Dann sagte er überheblich: »Wissen Sie, junger Mann, ich kenne die Menschen! Auch Sie! Sie sind aus dem falschen Holz geschnitzt! Bei Roy ist das anders. Er ist hart und bereit, für sein Vaterland einzustehen.«

So ging es weiter und weiter. Ich merkte, wie mich Duncan zu provozieren versuchte. Ich konnte mich beherrschen, obschon ich mir Dinge anhören musste, welche ich sonst nicht einfach weggesteckt hätte. Nach einer Weile war seine Luft raus. Er setzte sich sichtlich enttäuscht hinter seinen Schreibtisch und starrte mich an.

Ich gewann neues Selbstvertrauen: »Wenn Sie fertig sind, hätte ich ein paar Fragen.«

»Bitte!«, sagte Duncan trocken und drehte sein Gesicht von mir weg.

»Was können Sie mir anbieten, wenn ich nicht einsteige?«

Duncan blies den Rauch seiner Zigarre genüsslich gegen die Gardinen. Dann drehte er sich zu mir um, schaute mir tief in die Augen und begann aufzuzählen: »Neue Personalien, ein Bankkonto mit fünfzigtausend Dollar, einen Wagen und ein kleines Haus an einem See in der Nähe der kanadischen Grenze. Für das Haus werden natürlich zwanzigtausend Dollar vom Konto abgezogen. Über den Rest können Sie frei verfügen, bis Sie sich selber wieder einen Job ergattert haben.«

»Zu welchen Bedingungen?«, fragte ich Duncan.

»Sie melden sich die ersten drei Jahre jeden Monat bei einer bestimmten Person.«

»Ist das alles?«

»Ja. Das heißt - es ist da noch eine Kleinigkeit. Sollten Sie wider Erwarten Ihre wahre Vergangenheit ausplaudern, werden Sie Besuch kriegen. Dann können wir das Konto jederzeit sperren lassen. Sollten Sie von den Russen entdeckt werden, setzen Sie sich sofort mit der Kontaktperson in Verbindung. Wir werden das Weitere veranlassen. Und noch etwas - die Warnung von vorhin war ernst gemeint. Sie können sich ja denken, dass Sie mit den Personalpapieren von uns nicht weit kommen würden. Wir haben das in der Hand. Sollten Sie irgendwann einmal ins Ausland gehen wollen, klären Sie die Formalitäten mit der Kontaktperson.«

»Und wann könnte ich gehen?«, fragte ich weiter, mit einem unangenehm fahlen Gefühl im Bauch.

»Morgen früh - je rascher desto besser!«, sagte Duncan und fügte lächelnd bei: »Haben Sie bestimmte Wünsche für die Personalien?«

Ich schüttelte den Kopf und wollte das Büro verlassen. Als ich bereits in der Tür stand, schnippte Duncan mit den Fingern: »Ach, jetzt hätte ich doch beinahe etwas vergessen«, sagte er mit künstlichem Grinsen. »Sie schulden uns noch eine Kleinigkeit. Ich denke da an die Presseerklärung!«

Ich wusste es! Einfach umsonst hätte ich hier nicht einmal die Atemluft bekommen.

»Hören Sie, Duncan! Ich traue Ihnen keinen Meter weit! Sie werden meine Erklärung in Form einer eidesstattlichen Erklärung erhalten, sobald ich im Haus am See angekommen bin und mich vergewissert habe, dass nicht alles Lüge war!«

»Sie tun mir unrecht! Ich schenke Ihnen die Welt und ein neues Leben, und Sie trauen mir nicht? Glauben Sie, dass ich gezwungen bin, diesen Kuhhandel mit Ihnen einzugehen? Glauben Sie nicht, dass Roys Erklärung genügen wird?«

»Nein, das glaube ich nicht. Ich weiß noch einige Details der Geschichte am Treibeis. Details, von welchen Roy keine Ahnung hat. Sie wissen ja aus den Schilderungen, dass wir mit dem Nachtsichtgerät abwechseln mussten. Ich habe Dinge gesehen, welche Ihnen Ihre Arbeit sehr vereinfachen könnten. Ebenso hatte ich viel mehr und viel intensivere Gespräche mit Alina oder Alinka, wie Sie sie nennen. Möglicherweise kann ich aus diesen Gesprächen einige Schlüsse ziehen, welche ebenfalls für Ihre Zwecke dienlich wären!«

Duncan begann zu schäumen vor Wut: »Du kleine Ratte - glaubst du etwa, dass ich mich von so einem Fliegendreck wie dir erpressen lasse?«

»Sie wollen nicht, müssen aber!«

»Ich kann Ihnen alle Informationen aus dem Leib prügeln lassen und Sie anschließend ein für allemal aus der Welt schaffen!«

Ich schaute ihm tief in die Augen. »Das wäre aber sehr unklug! Die Russen würden sich wundern, wenn die gefälschte Pressemeldung nur die Aussagen der einen Auskunftsperson beinhaltet. Die wissen genau, dass beide - Roy und ich - bei Ihnen gelandet sind. Stellen Sie sich vor, wie die Presse reagiert, wenn die Russen veröffentlichen lassen, dass der arme Sicherheitsbeauftragte der Polaris Inc. durch Sie liquidiert wurde. Überlegen Sie sich's!«

Ich stand auf, drehte auf den Absätzen um und verließ das Büro. Meine Nerven flatterten. Ich wusste genau, dass ich den

Bogen überspannt hatte, war aber trotzdem über meine Lügen und den Ideenreichtum erstaunt. Vielleicht sogar etwas stolz.

Auf der Treppe kam mir Roy entgegen. »Bist du raus?«

»Ich weiß es noch nicht. Vermutlich schon«, sagte ich und versuchte, so locker wie möglich zu wirken. Es war ein eigenartiges Gefühl. Irgendwie senkte sich in diesem Augenblick eine Schranke zwischen Roy und mir. Irgendwie wurden wir uns in dieser Sekunde fremd. Er lächelte mich verkrampft an und sagte noch kurz: »Mach's gut - Kleiner!« Dann ging er weiter.

Ich merkte, dass ich von diesem Augenblick an allein war. Allein, die ungewisse Zukunft vor Augen.

Ich ging im Zimmer auf und ab. Ich erwartete irgendeine Reaktion, irgendein Signal. Ich wartete lange. Es wurde Abend und Nacht. Ich schlief kurz, wurde aber immer wieder durch meine innere Unruhe gestört.

Am Morgen, gegen sieben Uhr, wurde ich aufgeweckt. Jemand klopfte an die Tür. Schlaftrunken und völlig übermüdet schwankte ich zur Tür und öffnete. Es war einer von Duncans Männern. »Machen Sie sich bereit. In einer Stunde reisen Sie ab!«, sagte er befehlend und ging wieder weg.

Hatte Duncan mein Lügengebilde abgekauft? Ich war mir nicht sicher!

Ich machte mich frisch und räumte mein Zimmer auf. Die wenigen Sachen hatte ich rasch gepackt. Danach versuchte ich, Roy zu finden. In seinem Zimmer war er nicht. Ich ging nach unten und fragte nach ihm. Keiner wusste etwas.

Duncan war ebenfalls unauffindbar. Als ich im Freien vor dem Haus nachsehen wollte, wurde mir dies verwehrt. Ich hatte ein eigenartiges Gefühl im Bauch. Was war los?

Ich bekam ein ausgiebiges Frühstück, mochte aber kaum etwas essen. Der Kaffee schmeckte bitter und abgestanden, das Brot alt.

Ich hatte kaum den letzten Bissen heruntergeschluckt, als Roy mein Zimmer betrat. »Was hast du Duncan erzählt?«, zischte er aufgeregt.

»Noch nichts!«, sagte ich kurz und wischte mir den Mund ab. Roy packte mich am Arm. Er war sichtlich aufgebracht.

»Duncan macht mir die Hölle heiß! Er glaubt, dass ich ihm nicht die ganze Wahrheit gesagt habe! Er meinte, dass du noch Aussagen zurückhältst, um ihn zu erpressen - stimmt das?«

Ich wusste in dem Moment nicht, was ich antworten sollte. Roy hatte sich entschlossen 'drin' zu bleiben, während ich den Weg in die Anonymität gewählt hatte. Ich musste also das Theater bis zum Schluss durchziehen. »Roy - es stimmt! Ich habe noch

Informationen, welche euch nützen könnten. Ich musste diese Informationen zurückhalten, um mir den Rücken freizuhalten! Das musst du verstehen!«

»Gut, Kleiner! Ich kann es zwar nicht verstehen, und ich kann dir auch nicht so recht glauben. Aber ich lasse es darauf beruhen. Ich gebe dir einen letzten Rat mit auf den Weg: Das, was du getan hast, war Fehler Nummer 1. Beim nächsten Fehler werde ich den Kopf hinhalten müssen, und das will ich nicht! Ich gönne dir ein Leben mit Zukunft! Vergiss aber nie, dass du dir keine Fehler mehr erlauben kannst!«

Wütend wie er war, verließ er das Zimmer und schlug die Tür hinter sich zu. Das hatte ich nicht gewollt. Es war auch erstaunlich, wie sich zwei 'Freunde' aufgrund ihrer Umstände innerhalb weniger Augenblicke verändern konnten. Aus der Barriere war eine Mauer geworden. Eiskalt und undurchdringbar!

Gegen acht Uhr wurde ich abgeholt. Duncan drückte mir wortlos einen Umschlag in die Hand. Ich schaute sofort nach, was sich darin befand. Es war ein Pass, ein Führerschein, eine Geburtsurkunde, eine Sozialversicherungskarte und ein weiterer, kleiner Umschlag. Darin befanden sich tausend Dollars und eine Kontokarte einer Bank. Mein neuer Name war 'Brian Hooker'. Es sah also so aus, als würde Duncan tatsächlich Wort halten.

»Kommen Sie - Brian!«, sagte Duncans Begleiter. Wir verließen das Haus und stiegen in einen Lieferwagen. Hinten waren keine Fenster. Ich setzte mich auf die Bank und erhielt von Duncan einen weiteren Umschlag. Er tippte mit dem Finger darauf und schaute mich streng an.

»Hier drin befindet sich Ihre Vergangenheit. Herkunft, Aufenthaltsorte, Familienmitglieder, Schlüsselerlebnisse, Ausbildungen, Arbeitsorte und so weiter! Sie haben auf dem ganzen Weg Zeit, sich die Angaben einzuprägen. Es werden keine Aufzeichnungen gemacht und nichts geändert. Finden Sie sich damit ab. Wenn wir am Ziel angekommen sind, werden Sie uns diese Unterlagen zurückgeben. Sie müssen sich danach richten. Anders geht es nicht. Wir haben alles durchdacht. Wenn Sie keine Fehler machen, bedeutet dies für Sie ein neues Leben. Wenn Sie Fehler machen, wird das neue Leben kurz sein!«

Ohne Antwort zu geben, begann ich, die Unterlagen zu studieren. Es war schon ein sehr eigenartiges Gefühl, in meiner Vergangenheit zu blättern, von der ich nichts wusste.

Ich war der Sohn einer Fabrikarbeiterin. Mein Vater hatte meine Mutter verlassen, als ich zur Welt kam. Sie hatte mich alleine aufgezogen. Das traf sogar auf mein richtiges Leben zu. Auch meine Heimatstadt stimmte mit der richtigen überein - vermutlich der Ortskenntnisse wegen. Ich hatte meine Zeit in Kinderheimen und auf der Straße verbracht. Ich hatte einige

Schulen mit mehr oder weniger schlechten Noten durchlaufen. Mit zwanzig Jahren war ich in eine psychiatrische Klinik eingewiesen worden, weil ich nach einem Verkehrsunfall angeblich an Gedächtnisschwund gelitten hatte. Dort hatte ich ein Jahr verbracht. An meine Kindheit konnte ich mich nur sehr schwach erinnern. Während meines Klinikaufenthaltes war meine Mutter gestorben. Auch an sie hatte ich kaum Erinnerungen. Ansonsten hatte ich nur noch einen Verwandten in den Staaten: einen Onkel in Chicago. Sein Name war Peter Mason. Ich hatte kaum Kontakt zu ihm. Nach meiner Entlassung aus der Klinik hatte ich ein Dasein mit diversen Arbeiten gefristet. Meistens war ich 'schwarz' beschäftigt gewesen. Hilfsarbeiten, wobei ich recht und schlecht Geld verdient hatte. Ich hatte keine Sozialunterstützung bekommen – vermutlich, weil man dies in der Registratur hätte nachprüfen können! Vor drei Jahren hatte ich mit meinem Ersparten einige Wertpapiere gekauft. Nachdem sie anfänglich an Wert verloren hatten, war deren Kurs nach einem Jahr massiv in die Höhe gestiegen. Ich hatte die Anlagen verkauft und einen Gewinn von etwa fünfzigtausend US-Dollar gemacht. Dieses Geld hatte ich gestern an die Bank überwiesen, von welcher ich nun auch die Kontokarte hatte. Da waren sie wieder - Duncans fünfzigtausend Dollar! Ich schmiedete nun Pläne, um eine neue Existenz aufzubauen, und reiste deshalb nach Norden. Das Haus am See hatte ich mir über einen Immobilienmakler kaufen lassen und dafür zwanzigtausend Dollar bezahlt.

Nebst vielen weiteren Angaben und Daten fand ich zuhinterst in den Unterlagen einen eingehefteten Umschlag. Ich öffnete diesen und fand darin zu meinem großen Erstaunen Fotos. Fotos von mir, in mir unbekannten Umgebungen und Szenerien. Einmal beim Angeln, einmal beim Autowaschen, ein andermal auf einem Motorrad, zusammen mit mir unbekannten Leuten. Ich staunte! Sogar drei Fotos aus meiner Jugendzeit. Eines davon neben einem Weihnachtsbaum mit einem jungen Kätzchen auf dem Arm.

Das war die Technik unserer Zeit. Die hatten alle Fotos hergestellt, um meine Vergangenheit glaubwürdiger zu machen. Ich musste zugeben, dass mein jugendliches Gesicht auf den ‚alten' Fotos gar nicht so sehr von meinem richtigen damaligen Aussehen abwich. Die Fotos waren sogar zerknüllt und abgewetzt - wie richtig!

Ich fragte mich, wie sie das alles in so kurzer Zeit geschafft hatten.

Als ich fertig war, meldete ich meine Bedenken an: »Glauben Sie wirklich, dass mir jemand diese Vergangenheit abkaufen wird? Da sind viel zu viele Angaben enthalten, welche sich überprüfen und widerlegen lassen!«

Duncan lächelte in seiner überheblichen Art und sagte: »Wir haben alles arrangiert. Diesen Brian Hooker gab es tatsächlich. Fast die ganze Geschichte stimmt. Es wird keine Probleme geben! Sollten Sie durch irgendeinen Umstand in Bedrängnis geraten, berufen Sie sich auf Ihren Gedächtnisschwund. Dieser ist in der Klinik dokumentiert und überprüfbar. Dazu kommt noch, dass Sie diesem Hooker sehr ähnlich sehen!«

»Wo befindet sich der richtige Hooker denn heute?«, fragte ich misstrauisch. »Das lassen Sie unsere Sorge sein!«, war Duncans Antwort. Mich schauderte.

»Was ist mit diesem Onkel in Chicago?«, bohrte ich weiter.

Duncan und sein Begleiter blickten sich kurz an. »Dieser Onkel ist Ihre Verbindungsperson, an welche Sie sich zu wenden haben, wenn es Probleme gibt. Er gehört zu uns. Seine Telefonnummer ist Ihre Bankkontonummer, ohne die vordersten drei Ziffern und natürlich mit der Vorwahl von Chicago. Melden Sie sich gegebenenfalls nur mit Ihrem Vornamen. Er wird Sie dann unterbrechen und weitere Anweisungen geben, bevor Sie weiterreden!«

Einen Moment lang waren wir alle still.

»An wen soll ich meine Erklärung schicken?«, fragte ich weiter.

Duncan kramte einen Zettel aus seinem Jackett.

»Hier steht die Adresse. Sie schicken den Bericht dahin mit dem Vermerk 'Postlagernd'!«

Ich staunte immer mehr. Es war alles perfekt organisiert. Professionell und durchdacht.

Es war wie in einem Schachspiel. Auf jede Situation gab es den richtigen Zug. Jede Möglichkeit, jede Variante wurde berücksichtigt. Unheimlich!

In der Zwischenzeit befanden wir uns bereits auf einem kleinen Privatflugplatz, wo eine Sportmaschine auf uns wartete. Der Pilot, ein Schwarzer, begrüßte uns kaum. Wir setzten uns in die Maschine und flogen sofort los. Es war reine Routine. Schon sehr oft musste dieser Mann wohl für Duncan geflogen sein. Keine Route, kein Ziel, nichts wurde erwähnt.

Wir flogen fast vier Stunden, bevor wir auf einem kleinen Flugfeld zwischenlandeten. Wir blieben in der Maschine. Ein Mann brachte uns Verpflegung, und die Maschine wurde aufgetankt. Nach wenigen Minuten ging es weiter. Was mich vor allem erstaunte, war der Umstand, dass der Pilot nicht einmal sein Funkgerät benutzen musste. Es war alles organisiert. Ein riesengroßer, perfekt funktionierender Filz - ein undurchsichtiges Gewebe, welches über dem ganzen Land zu liegen schien.

Nach einer weiteren, längeren Flugzeit, setzte der Pilot irgendwo in der Nähe einer Landstraße zur Landung an. Er setzte die Maschine auf einer langen Wiese auf. Der Motor lief weiter. Weit und breit war kein Haus zu sehen. Einzig weiter vorne eine Tafel, welche verriet, dass hier gelegentlich ein Bus fahren musste.

»Sie werden hier aussteigen! Danach warten Sie auf den Bus. Sie lösen ein Ticket nach 'North Crown Village'. Die Adresse des Immobilienmaklers steht auf diesem Zettel.

Ich wünsche Ihnen eine gute Zeit und vergessen Sie nicht, was Sie uns schulden!« Duncan drückte mir den Zettel in die Hand und ich stieg aus. Es ging alles sehr schnell. Ohne ein weiteres Wort zu verlieren, schloss er die Kabinentür hinter mir. Ich stand da und wurde vom Wind des Propellers fast von den Füssen gerissen. Die Maschine rollte an und stieg nach kurzer Zeit in die Luft. Ich blieb wie angewurzelt stehen. Neben mir auf dem Boden meine Reisetasche, in der Hand den Zettel. Sonst nichts.

Als die Maschine außer Sichtweite war, stiegen eigenartige Gefühle in mir auf. Ich war frei! Endlich frei - mit einer neuen Zukunft vor Augen!

***

Ich wartete fast eine Stunde in der gleißenden Nachmittagshitze, bis der Bus kam. Ich hatte Zeit zum Nachdenken. In diesem Augenblick war ich froh, dass ich auch im ‚richtigen' Leben keine Angehörigen mehr hatte. Ich hätte mich ja nie mehr bei ihnen melden können.

Ich sah die Staubwolke schon von Weitem. Der Chauffeur fragte mich, wie ich denn dazu käme, hier in dieser Ebene auf den Bus zu warten. Er selber habe seit einem halben Jahr nicht mehr hier halten müssen. Ich teilte ihm mit, dass ich per Anhalter gefahren sei und mit dem Fahrer Streit bekommen hätte. In der Folge habe mich dieser auf die Straße gestellt.

Ich löste ein Ticket und setzte mich nach hinten. Ich genoss es, im klimatisierten Bus durch die Landschaft zu fahren. Meine Kleider waren schmutzig vom Staub und verschwitzt. Der Bus fuhr über zwei Stunden. Drei Mal hielten wir an, um Leute ein- oder aussteigen zu lassen. Weiter vorne war dichter besiedeltes Gebiet zu sehen. Wir fuhren an der Ortstafel vorbei. Ich war da. Endlich war ich da - in meiner neuen Heimat. Der Bus hielt bei einem Platz an. Alle Leute stiegen aus. Ich war der Letzte. Ich stand auf und nahm meine Tasche. Als ich auf den Stufen stand und die warme Luft einatmete, war ich überzeugt, für dieses neue Kapitel meines Lebens gerüstet und bereit zu sein.

Langsam ging ich über den kleinen Platz zu der Häusergruppe an der Hauptstraße. Von Weitem sah ich das Schild einer Bar an der Ecke. Ich hatte Durst von der Reise und wollte etwas trinken. Es war keine schöne Bar - alt, mit schmuddeligen Vorhängen und schmutzigen Fensterscheiben. Ich betrat das Lokal mit gemischten Gefühlen. Außer mir waren keine Gäste da. Es machte den Anschein, als wäre eben erst geöffnet worden.

An die Theke gelehnt stand eine junge Frau, ziemlich ungepflegt, spindeldürr, schwarz gefärbte Haare wild und ohne System aufgesteckt, und rauchte gelangweilt eine Zigarette. Ich stellte meine Tasche vor der Theke auf den Boden.

»Guten Tag«, sagte ich und erhoffte mir, das Eis zu brechen.

»Was darf es denn sein?«, fragte mich die Frau, ohne die Zigarette aus dem Mund zu nehmen.

»Ein Bier - schön kalt!«, bat ich freundlich. Absolut unmotiviert schlurfte sie zum Kühlschrank und nahm eine Bierdose heraus. Ohne diese zu öffnen und ohne ein Glas danebenzustellen, knallte sie sie auf die Theke.

»Herzlichen Dank!«, sagte ich erstaunt und wollte die Dose öffnen.

»Eins zwanzig!«, wurde ich angezischt.

Erstaunt darüber, dass ich bezahlen musste, bevor ich getrunken hatte, kramte ich das Geld aus der Tasche. Die Frau bemerkte mein Erstaunen und sagte gelangweilt: »Ich kenne Sie nicht! Also wird vorher bezahlt - klar?«

»Klar - wirklich sehr freundlich!«, rutschte es mir über die Lippen. Ich bezahlte und murmelte vor mich hin: »Ziemlich teurer Laden!«

»Wenn du wirklich durstig bist, trink das Bier! Wenn nicht, lass es sein und geh woanders hin!« war ihre Antwort. Ich wusste, dass dies nicht mein Stammlokal werden konnte.

Das Bier war kaum kühler als Abwaschwasser und schmeckte auch nicht viel anders. Scheußlich!

Ich hielt der Frau den Zettel hin und fragte sie, wo ich diese Adresse finden könne.

»Bin ich ein Touristenbüro?«, meckerte sie gehässig.

»Nein - sind Sie nicht! Aber für Eins zwanzig könnten Sie mir diese Auskunft wohl geben!«

Widerwillig erklärte sie mir, dass sich diese Adresse zwei Straßen weiter befand.

Ich nahm also meine Tasche und ging. Meine linke Hand war klebrig vom Türgriff, welchen ich wohl oder übel anfassen musste.

Langsam, die Eindrücke dieser Kleinstadt in mich aufsaugend, schlenderte ich zur genannten Adresse. An der Tür klebte ein fein säuberlich poliertes Messingschild mit der Aufschrift 'M. E. Pakosta - Immobilien'. Ich klingelte und wartete. Nach wenigen Augenblicken ertönte das Schnarren des Öffners und ich konnte die Tür aufstoßen. Das Treppenhaus war kühl, eng und steil. In der ersten Etage stand eine Tür offen. Ein untersetzter

Mann mit rundem Gesicht und Schnurrbart lächelte mir entgegen.

»Sie müssen Mister Hooker sein - stimmt's?«, sagte er mit leichtem Akzent.

Dem Namen und dem Akzent nach zu urteilen musste er tschechischer oder polnischer Abstammung sein. »Stimmt - guten Tag«, antwortete ich freundlich.

»Hatten Sie eine gute Reise?«, fragte Pakosta neugierig.

»Ja, danke! Ein wenig heiß.«

»Es ist alles bereit. Wenn Sie wollen, können wir sofort losfahren!«, drängte Pakosta.

»Gerne«, sagte ich, »ist alles da, oder muss ich noch Sachen einkaufen?«

»Lebensmittel und Kleinigkeiten müssen Sie noch einkaufen. Ansonsten ist das Haus wohnbereit.«

Pakosta hatte bereits die Autoschlüssel und eine Aktenmappe gepackt und schloss die Bürotür ab.

»Wie weit ist es bis zum Haus?«, fragte ich neugierig.

»Zehn Minuten bis zum Stadtrand und weitere zehn bis zum Haus.«

Wir stiegen in einen kleinen Geländewagen und fuhren los. Die Klimaanlage arbeitete gut, trotzdem schwitzte ich vor Aufregung. Vor ein paar Tagen hätte ich mir diese Wärme gewünscht - jetzt war sie mir lästig.

Ich erhielt während der Fahrt einen Eindruck von der Stadt. Sie war nicht allzu groß, zählte vielleicht 5'000 Einwohner. Die Straßen waren größtenteils sauber und die Häuser gepflegt. Die Verkehrsdisziplin der Autofahrer ließ allerdings etwas zu wünschen übrig. »Ziemlich hektisch auf den Straßen hier!«, sagte ich vor mich hin.

Pakosta reagierte sofort und sagte: »Daran müssen Sie sich gewöhnen. Ihren Wagen habe ich bereits gestern zu Ihrem Haus fahren lassen. Schlüssel und Zulassung sind im Haus.«

Fast hätte ich gefragt, was es denn überhaupt für ein Wagen sei. Im letzten Moment konnte ich die Klappe halten. Ich musste mich überraschen lassen.

Am Schluss fuhren wir durch freies Weideland auf einen kleinen Wald zu. Die Straße war ziemlich heruntergekommen. Mehrmals schlugen wir mit dem Unterboden des Wagens irgendwo auf. Dann ging es gleichermaßen durch den Wald. Was ich dann sah, ließ mein Herz hüpfen: ein kleiner See, vielleicht einen Kilometer lang, blau und klar. Am Ufer, direkt neben den Bäumen, 'mein' Haus. Ein kleines, schönes Blockhaus. Pakosta hielt an und wir stiegen aus. »Gefällt es Ihnen?«, fragte er.

»Es ist wunderschön hier!«, sagte ich leise, meinen Blick nicht mehr vom Haus ablassend. Geradewegs ging ich darauf zu. Es hatte einen quadratischen Grundriss mit einer Seitenlänge von etwa zehn Metern. Die Holzwände waren braun gestrichen, die

Fensterrahmen weiß. Vor der Eingangstür befand sich eine kleine, gedeckte Veranda mit Blumenkisten und einer Schaukel.

»Nehmen Sie!«, sagte Pakosta und hielt mir die Hausschlüssel hin. Ich nahm sie zögernd an mich und ging die zwei Stufen zur Veranda empor. Der Schlüssel ließ sich leicht im Schloss drehen. Mit einem ganz leisen Quietschen öffnete sich die Tür. Wir betraten einen kleinen Vorraum mit Garderobe. Von dort führte ein kurzer Flur direkt ins Wohnzimmer, welches fast die ganze Grundfläche des Hauses ausmachte. Ich sah den Kaminofen und die Gardinen, die Möblierung und die Teppiche. Alles ziemlich alt, aber sehr sauber und gut erhalten. Vom Wohnzimmer gingen zwei weitere Türen in die kleine Küche und in die Toilette mit Badewanne , beide sehr klein gehalten und ziemlich einfach eingerichtet. In der hinteren Ecke des Wohnzimmers führte eine steile Holztreppe durch eine Luke in der Zimmerdecke in den Dachstock. Wir gelangten über diese Treppe nach oben. Dort waren das Schlafzimmer, eine kleine Abstellkammer und ein kleines Büro eingerichtet. Ich fühlte mich wohl unter den schrägen Balken. Durch die Dachfenster fiel helles Licht in die Räume. Ich war sehr zufrieden. Zusammen gingen wir zurück ins Wohnzimmer hinunter, wo Pakosta seine Akten auf den Tisch legte. Während er einige Formulare ausfüllte, warf ich einen Blick aus den hinteren Fenstern. Dort stand unter den Bäumen mein Wagen. Er war nicht neu, schien aber gut erhalten zu sein. Es war ein Chevrolet-Geländewagen. Braun, mit feinen beigen Seitenstreifen, wuchtigen Stoßstangen und Zusatzscheinwerfern. Schön! Duncan hatte bis jetzt alle Versprechen eingelöst.

Ich musste noch einige Formulare unterschreiben, und Pakosta erklärte mir die Funktionen der Elektro- und Gasgeräte.

»Sollten Sie Probleme oder eine Frage haben, rufen Sie mich an. Dort neben dem Eingang hat's ein Telefon. Ihre eigene Nummer steht auf dem Gerät. Hier haben Sie noch meine Karte.«

Ich bedankte mich und begleitete Pakosta aus dem Haus. Auf der Veranda zeigte er zum Seeufer und sagte: »Dort unten beim Steg liegt noch ein altes Boot. Das gehört zum Haus, ist aber sehr heruntergekommen und bedarf einiger Arbeit, bis Sie es wieder benutzen können!«

Erstaunt bedankte ich mich für seine Bemühungen und schüttelte ihm die Hand.

»Eine Frage noch«, sagte ich, »wo ist die Grenze meines Grundstückes und wie weit hinaus gehört mir der See?«

»Die Grenze läuft von einem gelben Pfosten zum anderen.« Er zeigte auf einen gelben Pfosten im Wald. »Der See gehört dem Staat. Sie haben aber das Uferrecht und dürfen damit machen, was Sie wollen!« Dann stieg er in seinen Wagen und nahm den beschwerlichen Rückweg in Angriff.

Leise hörte ich das letzte Brummen seines Autos verklingen. Dann war es wieder ruhig. Ich hörte die Vögel singen, im See sprang ein Fisch. Mich erfüllte ein unbeschreibliches Glücksgefühl und ich wusste gar nicht, was ich mir zuerst genauer anschauen wollte. Nach einer Weile kam mir in den Sinn, dass die Läden in der Stadt nur noch etwa zwei Stunden geöffnet hatten und dass ich mir Lebensmittel und einige Kleider kaufen musste. Ich schloss das Haus ab und ging zum Wagen. Er gefiel mir. Ich hatte noch nie einen Geländewagen besessen. Der Tacho zeigte, dass der Wagen etwas mehr als 20'000 Meilen hinter sich hatte. Die Polster waren schön und keineswegs durchgesessen. Der Motor sprang sofort an. Langsam fuhr ich durch 'mein' Waldstück auf die alte Straße. Ich fühlte mich wohl am Steuer. Ich sang ein Lied und öffnete alle Fenster. Ich ließ mir durch den Wind mein Haar zerzausen und freute mich daran. Ein Blick auf die Tankuhr sagte mir, dass der Wagen vor der Auslieferung frisch aufgetankt worden war.

Ich fühlte mich so gut - was hätte da noch schiefgehen können!

Zuerst parkte ich vor einem Lebensmittelgeschäft. Ich deckte mich mit Esswaren ein. Der halbe Kofferraum war vollgestopft. Danach ging ich zum Warenhaus auf der anderen Seite der Straße. Ich kaufte mir eine günstige Armbanduhr, Stiefel und zwei Paar Schuhe, vier Hosen, Pullover, Hemden, eine Krawatte und zwei Jacken. Unterwäsche und Socken kaufte ich mir im Sonderangebot. Als ich auch noch Rasierzeug und andere Toilettenartikel in den Einkaufswagen stopfte, war dieser fast voll. Für den Moment hatte ich das Wichtigste zusammen. Ich nahm mir vor, im Haus eine Liste zu erstellen mit allen Sachen, die ich mir noch anschaffen wollte. Vollbepackt traf ich bei meinem Wagen ein. Die Leute schauten mich schon etwas sonderbar an. Nachdem ich alles verstaut hatte, fuhr ich in Richtung Stadtrand. Bei einer Eisenwarenhandlung besorgte ich mir noch einen Werkzeugkasten mit den wichtigsten Sachen und eine starke Handlampe. Beim Jagdgeschäft nebenan ließ ich mir eine Angelrute samt Zubehör einpacken.

Ich brauchte an diesem Tag sehr viel Geld. Von den tausend Dollar war nicht mehr viel übrig. In einem anderen Geschäft besorgte ich mir ein Telefonbuch, einen Stadtplan und eine Landkarte der Umgebung. So - jetzt hatte ich alles!

Ich fuhr zurück zum Haus und richtete mich mehr schlecht als recht ein. Ich nahm eine Flasche Bier sowie eine Zigarette und schlenderte zum Steg am Ufer.

Es war herrlich. Man kann dieses Gefühl nicht beschreiben. Wie im Traum ließ ich meine Blicke über die Landschaft und den See schweifen. Ich warf einen kleinen Stein ins Wasser und beobachtete die Ringe, welche sich langsam immer weiter ausbreiteten und schließlich am anderen Ufer oder weit draußen im spiegelglatten See ihre Kraft verloren. Als ich mich nach dem Boot umschaute, erschrak ich ein wenig. Was man noch sehen konnte, war lediglich ein schmaler Rand des Bootes. Der Rest war unter Wasser. Pakosta hatte also nicht übertrieben. Ich war aber erstaunt, dass der Außenbordmotor immer noch montiert war und natürlich gänzlich unter Wasser lag. Ich nahm mir vor, dieses Boot als Erstes einmal flott zu machen. Ich fuhr rückwärts mit dem Wagen bis ans Ufer und band das Boot daran fest. Behutsam zog ich das Wrack aufs Trockene. Es sah fürchterlich aus. Im Rumpf hatte es Löcher, und alles war über und über mit Algen bedeckt, auch der Motor. Ich wollte das Boot erst einmal ein paar Tage trocknen lassen, bevor ich mich an die Arbeit machen würde.

Ich trank mein Bier leer und rauchte die Zigarette. Langsam näherte sich die Sonne dem Horizont. Ich blies den Rauch in das immer noch gleißende Licht und überlegte, was als Nächstes an der Reihe war. Die Grenze! Ich wollte nachschauen, was alles zum Haus gehörte.

Ich ging von Pfosten zu Pfosten. Das Landstück war nicht besonders groß. Es war aber alles da! Ein Stück Wald, das kleine Sträßchen, der See, eine kleine Wiese zwischen dem Haus und dem Ufer. Der See gehörte nicht mir, ich betrachtete ihn aber als 'meinen' See. Wer konnte mir dies auch übel nehmen? Die ganze Fläche des Landes betrug vielleicht etwa zweihundert auf hundertfünfzig Meter. Das Land fiel zum Ufer hin ganz leicht ab. Schön!

Ich saß auf der Veranda, bis die Sonne untergegangen war. Als hinter den Bergen auf der anderen Seite des Sees nur noch ein schmaler, heller Streifen sichtbar war, begab ich mich ins Haus. Ich kochte mir Pasta und machte eine gute Flasche Wein auf. Es schmeckte mir vorzüglich. Nach dem Essen steckte ich im Kamin Feuer an und legte von dem reichlich vorhandenen Brennholz auf. Ich zog das Sofa in die Nähe und streckte meine Beine aus. Die nachfolgende Zeit verbrachte ich mit dem Lesen von Tageszeitungen und zwei alten Journalen, welche sich im Altpapierstapel zum Einfeuern befanden.

Irgendwann schlief ich lesend vor dem Kamin ein. Ich träumte furchtbar. Es war Krieg, und vom Himmel fielen Satelliten-Atombomben auf die Städte. Eine davon traf genau mein Haus, als ich beim Angeln auf dem See war. Ich sah die gewaltige Explosion, und wie ein riesiger Feuerball in den Himmel schoss. Natürlich wäre dies in Wirklichkeit das Ende gewesen. In diesem Traum ruderte ich aber zum Haus zurück, um festzustellen, was alles beschädigt worden war. Roy half mir, am Ufer das Boot festzubinden, und wir gingen zusammen zum Haus - oder besser, zu dem was davon übrig war. Ich setzte mich vor dem brennenden Haus auf den Waldboden und lauschte dem Knistern der brennenden Balken. Inmitten dieser Eindrücke und des Knisterns wachte ich auf - das Knistern kam von meinem Kamin!

Vollkommen verwirrt und niedergeschlagen stand ich auf. Meine Kniekehlen schmerzten. Ich musste an das Satellitenprojekt, an Roy, an Duncan und natürlich an meine Erklärung denken, welche ich noch abzuschicken hatte. In mir kamen wieder die alten Ängste auf.

Einerseits hatte die Menschheit das Recht, von dem Satellitenprojekt in Kenntnis gesetzt zu werden, andererseits hatte Duncan seine Versprechungen gehalten und mir hier eine wunderbare Existenzgrundlage an einem traumhaften Ort geschenkt. Ich musste den Bericht innert Kürze abfassen. Ich war mir dessen bewusst. Ich wollte das, was ich hatte, nicht verlieren - erst recht nicht mein Leben. Was aber war mit all den Menschen auf der Erde, welche tagein, tagaus ahnungslos unter diesen Satelliten lebten? Unter den Satelliten, welche wie ein Damoklesschwert über den Menschen schwebten? Was war mit den langfristigen Friedensplänen und Verträgen zwischen den Großmächten? Hatte ich überhaupt eine Möglichkeit, in dieses Geschehen einzugreifen? Hatte ich überhaupt das Recht dazu? Vielleicht nicht nur das Recht, sondern die Verpflichtung? Ich wusste es nicht. Ich brütete und ging im Wohnzimmer auf und ab.

Die Sonne begann bereits wieder aufzugehen, als ich vor das Haus auf die Veranda trat. Es war alles noch so schön wie am Vortag, mir fehlte aber irgendwie der Mut zur Freude. Trotz der Schönheit und der Idylle um mich herum fühlte ich mich elend. Ich setzte mich auf den Rand des Steges und ließ meine Füße ins kühle Wasser baumeln. Gelegentlich schwamm ein Fisch unter dem Steg hindurch. Dynamisch, ruhig, schön! Sollte ich das alles aufs Spiel setzen?

Hin- und hergerissen fasste ich gegen Mittag einen Entschluss.

Ich war bereit, meine falsche Erklärung betreffend des U-Bootes zu machen. Ich nahm mir aber vor – wie, wusste ich auch noch nicht - die ganze wahre Geschichte durchsickern zu lassen. Ich wusste, dass ich dabei sehr subtil vorgehen musste. Ich setzte mich im Wohnzimmer an den Tisch und begann zu schreiben. Ich hatte Mühe, mich zu konzentrieren. Während ich schrieb, was ich eigentlich nicht wollte, aber musste, arbeitete mein Gehirn an dem anderen Plan. Dazwischen musste ich immer die vorgelogenen Handlungen einflechten, welche ich Duncan als Druckmittel verschwiegen hatte. Dabei galt es genauestens zu überlegen, dass weder durch Roy noch durch die Chronologie des Handlungsablaufes selbst Widersprüche entstehen konnten.

Eigentlich handelte es sich bei den erfundenen Einflechtungen um absolut unwesentliche Dinge, welche ich aber so schilderte, als hätte ich sie selbst als sehr wichtig empfunden. Die vorgelogenen Einzelheiten aus den Gesprächen von Alina und mir waren ebenfalls aus der Luft gegriffen. Ich führte Aussagen an, welche bestimmt einige Aufregung verursachen, sich aber letztlich niemals überprüfen lassen würden.

Ich brauchte den ganzen Tag für das Abfassen des Schriftstückes. Ich unterbrach lediglich für das Essen. Gegen Abend war ich fertig. Zur Erklärung legte ich ein Blatt dazu, auf welchem ich auszugsweise Folgendes schrieb:

Von diesem Schreiben wurde eine Kopie angefertigt. Ferner habe ich eine Erklärung abgefasst, in welcher die Umstände und Zwänge aufgelistet sind, welche zu den Falschaussagen führten. Dazu ein Schriftstück, welches den wahren Sachverhalt im Eis aussagt.

All diese Dokumente habe ich in einem versiegelten Umschlag einem Rechtsanwalt zur Aufbewahrung übergeben. Ich habe ihn angewiesen, diesen Umschlag einer bestimmten Nachrichtenagentur zukommen zu lassen, wenn mir etwas zustoßen sollte. Ich muss mich wöchentlich mit einem Codewort bei diesem Rechtsanwalt melden. Bleibt die Meldung und das vereinbarte Codewort aus, wird der Rechtsanwalt tun, wofür er bezahlt wird.

Ich bitte Sie um Verständnis für mein Handeln. Ich habe zu keinem Menschen mehr Vertrauen. Sie haben meine Erklärung und ich habe mein Haus und die neue Identität. Wir haben beide unsere Versprechen eingelöst. Halten sich beide Seiten an die Abmachungen, werde ich den Umschlag in einigen Jahren beim Rechtsanwalt abholen und vernichten. Es bleibt Ihnen nichts anderes übrig, als mir zu glauben. Ich halte mich an die Abmachungen!

Ich packte alles in einen Umschlag und fuhr in die Stadt. Bei einem Bankautomaten hob ich tausend Dollar ab und fuhr weiter. Bei der Poststelle machte ich die Kopien und kaufte nebenan weitere Umschläge. Den Bericht und die Beilage steckte ich in den einen Umschlag und schrieb die von Duncan angegebene Adresse darauf. Im anderen Umschlag verpackte ich die Akten für den Rechtsanwalt. Nachdem ich alles sorgsam verklebt hatte, ging ich zurück zur Poststelle. Dort gab ich Duncans Brief zum Versand auf. In der Telefonzelle suchte ich nach Adressen der hiesigen Rechtsanwälte. Es gab fünf Stück davon. Ich suchte mir drei Adressen, alle in nächster Nähe, aus und machte mich auf den Weg.

Bei der ersten Adresse stellte ich meinen Wagen direkt vor dem Haus ab. Das Büro des Rechtsanwaltes befand sich in der dritten Etage. Einen Aufzug gab es nicht in diesem eher alten Haus. Etwas außer Atem klingelte ich und trat ins Vorzimmer. Ich wurde von einer freundlichen Sekretärin empfangen. Sie bat mich, einige Minuten zu warten und offerierte mir einen Kaffee. Ich wartete und schaute mir die Bilder im Vorzimmer an. Nach etwas mehr als zehn Minuten kam ein jüngerer, gepflegter Mann mit Krawatte und Jackett aus dem Büro.

»Guten Abend, mein Name ist Tompson - was kann ich für Sie tun?«, sagte er freundlich und bot mir einen Stuhl im Büro an. Ich erklärte ihm, dass ich bei ihm einen Umschlag versiegeln und aufbewahren lassen wollte. Ich erklärte ihm auch, dass ich mich wöchentlich unter einem bestimmten Code zu melden hätte. Sollte diese Meldung ausbleiben, müsse er den Umschlag einer Nachrichtenagentur zukommen lassen.

Doktor Tompson blickte mich erstaunt an und sagte: »Tut mir leid - ich habe das noch nie gemacht. Ich möchte auch nicht damit anfangen. Ich kenne aber einen Berufskollegen, welcher auch schon Aufträge dieser Art angenommen hat. Er führt seine Praxis nur zwei Häuser weiter. Sein Name ist Loyd. Sagen Sie ihm, dass ich Sie geschickt habe.«

Ich bedankte mich und verließ das Büro. Im Treppenhaus rief mir Tompson nach: »Sie können gleich durch den hinteren Ausgang über den Hof. Dann sind Sie schneller dort!«

Ich bedankte mich nochmals und stieg die Treppe hinab. Die Tür zum Hinterhof war unverschlossen und ich trat ins Freie. Im Hof spielten Kinder mit einem Fußball. Sie beachteten mich nicht - nahmen keinerlei Notiz von mir. Zwei Häuser weiter ging ich durch den Hofeingang ins Treppenhaus. In der ersten Etage war eine der Türen mit ‚Loyd' angeschrieben. Ich klopfte an und trat ein. Ein älterer Herr kam aus einem Büro auf mich zu und streckte die Hand zum Gruß aus.

»Sie müssen der Mann mit dem Umschlag sein!«

Etwas erstaunt nickte ich und trat ein.

»Mein Kollege hat mich angerufen und gesagt, dass Sie kommen würden. Das mit dem Umschlag geht in Ordnung. Ich habe das auch schon gemacht.«

»Was kostet mich das?«, fragte ich Doktor Loyd.

»Zweihundert Dollar pro Halbjahr. Die ersten zwei Jahre im Voraus.«

Ich war einverstanden. Wir besprachen die Einzelheiten und das Codewort und füllten zusammen zwei Formulare aus. Danach presste Loyd sein eigenes Siegel auf den Umschlag und verlangte nach meinem rechten Zeigefinger. Ich wusste nicht, was nun kommen würde. Loyd ließ weitere Siegelmasse auf den Umschlag tropfen und pustete kräftig auf den roten Fleck.

Als dieser fast ausgehärtet war, sagte er: »Drücken Sie nun ganz kurz ihre Fingerkuppe in die Siegelmasse!«

Ich tat es und war erstaunt über die Methode. Hauptsache, es funktionierte. Die etwas überhitzte Fingerkuppe war bald vergessen. Ich bezahlte die achthundert Dollar – ziemlich viel für meine Begriffe.

»Sollte einer von uns in die Ferien fahren oder sonstwie längere Zeit nicht anwesend sein, so muss er den anderen frühzeitig darüber informieren!«, sagte ich.

Doktor Loyd nickte und wir schüttelten uns die Hand zum Abschied. Ich verließ das Haus auf dem gleichen Weg, auf welchem ich es betreten hatte. Im Haus von Tompson konnte ich direkt durchs Treppenhaus wieder zur anderen Seite auf die Straße gehen. Ich setzte mich in meinen Wagen und fuhr weg. Danach kaufte ich noch einige Sachen ein: Werkzeuge, Streichhölzer, ein gebrauchtes Fernglas und was mir sonst noch in den Sinn kam. Ich fuhr auf direktem Weg aus der Stadt zum Haus zurück.

Irgendwie war ich erleichtert und trotzdem angespannt. Würde Duncan mein Verhalten billigen?

***

An diesem Abend listete ich all die Sachen auf, welche ich im und um das Haus erledigen wollte. Zwei ganze Seiten!

Während ich kurz nach dem Boot schaute, dachte ich an Alina, oder Alinka - oder wie auch immer. Wie es ihr wohl ging? Ich konnte immer noch nicht recht glauben, dass sie eine Agentin sein sollte.

Ich versuchte, den Motor vom Boot zu kriegen, was mir aber nicht gelang. Die Klemmschrauben saßen derart fest, dass ich mein Vorhaben abbrechen musste. Ich ging zurück ins Haus und nahm mir vor, in den nächsten Tagen in der Eisenwarenhandlung ein geeignetes Mittel zum Lösen der Schrauben zu kaufen. Danach aß ich eine Kleinigkeit und ging zu Bett. Es war die erste Nacht in meinem 'eigenen' Bett - die Nacht davor hatte ich ja vor dem Kamin verbracht. Da die Bettwäsche noch fehlte, wurde es wieder eine Nacht des ewigen Wachwerdens, des Wälzens und des Fluchens. Kurz - ich hielt es nicht mehr aus und ging wieder ins Wohnzimmer. Dort steckte ich Feuer im Kamin an und schlief wieder auf dem Sofa ein. Ich schlief kurz, aber gut. Frühmorgens stand ich auf, machte Kaffee und aß ein paar kalte Pommes. Das war zu viel für meinen Magen: Nach kurzer Zeit quälten mich furchtbare Magenkrämpfe und ich beschloss auf der Toilette, meinen Magen von dem Unrat zu befreien. Danach fühlte ich mich besser und versuchte es mit einer Tasse warmem Tee.

Ich lüftete das Haus gut durch und kehrte die Veranda. Der aufgewirbelte Staub ließ mich husten und schnauben, bis ich schließlich aufgab. Ich konnte die Veranda auch später noch reinigen. Ich hatte ja alle Zeit dieser Welt.

Die folgenden drei Tage lang arbeitete ich wie ein Verrückter. Ich putzte, reparierte, polierte und rackerte mich ab. Ich kam gut voran. Ich versuchte, ein paar Fische zu fangen, musste mich dann aber trotzdem mit Konservennahrung abfinden. Das Ufer war zum Fischen schlecht: Immer wieder blieb der Haken am Grund hängen. Ich musste das Boot reparieren, damit ich draußen auf dem See fischen konnte!

Der nächste Tag kam unverhofft rasch. Ich schlief das erste Mal richtig gut. Nachdem ich mich frisch gemacht hatte, fuhr ich in die Stadt. Diesmal benutzte ich eine andere Straße, um ins Zentrum zu gelangen. Bei der Eisenwarenhandlung kaufte ich mir ein paar Sachen und nebenan noch einige Lebensmittel. Bei einer Tankstelle besorgte ich einen großen Blechkanister und ließ ihn mit Benzin füllen. Voller Optimismus! Ich wollte ja den Bootsmotor wieder zum Laufen bringen.

Ich hatte Lust auf einen Kaffee und ging in eine kleine Kneipe in der gleichen Straße. Dort setzte ich mich zwischen die Leute an die Theke und horchte den Gesprächen um mich herum. Ziemlich bald bemerkte ich, dass alle vom gleichen Ereignis zu sprechen schienen. Offenbar hatte sich in der Stadt etwas ereignet, wovon die Leute ziemlich erschüttert waren. Ich versuchte nähere Einzelheiten zu erfahren, indem ich den Platz wechselte und mich näher zu der Männergruppe in der Ecke setzte. Was ich dort zu hören bekam, verschlug mir fast den Atem. Die sprachen von einem armen Schwein von Rechtsanwalt, welcher doch keinem etwas zuleide getan hätte und nun so habe sterben müssen.

In mir schossen Gedanken hoch, welche ich im Moment nicht mehr zu sortieren vermochte. Ich legte das Geld auf die Theke und verließ eilends das Lokal. Sofort fuhr ich zu der Adresse von Dr. Loyd. Von Weitem sah ich mehrere Polizeifahrzeuge und Beamte am Straßenrand. Zu meinem Erstaunen standen diese aber nicht vor Loyds Haus, sondern zwei Häuser weiter, vor dem Haus von Tompson. Der Hauseingang war abgesperrt und ein Beamte kontrollierte die Leute, welche in das Haus wollten. Ich hatte keine Chance, an diesem Ort mehr über den Vorfall zu erfahren. Ich wurde mit meinem Wagen weggeschickt. Eine Straße weiter hielt ich vor einem Elektronikgeschäft an und kaufte mir ein kleines Radio. Das fehlte noch im Haus. Sofort fuhr ich zurück zum See. Unterwegs hörte ich den lokalen Radiosender. Nach längerem Zuhören konnte ich erahnen, was sich heute in den Morgenstunden abgespielt haben musste.

Es wurde mitgeteilt, dass die Anwaltspraxis von Dr. Tompson heute Morgen überfallen worden sei. Die Täter hätten Dr. Tompson ausgeraubt und schließlich erschossen. Danach sei das Büro durchsucht und in Brand gesetzt worden. Bis zur Stunde hätten sich noch keinerlei Hinweise auf eine mögliche Täterschaft ergeben.

»Das war's! Die werden die Täter auch nie finden!«, fluchte ich laut vor mich hin. Ich war überzeugt, dass dieser Überfall mit meinem Besuch und dem versiegelten Umschlag zu tun hatte. »Wie zum Teufel konnten die herausfinden, dass ich bei Tompson war, und warum glaubten die Kerle, dass der Umschlag dort deponiert gewesen sein musste?«, stellte ich mir laut die Frage. Mein Gehirn begann auf Hochtouren zu arbeiten. Plötzlich kam mir ein Gedanke. Ich hatte meinen Wagen ja vor Tompsons Haus parkiert. Von dort war ich aber über den Hinterhof zu Doktor Loyd gegangen. Auf dem gleichen Weg war ich wieder zurück zu meinem Wagen gekommen. Die Vermutung lag nahe, dass irgendein Wachhund auf mich angesetzt worden war. Ich konnte es kaum fassen. Gab es noch eine andere Möglichkeit? Der Wagen! Vielleicht hatte ich einen Sender am Wagen. Es musste ja irgendetwas mit meinem Wagen zu tun haben!

Ich fuhr wie der Teufel zum Haus zurück. Unterwegs fuhr ich in den Wald und zog eine lange, kreisförmige Kurve. Als ich meine erste Spur schon fast wieder kreuzte, stellte ich mein Fahrzeug ab und lauschte. Sollte mich jemand verfolgen, müsste er nun genau meiner Spur folgend vor meiner Nase durchfahren! Ich wartete und wartete. Nichts geschah. Nach einer halben Stunde begann ich, meinen Wagen zu untersuchen. Ich konnte beim besten Willen nichts finden. Keinen Sender - nichts!

Als ich unter dem Wagen lag und die Radkästen inspizierte, schoss mir ein weiterer Gedanke durch den Kopf.

Duncan hatte mein Spiel nicht akzeptiert! Er hatte Angst, dass die Sache an die Öffentlichkeit geraten könnte. Die hatten meinen Umschlag gesucht! Wenn Duncan einfach einen Rechtsanwalt umbringen ließ, was hatte er dann mit mir vor? In diesem Moment wurde mir klar, dass ich einen großen Fehler gemacht hatte. Jetzt wurde ich zum Gejagten. Ich hatte nur noch einen einzigen Trumpf in der Hand: den Umschlag. Sie hatten ihn noch nicht, mussten ihn aber unbedingt haben. Danach würde ich wertlos! Die würden mich solange beobachten, bis sie wüssten, wo ich den Umschlag deponiert hatte. Ich musste die Zeit nutzen!

Auf Umwegen fuhr ich zum Haus. Die letzten Meter legte ich zu Fuß zurück. Ich sah auf dem Weg frische Reifenspuren! Die waren also schon bei mir. Langsam ging ich um das Haus und horchte. Nichts war zu hören. Ich betrat die Veranda und schloss langsam die Tür auf. Im Haus war es ruhig. Nichts deutete darauf hin, dass jemand hier war. Ich nahm eine Eisenstange in die Hand und ging langsam durch das Haus. Immer wieder hielt ich den Atem an. Als ich vor dem Kamin stand, sah ich am Boden davor Holzkohlenabrieb. Diesen fand ich wieder und wieder - schön im Abstand von jeweils einer Schrittlänge. Die Spur führte bis zur Eingangstür. Wäre ich selber an diesem Morgen auf die Holzkohle getreten, hätte die Spur bei der Tür enden müssen, denn genau dort hatte ich meine Schuhe gewechselt, bevor ich in die Stadt gefahren war. Ich öffnete die Tür wieder und sah, dass die Spur über die Veranda zur Treppe führte und am Rand der Wiese aufhörte.

Die waren also in meinem Haus gewesen! Offensichtlich besaßen sie einen Schlüssel oder waren sonstwie ohne Schaden zu verursachen eingedrungen. Die hatten den Umschlag bei mir gesucht. Offensichtlich hatten sie auch an diesem Tag wieder gewusst, dass ich außer Haus und in der Stadt war.

Der Wagen! Er hatte einen Sender! Ich musste ihn loswerden!

Ich packte die Wagenpapiere ein und eilte zurück zum Auto. Sofort fuhr ich in die Stadt. Auf unmöglichen Umwegen traf ich bei einer Autogarage ein. Ich sprach mit dem Verkäufer über eine Eintauschofferte. Ich log ihm vor, dass ich in meinem Wagen nicht genügend Ladefläche hätte und einen größeren benötigte. Der Mann bot mir einen anderen Geländewagen an, ohne Aufpreis. Ich wusste, dass er mich übers Ohr hauen würde! Der andere Wagen hatte fast doppelt so viele Meilen hinter sich und die eine Seite war ziemlich verbeult. Ich stellte mich naiv und schlug ein. Ich vereinbarte mit dem Händler, dass ich den Wagen erst nachts abholen würde, da ich meinen Wagen an diesem Tag noch brauche und erst am späten Abend bringen könne. Der Mann war einverstanden und wir unterschrieben den Vertrag. Er sicherte mir zu, den anderen Wagen mit dem Schlüssel unter der Fußmatte auf dem Parkplatz bereitzustellen. Ich sollte meinen Wagen parkieren und den Schlüssel in den Briefkasten werfen.

Ich fuhr planlos in der Stadt umher. Die Gedanken quälten mich. Ich musste ganz sicher gehen, dass nicht alles nur Zufälle, sondern eiskalt geplante Aktionen von Duncans Bande waren. Wie sollte ich dies nur anstellen? Ich versuchte, mich in die Lage meiner Widersacher zu versetzen. Was würde ich alles tun, um meinen 'Hasen' auf Schritt und Tritt überwachen zu können? Das Auto hatte bereits einen Sender. Im Haus waren sie ebenfalls gewesen. Den vermeintlichen Aufbewahrer meines Umschlages hatten sie auch aus dem Weg geräumt.

Natürlich! Das Telefon! Die würden bestimmt auch das Telefon abhören!

Dieser Gedanke brachte mich auf eine Idee.

Ich wendete auf der Straße und fuhr zum Elektronikgeschäft. Dort kaufte ich mir einen Telefonbeantworter und raste damit zurück zum Haus. Sofort installierte ich das Gerät und besprach die Kassette mit einem einfachen Text. Einfach nur, dass ich nicht da sei und bei meiner Rückkehr zurückrufen würde. Dann fuhr ich sofort in die Stadt zurück. Ich merkte mir die Hausnummer eines sehr großen Gebäudes, in welchem es vermutlich an die hundert Apartments gab. Vor einem Restaurant parkte ich meinen Wagen. Ich ging ins Lokal und machte mich sofort über den Hinterausgang davon. Zur nächsten Telefonzelle waren es nur wenige Schritte. Ich warf die Münzen ein und wählte meine eigene Nummer vom Haus. Mit stark verstellter Stimme sprach ich nach dem Pfeifton auf mein eigenes Band:

»Guten Tag Mr. Hooker. Ich rufe wegen des Umschlags an. Bei mir ist er nicht sicher genug aufgehoben. Ich werde ihn heute Abend zur Boltonstreet 28 bringen. Warten Sie dort beim Eingang gegen 22.00 Uhr auf mich. Wir werden zusammen meinen Kollegen aufsuchen. Sollten Sie verhindert sein, rufen Sie mich im Büro an. Bis später!«

Ich hängte auf und lief eilends ins Restaurant zurück. Dort bestellte ich mir eine Pizza. Sie schmeckte gut. Ich fragte den Kellner, ob sie die Pizzas auch ausliefern würden. Der Kellner teilte mir freundlich mit, dass dies eigentlich nicht an der Tagesordnung sei. Sollte ich darauf bestehen, würde die Pizza durch ein Taxi zu mir gebracht und die Fahrt verrechnet.

Mein Herz jubelte. Ich gab dem Kellner den Auftrag, heute Abend gegen 22.00 Uhr eine solche Pizza zu mir an die Boltonstreet 28 liefern zu lassen. Er schrieb meinen angegebenen Fantasienamen und alles andere auf einen Zettel und wollte gehen.

»Ich habe da noch etwas vergessen«, sagte ich, »ich möchte nicht, dass jemand im Haus merkt, dass ich mir Pizzas schicken lasse. Könnten Sie dem Taxifahrer ausrichten, dass er bitte vor dem Haus warten soll bis ich herunterkomme?«

Der Kellner nickte verständnisvoll, ich zahlte und ging weg.

So müsste es klappen. Ich war sicher, dass die Kerle erstens sehen wollten, wer den Umschlag brachte, und zweitens den Umschlag an sich bringen wollten. Die dritte Vermutung ließ mich erschauern. Dann war vermutlich ich dran!

Ich fuhr zum Haus zurück und war fest entschlossen, mich gegen die Kerle zu verteidigen. Da ich davon ausgehen musste, dass die Wachhunde nie zulassen würden, dass ich mir eine Waffe kaufte, verzichtete ich auf den Besuch des Waffenhändlers.

Beim Haus angelangt, versuchte ich herauszufinden, wie ich es zu einer Festung umbauen könnte. So sehr ich mich auch anstrengte und nach Möglichkeiten umsah, so deutlich wurde mir klar, dass es niemals klappen konnte. Aus so einem Holzhaus konnte ich keinen Bunker machen.

Aufgrund dieser Tatsachen beschloss ich, mich auf mehrere Fluchtwege zu beschränken, welche ich präparieren wollte. Als Erstes nahm ich mir den Weg durch den Wald zur Straße vor. Ich hob zwei knietiefe und etwa zwei Meter lange Gruben aus und steckte angespitzte Pflöcke in den Grund. Die Gruben deckte ich mit feinen Zweigen und Laub zu. Den Aushub verteilte ich im Wald. Danach ging ich mit der Säge zu einem faulen Baum am Sträßchen - der einzigen Zufahrtsmöglichkeit - und sägte den Stamm dicht über dem Boden fast ganz durch. Mit einer Wurfschlinge befestigte ich ein langes Seil an einem Ast und band das andere Ende an einem starken Baum an. Das Seil lag nun zwischen den beiden Bäumen auf dem Sträßchen. In der Mitte spannte ich eine Haselrute so im Boden fest, dass ein darüber fahrendes Auto die Rute in die Höhe schnellen lassen musste. Das Seil band ich nun mit einer Schlinge am vordersten Teil der Rute fest. Auf diese Weise erhoffte ich mir, dass das Seil durch die Rute vom Boden angehoben würde und sich dadurch mit Sicherheit am Auto verfangen musste. Durch den Zug am Seil müsste der Baum genau auf das Dach des Wagens fallen. Auf diese Weise könnte ich eine Verfolgung mittels Fahrzeug von vornherein vereiteln.

Aber wie konnte ich sicher sein, dass die Haselrute nicht zu früh hochschnellen würde? Ich musste mich ganz einfach auf meine Konstruktion verlassen.

Zum Schluss deckte ich das Seil auf dem Sträßchen mit Laub und Dreck zu.

Dann nahm ich mir das Boot vor. Ich musste bald erkennen, dass ich damit nicht viel anfangen konnte.

Es war bereits vier Uhr nachmittags.

Dann ließ ich meinen Blick über den See schweifen. Jetzt betrachtete ich die kleine Insel, welche sich an die 200 Meter vom Ufer entfernt befand, plötzlich mit ganz anderen Augen. Von einem Moment auf den anderen erkannte ich ihren ganz besonderen Wert. Ohne zu zögern, rannte ich zur Werkzeugtruhe hinter dem Haus. Ich wusste, dass sich dort vom früheren Eigentümer etliche Seile befanden. Ich knüpfte alle Stücke zusammen. Schließlich erreichte es eine stattliche Länge. Ich hoffte, dass das Seil vom Ufer bis zur Insel reichen würde. Ich rollte es auf und zog meine Kleider aus. Das Wasser war ziemlich kalt. Ich schwamm, was das Zeug hielt. Das aufgerollte Seil war sehr hinderlich. Ich erreichte die Insel unter Prusten und Schnaufen. Dann band ich das Seil an zwei kleinen Bäumchen fest, klemmte das andere Ende zwischen die Zähne und schwamm zurück zum Ufer. Viel blieb vom Seil nicht mehr übrig, als ich wieder Boden unter den Füssen hatte. Ich wusste nun, dass mein Plan funktionieren könnte.

Ich stellte mir vor, dass ich - um mich aus der Gefahrenzone absetzen zu können – ins Wasser springen und mich unter Wasser am Seil zur Insel ziehen könnte.

Ein Testlauf war nicht möglich - dazu hätte meine Zeit nicht mehr gereicht.

Ich ging ins Haus und packte eine Tasche mit den wichtigsten Sachen. Fernglas, wasserfeste Streichhölzer, wasserdicht verpackte Ersatzkleider, Schokolade, die Landkarte und mein Radio. Alles zusammen steckte ich nochmals in eine Plastiktasche und schnürte alles fest zu. Dieses Paket packte ich oben mit den Zähnen und brachte es schwimmend hinaus auf die Insel.

Nach einer kurzen Verschnaufpause verstopfte ich rund um das Haus alle vier Dachrinnen-Ablaufrohre mit Fensterkitt und Putzwolle. Danach stellte ich die Leiter ans Dach und begann eimerweise groben Kies vom Ufer auf das Dach zu tragen. Dort kippte ich den Kies in die vier unten verschlossenen Dachrinnen-Ablaufrohre, bis diese etwa bis einen Meter vor dem oberen Ende hin mit groben Steinen gefüllt waren. Auf diese Weise konnte ich das Innenvolumen der Rohre massiv verringern. Als alle Rohre voll waren, goss ich Benzin aus dem Kanister hinein. Ich füllte auf bis etwa zur Hälfte der Rohrlänge. Genau so viel, dass sich in der oberen Hälfte ein sattes Benzingasgemisch bilden konnte. Mit dem Rest des Benzins tränkte ich Putzwolle und legte diese in den Dachrinnen aus. Als ich fertig war, deckte ich die Putzwolle mit Laub zu, um ein zu schnelles Verdunsten des Benzins zu verhindern. Danach ging ich nach unten.

Im Haus holte ich alle Verlängerungskabel, welche ich finden konnte und einen Doppelstecker. Von der Außensteckdose zog ich die erste Kabelrolle in den Wald zu einem meiner Fluchtwege. Die Kupplung am Ende des Kabels hängte ich in eine kleine Astgabel dicht über dem Boden ein. Von dort führte ich ein weiteres Kabel wieder zurück zum Haus und bis zum Giebel des Daches. Dort oben montierte ich den Doppelstecker. Vom Stecker aus legte ich beidseits des Giebels meine beiden letzten Kabel aus, so dass deren Enden in den Dachrinnen zu liegen kamen.

Ich rannte wieder ins Haus und demontierte zwei Lampenfassungen im Schlafzimmer. Mitsamt der Glühbirnen ging ich wieder ins Freie. Auf dem Dach installierte ich die beiden Lampenfassungen an den Kabelenden. In beide Glühbirnen bohrte ich direkt durch den oberen Rand der Fassung ein kleines Loch in den Glaskörper. Ich musste höllisch aufpassen, dass dabei nicht das ganze Glas zersprang. Durch die beiden Löcher leerte ich Wundbenzin aus meiner Apotheke in die Glaskörper. Ich füllte die beiden Glühbirnen bis zur Hälfte und legte sie wieder in die Dachrinne zurück.

Sollte ich nun die beiden Stecker bei der Astgabel im Wald miteinander verbinden, würden die Glühwendeln in den Glaskörpern die Wundbenzindämpfe entzünden und die Glühbirnen würden explodieren. Dadurch müsste das Benzin in der Dachrinne in Brand geraten, und das Feuer würde nach wenigen Augenblicken die vier Ablaufrohre erreichen. Was dann geschehen würde, konnte ich nur erahnen.

Nun fühlte ich mich doch etwas sicherer. Die Zeit drängte. Es war bereits kurz vor 21 Uhr und ich musste noch meinen Wagen umtauschen, bevor ich zur Boltonstreet 28 fahren konnte.

Ich zog dunkle Kleidung an und machte mich auf den Weg. Ich kam gut voran. Es war schon ziemlich dunkel, als ich in der Stadt ankam. Der Autoverkäufer war nicht mehr da. Wie vereinbart stellte ich meinen Wagen ab und warf die Schlüssel in den Briefkasten. Der neue Wagen war ziemlich gewöhnungsbedürftig. Die Lenkung schlotterte und die Lichter leuchteten irgendwo hin, nur nicht auf die Straße. Ich parkierte meinen ‚neuen' Wagen vier Häuser vor der Boltonstreet 28. Danach ging ich zu Fuß zum Gebäude. Noch war kein Mensch zu sehen. Ich zog mich in eine dunkle Ecke in der Nähe des Eingangs zurück. Ein großer Busch deckte mich ideal von der Straße ab. Trotzdem waren es keine zehn Meter bis zum Eingang des Gebäudes.

Während ich wartete, fuhr zwei Mal der gleiche Wagen vorbei: ein grüner Lieferwagen, besetzt mit zwei Männern. Der Beifahrer blickte beide Male zum Hauseingang. Ich war überzeugt, dass es Männer der Organisation sein mussten. Dann – um genau 22.00 Uhr - fuhr ein Taxi vor. Das war meine Pizza! Der Taxifahrer war etwa vierzig und von kräftiger Statur. Er hatte einen kleinen Karton in der Hand und stand auf der ersten Stufe der Treppe zum Eingang. Ungeduldig trat er von einem Bein auf das andere. Dann ging alles sehr schnell. Der grüne Lieferwagen fuhr direkt neben das Taxi. Einer der Männer stieg aus und ging auf den Taxifahrer zu. Er steckte sich eine Zigarette in den Mund und ging am Taxifahrer vorbei zum Eingang. Der Mann mit dem Karton grüßte freundlich, als der andere an ihm vorbeiging. Der Dank war ein Schlag ins Genick, welchen er erhielt. Die Pizza fiel zu Boden und der Taxifahrer wurde in den Lieferwagen gezerrt. Der andere Mann griff sich den Karton und setzte sich ins Taxi. Beide Wagen fuhren schnell weg.

Das hatte ich nicht gewollt! Der Taxifahrer hatte doch überhaupt nichts mit der Sache zu tun! Aber das hätte ich mir vorher überlegen müssen. Nun war es zu spät.

Einige Augenblicke hockte ich zitternd hinter dem Busch und versuchte, das Ganze irgendwie zu verarbeiten. Ich war nun sicher, dass mein Telefon abgehört wurde. Als ich mein Versteck verlassen wollte, kam der Lieferwagen wieder die Straße herunter. Sofort sprang ich wieder in mein Gebüsch. Diesmal parkte der Wagen direkt vor meiner Nase. Ich hörte, wie die Männer fluchten. Ich verstand fast jedes Wort.

»...und wenn wir sie nun verpasst haben?«

»Ist nicht möglich! Du hast es ja über den Funk gehört - Hooker treibt sich immer noch bei diesem Autohändler herum!«

»Weißt du, was ich glaube? Der Schweinehund hat uns reingelegt! Schick jemanden zum Autohändler. Er soll überprüfen, ob Hooker selber oder nur dessen Wagen dort ist!«

Als der Mann am anderen Funkgerät antwortete, zog sich mein Magen zusammen. Es war Roy! Die hatten doch tatsächlich Roy auf mich angesetzt! Das konnte nicht wahr sein! Mir wurde schlecht. Vermutlich war das seine Bewährungsprobe. Was für eine unglaubliche Taktik!

Die beiden Männer warteten, bis sich Roy wieder meldete.

»Der ist nicht dort. Nur seine Karre steht da. Die Schlüssel sind abgezogen. Er dürfte zu Fuß unterwegs sein!«

Der Beifahrer antwortete: »Du bleibst beim Wagen! Wir müssen uns beeilen. Pack ihn ein, wenn du ihn antriffst. Wir werden ihn ausquetschen – wir haben genug lange gewartet!«

»Wo geht ihr hin?«, fragte Roy.

»Wir holen unsere Ausrüstung. Danach holen wir dich ab und fahren zu Hookers Haus!«

Jetzt wusste ich genau, was mir blühte! Die wollten mich ausquetschen! Ich hatte einen sehr kleinen Vorsprung. Als die Männer abgefahren waren, rannte ich wie der Teufel zu meinem Wagen. Wie ein gehetztes Tier raste ich aus der Stadt zu meinem Haus. Ich trat ein und machte im Wohnzimmer Licht. Alle Gardinen zog ich zu. Ich stellte die Ständerlampe in die Mitte des Wohnzimmers, direkt hinter den Mittelpfosten der Holzkonstruktion. Ich befestigte meine Angelschnur an der Lampe und rollte diese ab. Durch den Briefschlitz in der Tür zog ich die Schnur ins Freie, bis zu den Büschen. Auf diese Weise konnte ich an der Schnur ziehen und dadurch die Ständerlampe hin und her bewegen. Der Pfosten vor der Lampe warf so bewegte Schatten im Raum hin und her. Von außen sah dies an den Gardinen so aus, als würde sich jemand im Raum bewegen. Ich legte die Schnurrolle ins Gebüsch und stellte meinen Wagen an den hinteren Waldrand. An diesem Ort konnte man das Fahrzeug vom Sträßchen aus nicht sehen. Den Schlüssel ließ ich stecken und legte einen großen Stein neben die Pedale auf die Fußmatte. Als ich damit fertig war, eilte ich zu den Büschen zurück. Kaum war ich dort, hörte ich Fahrzeuge näherkommen.

Mein Herz begann zu poltern. Das Adrenalin schoss mir ins Blut und ich begann zu schwitzen. Mein Mund trocknete schlagartig aus und ich wusste, dass es nun losging.

***

Ich schloss noch rasch die Haustür ab und schlich zu den Büschen. Dort schmierte ich mir Dreck ins Gesicht und machte mich bereit. Ich hätte nie gedacht, dass es so herauskommen könnte. Ich hockte hinter dem Busch und nahm vorsichtig die Schnurrolle in die Hand. Im gleichen Augenblick sah ich die Scheinwerfer der Autos. Ich konnte zwei Fahrzeuge ausmachen. Unmittelbar danach wurden die Lichter gelöscht. Die Fahrzeuge näherten sich im Dunkeln dem Haus. Langsamer und langsamer. Schließlich wurden die Motoren abgestellt und ich sah die Umrisse der Wagen auf dem Sträßchen. Wie Wildkatzen schlichen die beiden Fahrzeuge fast lautlos auf dem leichten Gefälle in Richtung Haus. Nur ein leises Knirschen der Reifen war zu hören. Ich zitterte am ganzen Körper. Der vordere Wagen, der grüne Lieferwagen von vorhin, hatte meine Falle passiert, ohne dass etwas geschehen war. Nach wenigen Sekunden zog der zweite Wagen nach. Nun standen sie beide am Rand der kleinen Wiese vor dem Haus. Offenbar beobachteten die Männer das Haus. Jetzt war der Zeitpunkt für meine Schattenspiele gekommen. Langsam zog ich an der Schnur, bis sie gespannt war. Dann zog ich zwei Mal ziemlich kräftig daran. Ich sah den Schattenwurf an den Vorhängen. Es sah sehr echt aus. Offenbar hatten es die Männer ebenso empfunden. Sie stiegen ganz leise aus. Es waren vier Männer. Die zwei vom grünen Lieferwagen und zwei andere, welche ich nicht erkennen konnte. Die Türen der Fahrzeuge ließen sie offen stehen. Langsam gingen alle auf das Haus zu. Zwei der Männer stiegen lautlos auf die Veranda. Nun galt meine Sorge der Angelschnur, welche ich durch den Briefschlitz gezogen hatte. Ich biss mit den Zähnen die angespannte Schnur durch. Mit einem leisen 'tsrrr...' schnellte sie von mir weg. Die Männer blieben einen Augenblick wie angewurzelt stehen. Sie blickten sich um. Ich traute mich nicht zu atmen. Dann tasteten sich die beiden Männer auf der Veranda näher zur Tür vor. Fast gleichzeitig zogen sie eine Pistole aus ihrem Jackett. Der eine lehnte sich vorsichtig gegen die Tür und hielt sein Ohr dagegen. Die beiden anderen Männer neben der Wiese stellten sich so auf, dass jeder eine Hausseite überblicken konnte. Auch sie trugen mittlerweile ihre Waffen in der Hand. Dann ging alles sehr schnell, und die Ereignisse überschlugen sich.

Einer der Männer stieß mit einem kräftigen Tritt die Tür auf. Er und der andere auf der Veranda stürmten ins Haus. Jetzt musste ich handeln. Ich trat aus dem Gebüsch hervor und machte: »Psst...«

Die beiden Männer neben dem Haus rissen ihre Waffen hoch und versuchten, in der Dunkelheit etwas zu erkennen. Plötzlich streifte mich der Strahl einer Handlampe. Pfeilschnell drehte ich mich um und rannte in den Wald. Nun musste alles blitzschnell gehen! Bereits zerriss ein erster Schuss die Nacht. Irgendwo neben meinem Kopf schlug das Projektil in einen Baum ein. Jetzt kamen die Gruben. Mit einem weiten Sprung setzte ich über sie hinweg. Der eine Mann war schon sehr nahe an mir dran. Ich warf mich zu Boden und robbte in Richtung Astgabel, in welche ich die beiden Kabel geklemmt hatte. Hinter mir hörte ich das Krachen der Grubenabdeckung und einen grauenvollen Schrei. Das war Falle eins!

Neben mir schlug erneut eine Kugel in den Boden ein. Sofort steckte ich die beiden Kabel zusammen. Was dann geschah, kann ich kaum beschreiben. Nach einer kurzen Verzögerung gab es innerhalb eines Augenblickes vier gewaltige Explosionen. Ein Feuerball schlug gegen den Himmel. Ich hörte die Schreie der Männer im Haus. Die brennenden Trümmer flogen meterweit umher. Die Kieselsteine in den Ablaufrohren zeigten ebenfalls ihre Wirkung: Es war, als würde ein Hagelgewitter über dem Wald losgelassen. Mein Verfolger fluchte und suchte Deckung am Boden. Das war Falle Nummer zwei!

Diesen Augenblick nutzte ich aus und setzte mich in Richtung meines Wagens ab. Ich erreichte den Wagen keuchend und zitternd. Ich startete den Motor und legte beim Automatikgetriebe den Gang ein. Der Wagen wurde nun nur noch durch die Handbremse zurückgehalten. Ich legte den schweren Stein auf das Gaspedal. Als der Motor so richtig hoch drehte, löste ich die Handbremse und hechtete in die Wiese. Der Wagen schoss wie der Teufel über die Wiese. Weiter vorne durchbrach er einen Holzzaun und brauste weiter über die Ebene. Sofort rannte ich auf einem anderen Weg zurück in den Wald. Ich hörte, wie mein

Verfolger fluchte. Er hörte offensichtlich meinen Wagen und dachte, dass ich mich absetzen würde. Er rannte zurück zu seinem Wagen und wendete mit durchdrehenden Reifen auf der Wiese vor dem brennenden Haus. Mit Vollgas fuhr er auf dem Sträßchen weg. Ich sah noch, wie etwas vor dem Wagen hochschnellte und hörte zuerst ein Knirschen und dann ein gewaltiges Krachen. Ich klatschte in die Hände und hüpfte auf. Der Baum fiel genau auf das Dach des Wagens. Das war Falle Nummer drei!

Vollkommen durcheinander stand ich da, das heiße Feuer des brennenden Hauses neben mir. Ich wusste im Moment nicht, was ich machen sollte. Ich hatte irgendwie nicht mit einem so durchschlagenden Erfolg gerechnet. Irgendwie fehlte mir die Fortsetzung, welche ich ja noch gar nicht eingeplant hatte.

Es gab da jemanden, der mir meine Entscheidung abnahm!

»Du dummer Narr!«, hörte ich eine zittrige Stimme hinter mir. Blitzschnell drehte ich mich um. Ich hätte mir fast in die Hose gemacht...! Was ich nun sah, drehte mir fast den Magen um. Es war Roy! Er war also einer der beiden Männer, welche mich verfolgt hatten. Er stand auf wackligen Beinen da, hielt die Pistole auf mich gerichtet. Er war offenbar der Länge nach in die Grube mit den Pflöcken gestolpert. An mehreren Stellen seines Körpers blutete er stark. Zwei der Pflöcke steckten noch in seinem Körper.

»Roy?«, presste ich hervor.

Er schwankte auf mich zu und spuckte einen Mund voll Blut auf die Erde. »Du dummer Narr! Glaubst du wirklich, dass du damit durchkommen wirst? Die werden dich jagen bis ans Ende der Welt. Du hast Fehler gemacht - nicht mitgespielt! Das war falsch!«

Er stöhnte und trat noch näher zu mir.

»Wir hätten wirklich gut zusammengepasst. Du hast das hier sehr gut hingekriegt - hätte ich dir nicht zugetraut. Verflucht! Ich habe meine ganze Vietnamzeit ohne eine einzige Charly-Falle überlebt! Nun kommt ein kleiner Grünschnabel und lässt mich in die Grube fallen. Ich werde hier draußen vor die Hunde gehen!«

Wieder stöhnte er und spuckte Blut aus. Dann keuchte er leise, während er wieder seine Waffe auf meinen Kopf richtete: »Eines solltest du noch wissen. Ich habe mir im Krieg immer geschworen, dass ich den Schweinehund, der mich tötet, mitnehmen werde - und wenn es das Letzte ist, was ich tue! Das hier ist Krieg! Du hast ihn angefangen!«

Ich zitterte wie Espenlaub. »Roy - tu es nicht! Ihr wolltet mich fertigmachen - das kannst du nicht leugnen! Du hättest dich auch gewehrt!«

Roy nickte und wollte noch etwas sagen. Seine Worte blieben im blutigen Schaum seines Mundes stecken. Er zielte mit der Waffe genau auf mein Gesicht. Ich dachte an mein viel zu kurzes Leben. Irgendwie gefasst schaute ich auf Roys Zeigefinger, wie sich dieser langsam um den Abzug krallte. Dann verdrehte Roy die Augen und verzerrte sein Gesicht zu einer fürchterlichen Fratze. Er schwankte und fiel in sich zusammen. Zum Abdrücken fehlte ihm schließlich die Kraft. Einen Moment lang kniete er wie erstarrt auf dem Boden. Ich wollte mich zu ihm hinunterbücken, um ihm zu helfen. Doch durch ein Geräusch, welches ich hinter mir wahrnahm, wurde ich wieder in die Wirklichkeit zurückgerufen. Es war das Klirren einer Fensterscheibe des Wagens unter dem Baumstamm. Der Mann im Wagen hatte überlebt. Sofort beugte ich mich über Roy und versuchte, ihm die Waffe aus der Hand zu zerren. Roy hatte sich in seinem Todeskampf so verkrampft, dass ich die Waffe nicht aus seiner Hand reißen konnte. Schon knallte ein Schuss, und die Kugel streifte mein linkes Bein. Ich schrie auf und blickte zurück. Der Mann war raus aus dem Wagen und rannte auf mich zu. Ein weiterer Schuss surrte an meinem Kopf vorbei. Jetzt wurde es eng! Ich rannte zum Ufer und warf mich hinter den Büschen auf den Boden. Ich hörte meinen Verfolger bereits durch das Unterholz rennen. Ich bekam das Seil zur Insel zu fassen, holte tief Luft und ließ mich ins Wasser gleiten. Ich tauchte ab und zog mich am Seil vorwärts. Noch zwei weitere Schüsse peitschten über mir ins Wasser. Ich hörte das Zischen in nächster Nähe. Mit dem Rücken zum Grund, mit dem Gesicht nach oben zog ich mich dicht unter der Wasseroberfläche vorwärts. Zug um Zug. Einige Male musste ich Luft holen und tauchte sofort wieder weg. Nach einer endlos scheinenden Zeit und am Ende meiner Kräfte schlug ich plötzlich hart mit dem Rücken auf dem Grund auf. Ich war da! Mit aller Kraft griff ich nach einem der kleinen Bäumchen auf dem Inselchen und zog mich hoch.

Erleichtert und trotzdem niedergeschlagen schaute ich zum Ufer zurück. Ich konnte im schwachen Feuerschein des brennenden Hauses erkennen, wie der Mann aufgeregt am Ufer hin- und herrannte und wild um sich schrie. Das war vermutlich zu viel für ihn. All diese Fallen um die Hütte hätte ein normal denkender Mensch noch verstehen können - das mit dem Wegtauchen zur Insel konnte einen aber doch ziemlich verblüffen. Sehen konnte er mich zu diesem Zeitpunkt nicht mehr. Die Insel lag im Dunkeln.

Eine Weile noch beobachtete ich meinen Widersacher mit dem Fernglas. Er versuchte, den Baumstamm und das zerdrückte Auto mit dem Lieferwagen wegzuzerren, was ihm aber nicht gelang. Die Räder drehten durch. Es gab nur diese Ausfahrt aus meinem Grundstück. Schließlich nahm der Mann noch einige Sachen aus dem Wagen und machte sich zu Fuß auf den Weg.

Ich wusste, dass der Mann nun eine Weile beschäftigt war. Diese Zeit musste ich nutzen. In der Dunkelheit suchte ich etwas Schwemmholz zusammen. Nach etwa fünf Minuten hatte ich ein Bündel und band meine Tasche darauf. Meine ohnehin nassen Kleider wickelte ich um einen schweren Stein und versenkte sie. Als ich erneut ins Wasser stieg, machte sich meine Wunde am linken Bein mit stechenden Schmerzen bemerkbar. Ich traute mich nicht, sie genauer anzusehen. Ich schaute vorgängig nur kurz nach, ob ich viel Blut verlieren würde, was nicht der Fall war. Langsam schwamm ich los. Ich wusste, dass ich an die siebenhundert Meter schwimmen musste. Das Einteilen meiner Kräfte hatte erste Priorität. Ich schwamm ins Dunkel der Nacht. Ein letzter Blick zurück auf mein kleines, zerstörtes Paradies trieb mir fast die Tränen in die Augen. Vom Haus war nur noch ein glühender, rauchender Schutthaufen übrig.

Ich schob das Holzbündel vor mir her. Zug um Zug, Meter für Meter. Ich glaubte, die ganze Nacht schwimmen zu müssen. Hätte ich am klaren Himmel nicht die Sterne gesehen, hätte ich gewettet, dass ich mich im Kreis bewegte. Schließlich - ich glaubte schon fast nicht mehr daran - hatte ich plötzlich festen Boden unter den Füssen. Ich schleppte mich ans Ufer und stieß das Holzbündel zurück in den See. Ich musste mich zuerst erholen. Schnaufend, von allen Kräften verlassen, schleppte ich mich durch die Büsche am Ufer vom See weg. Dieser Teil des Ufers war viel felsiger als auf der anderen Seite. Ich fand nach einigem Suchen eine Felsengruppe mit einer überhängenden Felswand. In der Nische darunter setzte ich mich auf den Boden und rang nach Luft. Mein Gehirn war aufgeweicht und mein Bein schmerzte. Ich musste ein kleines Feuer machen, um mich aufzuwärmen und meine Wunden verarzten zu können. Ich raffte zusammen, was ich in nächster Umgebung an Brennholz finden konnte. Aus der Tasche nahm ich meine trockenen Kleider und die Streichhölzer. Nach einigen Anstrengungen und viel Luft aus meinen Lungen hatte ich ein ganz kleines Feuer entfacht. Ich achtete darauf, dass die Flammen nie zu hoch wurden. Ich wusste ja nicht, ob die mich bereits suchten.

Langsam bekam ich wieder meine Körperwärme zurück. Die Wunde an meinem Bein war nicht so schlimm, wie ich befürchtet hatte. Ich riss ein Stück Futterstoff aus der Tascheninnenseite heraus und band damit die Wunde ein.

Sofort danach schob ich die brennenden Holzstücke auseinander, sodass die Flammen erloschen. Ich hatte nun lediglich noch die warme Glut vor mir. Die nur noch vereinzelt aufzüngelnden Flämmchen nutzte ich, um auf der Landkarte meine Route zu studieren. Ich wollte nach Kanada. Wie und auf welchem Weg, wusste ich noch nicht. Mich interessierte vorerst nur die ungefähre Richtung zur Grenze.

***

Ich durfte keine Zeit verlieren. Nachdem ich etwas Schokolade gegessen hatte, deckte ich die Feuerstelle sorgsam mit Staub und Erde zu. Ich packte meine wenigen Sachen, die mir noch geblieben waren, ein und machte mich auf den Weg. Es war teilweise sehr mühsam, im Dunkel zwischen den Felsen die Richtung zu halten. Ich ging und ging. Immer weiter und weiter. Vor mir sah ich die schwache Silhouette einer Bergkette, welche sich brandschwarz vom wenig helleren Himmel abhob. Ich wollte es noch bis zum Grat schaffen, bevor die Sonne aufging. Ich konnte die Distanz nicht genau abschätzen. Schritt für Schritt fluchte ich mich die immer steiler werdenden Etappen vorwärts. In den nicht eingelaufenen Schuhen platzten die ersten Blasen auf. Dieses Stechen und das Brennen meiner Wunde am Bein ließ den Aufstieg zur Tortur werden. Zu diesem Zeitpunkt war die Dunkelheit zum zweitrangigen Problem geworden. Immer wieder schlug ich mit den Knien an die scharfen Felsen, schürfte mir die Hände und Arme auf oder fiel hin. Schließlich erreichte ich eine Hochebene, welche mit Gras und niederen Büschen bewachsen war und am anderen Ende durch steile Felswände abgegrenzt wurde. Der Wind blies mir ins Gesicht und ich sah, dass die vorhin noch klar sichtbaren Sterne langsam durch aufziehende Wolken verdeckt wurden. Ich musste mich beeilen! Ich wollte die Hochebene vor Sonnenaufgang hinter mich bringen. Je heller es wurde, desto schneller ging ich. Zeitweise rennend erreichte ich die schützenden Felswände. Kurze Zeit kletterte ich noch mit letzter Kraft über die Felsen in Richtung Grat hinauf. Schließlich fand ich eine Vertiefung zwischen zwei Felsen, welche absolut im Dunkeln lag. Ich beschloss, den Tag hier zu verbringen, in diesem sicheren Versteck. Von keiner Seite konnte man mich sehen, nicht einmal von oben. Ich legte mich auf den harten Stein und schlief nach kurzer Zeit erschöpft ein.

Es war bereits gegen Mittag. Ein leises Geräusch, raubte mir meinen verdienten Schlaf. Zuerst wusste ich nicht genau, was das zu bedeuten hatte. Vorsichtig blickte ich aus meinem Versteck hervor. Was ich hörte, war der einsetzende Regen. Im Westen waren schwere, schwarze Wolken zu sehen. Solange die Sicht noch einigermaßen gut war, versuchte ich, meinen Standort zu bestimmen. Von der Topografie her konnte ich nur erahnen, wo sich 'mein' See befand. Schließlich stellte ich aber anhand der Karte befriedigt fest, dass ich in der Nacht die vorgesehene Richtung ungefähr hatte einhalten können. Ich sah aber auch, dass vor mir noch strapaziöse Kilometer lagen. Und - was mich besonders beunruhigte - eine kleine Stadt. Da musste ich wohl oder übel durch. Sie lag genau zwischen zwei Seen. Hätte ich die Seen umgehen müssen, so wären es etliche Mehrkilometer bis zur Grenze gewesen. Nach dieser Stadt hatte ich nur noch dreißig Kilometer vor mir. Dann musste ich irgendwie über die Grenze gelangen. Wie, wusste ich noch nicht.

Mittlerweile traf das schlechte Wetter mit voller Kraft die Bergkette. Es wurde noch kälter und dazu noch neblig. An ein Weitergehen wollte ich noch nicht denken. Zuerst mussten meine Socken und die Schuhe trocknen. Ich suchte mehr oder weniger trockenes Brennholz und entfachte in meinem 'Loch' ein schön großes Feuer. Wegen des aufsteigenden Rauches brauchte ich mir bei diesem Nebel keine Sorgen zu machen.

Es war ein hartes Stück Arbeit. Ich riss mit den Zähnen kleine Späne aus dem Holz, um gutes Material zum Anzünden zu erhalten. Ich sehnte mich nach meinem Taschenmesser, welches ich nicht eingepackt hatte. Schließlich gelang es mir, das Feuer zu entfachen. Ich musste mit den Streichhölzern sorgsam umgehen!

Es wurde ein schönes, großes und warmes Feuer. Es war herrlich! Ich stellte meine Schuhe auf zwei Holzstöcken daneben und legte die nassen Socken darüber. Das Feuer war so warm, dass es das Regenwasser, welches dem Fels nach in meine Höhle rann, fast vollständig zum Verdunsten brachte. Ich aß noch ein Stück Schokolade und legte mich neben das Feuer. Ich schlief in dieser wohligen Wärme wieder ein.

Etwa drei Stunden später erwachte ich, weil ich vor Kälte schlotterte. Meine Füße waren eiskalt. Sofort schlüpfte ich in die getrockneten Socken und zog die Schuhe an. Direkt am Feuer war es immer noch warm. Es war ein gutes Gefühl, wieder auf trockenen Füssen stehen zu können. Ich legte einen neuen Verband auf die Wunde am Bein und wartete, bis der Regen schwächer wurde. Dann packte ich meine Sachen wieder ein und machte mich auf den Weg zum Grat. Nach etwas mehr als einer Stunde hatte ich ihn erreicht. Als der Nebel sich fast aufgelöst hatte, konnte ich das Tal mit der kleinen Stadt und den beiden Seen schwach ausmachen. Ich gab mir einen Ruck und nahm den Abstieg in Angriff. Ich war froh, dass ich dies noch bei Tageslicht tun konnte. Die Felsen waren steil, glitschig und brüchig. Es war gefährlich. Zwei Mal wäre ich fast abgestürzt. Ich verkrallte mich bei jedem neuen Tritt in den Fels. Meine Hände schmerzten und wurden langsam klamm. Ich wusste, dass ich dieses Tempo nicht mehr lange durchhalten konnte. Ich wusste aber auch, dass ich hier auf der Wetterseite keinen Unterschlupf für die Nacht finden würde. Ich hatte keine Wahl. Ich musste vor Anbruch der Dunkelheit die weniger steilen Hänge weiter unten erreichen!

Als die Nacht hereinbrach hatte ich es fast geschafft. Völlig durchnässt und mit zittrigen Händen und Beinen tastete ich mich die letzten Felsen hinab. Ich fand eine Stelle, an welcher mich die Felsen wenigstens vor dem Wind schützten. Der Regen hatte nachgelassen. Er hätte mich sowieso nicht nasser machen können, als ich bereits war. Ich ließ mich dem Fels nach zu Boden gleiten, während ich nach Luft rang und meine Hände rieb. Ich war fertig und begann, mit mir selber zu sprechen, fluchte vor mich hin und wollte auf den Boden spucken. Es ging nicht. Mein Mund war ausgetrocknet! Wie widersinnig! Alles war nass bis auf die Haut - mein Mund aber war ausgetrocknet. Ich hatte Durst! Großen Durst! Mit viel Mühe gelang es mir, an den Felsen etwas herunterrinnendes Wasser aufzufangen und zu trinken. Je mehr ich von den Felsen leckte, desto grösser wurde der Durst. Ich steigerte mich derart in dieses Verlangen, dass ich fast verrückt wurde. Ich zog mich bäuchlings über die Felsen und suchte nach einer Wasserpfütze. Endlich, endlich fand ich eine. Noch vor einem Tag hätte ich keinen Schluck aus dieser trüben Brühe getrunken - doch jetzt war alles anders. Ich war wie von Sinnen! Ich beugte mich über die Vertiefung mit dem angesammelten Wasser und trank in vollen Zügen. Das Wasser schmeckte irgendwie nach Metall und roch modrig. Es störte mich nicht. Es hätte nach allem dieser Welt riechen können - ich hätte es trotzdem getrunken. Trotz der rasenden Bauchschmerzen, welche unmittelbar nach dem Genuss des Wassers einsetzten, fühlte ich mich gestärkt. Ich warf der trüben Brühe ein paar Stücke Schokolade hinterher und versuchte, das Ganze in mir zu behalten.

Nach einer Weile klangen die Bauchschmerzen ab. Ich konnte hier kein Feuer machen, da man das flackernde Licht in den sonst dunklen Felsen sehr gut gesehen hätte. Ich fand keine Ruhe, wollte weiter. Irgendeine Kraft trieb mich von hier weg. Ich wollte zur Stadt! Ich raffte mich auf und nahm die nächste Etappe in Angriff. Mehr schlecht als recht kam ich voran. Bei der nächsten Pause schaute ich auf die Uhr: Es war bereits kurz vor Mitternacht. Unglaublich, wie die Zeit dahinraste!

Die letzten felsigen Partien lagen vor mir. Ich durchschwankte sie und erreichte die erste, flache Wiese. Meine Beine stolperten mit mir in Richtung Stadt. Ich konnte die Lichter noch nicht sehen, wusste aber, dass sie bald auftauchen mussten. Nachdem ich über einen Zaun gestolpert war und mich wieder hochgerappelt hatte, sah ich links von mir die Umrisse eines Gebäudes. Es war eine Farm oder ein Teil davon. Langsam schlich ich in diese Richtung. Ich hörte das Bellen eines Hundes. Ohne mich dadurch beirren zu lassen, stieg ich über einen Koppelzaun und erreichte das Gebäude. Langsam tastete ich mich der Fassade entlang zur nächsten Ecke. Eigentlich suchte ich einen warmen Platz, um mich auszuruhen. Als ich aber dort ein Fahrrad stehen sah, konnte mich nichts mehr halten. Mit diesem Fahrrad konnte ich die Stadt viel schneller erreichen als zu Fuß! Langsam schob ich das Fahrrad neben mir her durch die Wiese auf den Weg. Auf dem Weg setzte ich mich auf den Sattel und fuhr los wie der Teufel.

Meine nassen Kleider klebten auf der Haut. Der Fahrtwind kühlte mich noch mehr ab. Ich schlotterte und keuchte. Schließlich erreichte ich die erste breite Straße. Ich merkte, wie ich wie ein Betrunkener die halbe Straße beanspruchte. Ich war erschöpft, schwankte stark und fiel einige Male fast vom Rad. Schließlich erreichte ich die ersten Häuser der kleinen Stadt. Eigentlich hatte ich vorgehabt, nach Erreichen der Stadt das Rad abzustellen, aber ich strampelte mir immer noch die Lungen aus dem Leib. Warum, wusste ich nicht genau. Es ging einfach mit mir durch. Als ob ich so schnell wie möglich von dieser verfluchten Bergkette wegkommen wollte. Vereinzelt waren die Straßen nun beleuchtet. Es kümmerte mich nicht. Von hinten nahte ein Personenwagen. Auf meiner Höhe hupte er kurz und fuhr weiter. Vermutlich schlug ich Haken wie ein Hase auf der Flucht. Bald erreichte ich das Zentrum. Die Restaurants hatten alle geschlossen und in den Straßen war keine Menschenseele zu sehen. In einer Seitenstraße sah ich eine Polizeistreife - es berührte mich nicht! Wie in Trance radelte ich mittlerweile hustend durch die Straßen. Nachdem die Häuser wieder niedriger und seltener wurden, verlangsamte ich meine Fahrt und ließ mich in einer dunklen Ecke regelrecht vom Rad fallen. Total erschöpft und keuchend schleppte ich mich hinter einen Busch. Das Rad zog ich hinter mir her. Ich brauchte einige Minuten, bis ich wieder normal atmen konnte. Dann hörte ich den Motor eines Autos und sah den Lichterschein an den Hauswänden näherkommen. Es war die Polizeistreife. Offenbar war den Beamten der Irre auf dem Fahrrad nicht entgangen! Ganz langsam fuhren sie an mir vorbei. Noch längere Zeit verharrte ich ruhig hinter dem Busch. Ich hatte die Befürchtung, dass die Streife wieder zurückkommen könnte.

Ich konnte es nicht fassen! Ich war selber mal Polizist gewesen und ich hätte nie gedacht, dass ich mich jemals in meinem Leben vor Polizisten verstecken müsste!

Es war nicht zu ändern. Ich wusste ja nicht, wie weit Duncans Einfluss reichte. Ein Blick auf meine Uhr sagte mir, dass ich mindestens eine halbe Stunde geradelt sein musste wie ein Verrückter! Ich konnte kaum wieder aufstehen. Ich musste unbedingt trinken und etwas essen. Ans Schlafen durfte ich nicht denken! Ich wollte weg. Weg - über die Grenze nach Kanada. Ich war mir bewusst, dass Duncan bestimmt auch vor der Grenze keinen Halt machen würde, hoffte aber, dadurch etwas Zeit gewinnen zu können.

Ich ging zu Fuß, das Rad neben mir herschiebend, die Häuser entlang. Ich konnte beim besten Willen keinen Brunnen finden. Nie im Leben hätte ich mir denken können, dass ich einmal in die Situation kommen würde, meinen Durst mit dem Wasser aus einer Regentonne löschen zu müssen. Ich tat es - ich tat es genüsslich, ohne den geringsten Widerwillen! Langsam ließ ich das letzte Stück Schokolade im Mund zergehen. Dann packte ich meine Sachen wieder ein und setzte mich aufs Rad. Langsam, behutsam - als würde ich es das erste Mal tun - trat ich in die Pedalen. Es ging mir besser als vorhin. Vielleicht hatte ich aber auch nur diesen Eindruck!

Nach einer Fahrt von mehr als einer Stunde passierte ich ein Schild, welches auf die nahe Landesgrenze hinwies. Ich hatte die Stadt geschafft und die Strecke danach bis zur Grenze ebenfalls! In Rekordzeit! Warum ich dies tat, weiß ich heute noch nicht. Ich hatte plötzlich meine Zweifel. Würden meine Papiere einer genauen Kontrolle an der Grenze standhalten? Ich kannte ja nicht einmal die genauen Einreiseformalitäten! Ich wollte die vor mir liegende Strecke trotzdem hinter mich bringen.

Meine Absicht bestand darin, den Grenzübergang zuerst zu beobachten.

Neben der Straße tauchte ein Wald auf, welcher offensichtlich auf einer Anhöhe wuchs. Ich versteckte das Rad am Straßenrand und begab mich in den dunklen Wald. Von der Anhöhe aus konnte ich die Brücke über den Fluss sehen. Ich packte mein Fernglas aus und beobachtete den Übergang. Es ging nicht lange, bis ich mir darüber klar wurde, dass ein Grenzübertritt in der Nacht unmöglich sein würde. Es war ganz einfach nichts los! Kein Auto, keine Motorräder, keine Fußgänger - nichts! Ich musste mich damit abfinden, dass ein Übertritt nur bei Hochbetrieb möglich sein würde. Diesen gab es aber vermutlich erst am Morgen. Im schwachen Licht waren der Fluss und dessen Ufer ziemlich gut sichtbar. Ich erkannte, dass ein Überqueren des Flusses auf eine andere Art schlicht unmöglich war. Die Ufer waren steil und die Strömung außerordentlich stark.

Ich beschloss, den Morgen abzuwarten, legte mich neben einen Baum und schlotterte mich in den Schlaf.

Als die Sonne aufging, wurde ich durch den lautstarken Gesang der Vögel geweckt. Ich fühlte mich elend. Mein Magen knurrte wie ein Löwe und meine Glieder waren steif. Die Muskeln schmerzten infolge der Übersäuerung und mein Mund war ausgetrocknet. Ich genoss die wenigen Sonnenstrahlen, die zwischen den Wolken und dem Laubwerk der Bäume hindurch meinen Körper streiften. Jeden wärmenden Strahl versuchte ich aufzufangen und auf meinen Körper einwirken zu lassen. Als ich mich im Tageslicht betrachtete, erschrak ich. Meine Kleider waren schmutzig, das eine Hosenbein zerrissen. Die Schuhe standen regelrecht im Dreck. Ich strich mir mit der Hand die Haare aus der Stirn. Dabei bemerkte ich, dass meine Haare wie die eines Igels abstanden. Ich zog meine Armbanduhr aus und suchte im blankpolierten Chromgehäuse mein Spiegelbild. Was - oder wen - ich da sah, konnte unmöglich ich selber sein. So klein das gespiegelte Bild auch war, so groß war mein Entsetzen darüber. Ich sah aus wie eine Sau! Dreckiges, unrasiertes Gesicht, aufgeschürfte Kinnlade und unterlaufene Augen. Ich zog meinen nassen Pullover aus und drehte das Innere nach außen. Ich versuchte, damit mein Gesicht zu reinigen und die Haare zu glätten, was mir ziemlich gut gelang. Schließlich waren noch die Bartstoppeln, welche ich wohl oder übel zu akzeptieren hatte. Ich versuchte, meine Hose zu flicken, was schlecht ausging. Zum Schluss fiel mir nichts anderes ein, als die Haut des Beines, welche sich bei der aufgerissenen Naht befand, mit dunkler Erde einzufärben. Auf diese Weise verlor sie das helle Leuchten zwischen dem schwarzen Stoff. Als ich damit fertig war, beobachtete ich wieder das Grenzhaus bei der Brücke. Wie ich vermutet hatte, herrschte nun ziemlich reger Betrieb. Ich beobachtete eine Weile und wollte eigentlich gerade das Fernglas einpacken, als ein schwarzer Wagen auf die Brücke zufuhr. Er fuhr aber nicht wie alle anderen Wagen über die Brücke zum Zollhaus, sondern hielt vor der Brücke an. Das interessierte mich!

Lange passierte gar nichts. Dann - vielleicht zehn Minuten später - stieg ein Mann aus. Ich riss das Fernglas hoch und schaute ihn an. Mich traf fast der Schlag. Es war der Kerl, den ich bei der Hütte nicht erwischt hatte - der mit dem zerdrückten Wagen!

Er rauchte eine Zigarette und unterhielt sich zwischendurch mit dem Fahrer des Wagens.

Die waren also da! Sie hatten offensichtlich meine Fluchtrichtung ausgemacht und erwarteten nun, dass ich mich an diesem Grenzübergang nach Kanada absetzen wollte!

Ich begann wieder zu zittern und packte die Landkarte aus. Angestrengt versuchte ich, einen Weg zu finden, den ich als Ausweichroute hätte nutzen können. Es gab keinen! Außer dem Weg zurück in die entgegengesetzte Richtung! Ich hatte einfach nicht mehr genug Kraft und Vertrauen in mich. Zurück konnte ich nicht.

Ich brütete sicher eine halbe Stunde über der Karte, ohne dass ich weitergekommen wäre. Immer wieder den Blick auf den schwarzen Wagen gerichtet, fasste ich einen Entschluss. Ich überlegte mir, dass das Warten dieser Männer vor der Grenze bedeuten musste, dass sie sich demnach nicht mit den Grenzposten arrangiert haben konnten. Ich musste da durch! Mit Hilfe dieser Grenzbeamten, wenn es sein musste. Ich war mir bewusst, dass ein Übertritt in ihr Land mit der Festnahme durch die kanadischen Beamten gleichzusetzen war. Ich hatte nur ein Problem: Wie konnte ich es schaffen, dass mich die Kanadier vor Duncans Männern erwischten? Ich wusste es noch nicht. Ich wusste aber, dass mir die Zeit davonlief und ich keine Wahl hatte.

Ich packte alles ein und ging hinunter zur Straße. Dort zog ich meine Tasche mit ihren Henkeln wie einen Rucksack an, stieg auf das Fahrrad und pedalte los. Ich sah von Weitem, dass mein alter Bekannter wieder in den Wagen stieg. Ich war noch etwa hundert Meter vom Wagen entfernt, blickte bewusst mehr nach unten als nach vorne, wollte nicht, dass die Männer mein Gesicht erkennen konnten. Es waren noch fünfzig Meter. Ich glaubte schon, es zu schaffen, ohne entdeckt zu werden. Dann - es waren noch an die zwanzig Meter - riss der Fahrer die Wagentür auf und sprang auf die Straße. Im gleichen Augenblick sprang auch mein alter Bekannter aus dem Wagen. Es wurde extrem eng. Während ich von einem Pickup überholt wurde, sah ich, wie einer von Duncans Männern in seine Weste griff und eine Pistole auf mich richtete. Reflexartig griff ich nach der Ladebrücke des Pickups und ließ mich vom Rad zerren. Ich schwang mich gerade noch rechtzeitig auf die Ladefläche. Dann knallte es. Zweimal, dreimal drückten die Männer ab. Dicht neben meinem Gesicht durchschlug eine der Kugeln die Brückenläden an der Seite der Ladefläche. Ich sah, wie 'mein' Fahrer kurz durch das kleine Kabinenfenster nach hinten blickte und mich mit weit aufgerissenen Augen anstarrte. Er hatte natürlich keine Ahnung, in was für ein Schlamassel ich ihn da hineingezogen hatte. Hinter mir hörte ich das Quietschen der Reifen meiner Feinde. Sie nahmen die Verfolgung auf! Wieder knallten zwei Schüsse. Eine Kugel schlug in die Rückwand der Kabine ein. Das war für den Fahrer zu viel! Er trat voll auf die Bremse. Ich knallte gegen die Kabinenrückwand. Er sprang aus dem Wagen und warf sich zu Boden. Ich wollte auf die Straße springen und blieb einen Augenblick wie angewurzelt auf der Ladebrücke stehen. Die Brücke! Wir befanden uns bereits auf der Brücke! Wieder ein Schuss - und noch einer! Den zweiten hörte ich am Ohr vorbeizischen. Ich hatte die beiden Männer hinter mir, die Kanadier vor mir. Dazwischen mindestens zwanzig Autos. Die Zeit konnte nie reichen. Ich hätte es nie bis zum Zollhaus geschafft!

Meine Blicke zuckten zwischen den Männern und den reißenden Fluten des Flusses hin und her. Ohne Waffe hatte ich auf der Brücke keine Chance! Ich musste springen. Mit einem Satz sprang ich auf das nahe Brückengeländer und von dort hinunter in den Fluss. Wieder peitschte ein Schuss, und wieder trafen sie mich, noch bevor ich eintauchte, ins linke Bein! Mit dem stechenden Schmerz tauchte ich ins kalte Wasser ein. Ich versuchte gar nicht erst aufzutauchen, sondern ließ mich mit der Strömung unter der Brücke hindurchtreiben. Ich schluckte eimerweise Wasser und glaubte, ersaufen zu müssen. Mit dieser schweren Tasche auf dem Rücken konnte ich einfach nicht schwimmen! Der Druck in meinen Ohren wurde immer stärker. Ich sank! Ich versuchte, an die Oberfläche zu kommen, was mir mit der Tasche und den Schuhen nicht gelang. Ich hatte keine Luft mehr. Mein Puls hämmerte in meinen Ohren und in meinen Lungen brannte ein Feuer. Schließlich gelang es mir, die Tasche abzustreifen, wobei auch mein Pullover verloren ging. In diesem Moment schlug ich mit meinem Kopf irgendwo hart am Grund auf. Ich verlor fast mein Bewusstsein. Mein Mund füllte sich mit Wasser, und einen Augenblick lang trieb ich bewegungslos durch das Wasser.

Als hätte mich jemand aufgeweckt, erfuhr ich plötzlich einen gewaltigen Kraftschub in meinem Körper. Es war die ungeheure Kraft, welche nur die Todesangst zu mobilisieren vermag!

Vom ‚Treibstoff' Adrenalin angetrieben, stieß ich das Wasser nach unten weg. Meine Arme griffen immer und immer wieder nach oben, um dann erneut wieder das Wasser nach unten zu drücken. Ich merkte, wie der Druck in den Ohren nachließ und ich mit letzter Kraft die Oberfläche erreichte. Ich hustete und rang nach Luft. Noch nie hatte ich so bewusst geatmet. Die Luft füllte mich wie einen Ballon. Ich hatte riesengroße Lungen!

Als ich mich nach der Brücke umschaute, war diese bestimmt schon an die hundert Meter hinter mir. Was ich dann aber sah, versetzte mich erneut in Panik. Die beiden Männer hatten auf der Brücke gewendet und rasten nun auf der Uferstraße neben mir her. Immer und immer wieder schossen sie auf mich. Ich versuchte mit aller Kraft, das kanadische Ufer zu erreichen. Ich hatte das Gefühl, als käme ich dem Ufer keinen Millimeter näher. Und wieder schossen die Männer. Ich tauchte ab und versuchte, unter Wasser gegen die Strömung zurückzuschwimmen. Die Männer mit dem Wagen behielten ihr Tempo bei. Als ich wieder auftauchte, befanden sie sich bereits etwa fünfzig Meter weiter flussabwärts. Einen Moment lang konnte ich verschnaufen.

Weiter flussabwärts sah ich, dass der Fluss eine Biegung nach rechts machte. In der Strömung wurde ich immer näher an das linke Ufer getrieben. Direkt in die Fänge von Duncans Männern!

***

Ich wusste nicht mehr, wo mir der Kopf stand. Das Ufer kam immer näher. Ich strampelte mir die Lungen aus dem Leib. Ein letzter Versuch blieb mir noch! Als die Männer erneut auf mich schossen und eine der Kugeln dicht vor meinem Gesicht ins Wasser schlug, holte ich tief Luft und tauchte ab. Etwa einen Meter unter der Oberfläche schwamm ich mit der Strömung so schnell ich konnte flussabwärts. Immer wieder öffnete ich die Augen und konnte die unter mir vorbeirasenden Steine erkennen. Ich schwamm, bis ich nicht mehr konnte. Dann tauchte ich auf und schaute mich sofort nach den Männern um. Sie blieben einige Meter zurück und suchten mit ihren Blicken die Wasseroberfläche ab. Schon hatten sie mich wieder! Einer zeigte auf mich, und sie gaben wieder Gas. Erneut schossen sie. Ich merkte, wie mich meine Kräfte langsam aber sicher verließen. Meine Beine hingen nur noch schlaff an meinem Körper, und die Arme wurden schwer wie Blei. Ich war nur noch etwa zwanzig Meter vom Ufer entfernt. Die Männer bemerkten offenbar, dass ich keine Kraft mehr hatte. Der Beifahrer stieg aus und rannte dem Ufer entlang, während der andere mit dem Wagen langsam hinterherrollte.

Bei mir machte sich Brechreiz bemerkbar - ich konnte einfach nicht mehr. Ich war fertig!

Langsam begann ich, mich mit der Situation abzufinden. Ein eigenartiges Gefühl! Ich war mir sicher, dass hier in diesem verfluchten Fluss nun alles zu Ende sein würde. Ich wollte nicht! Mein Körper akzeptierte die Befehle des Gehirns nicht mehr - er gab auf. Ein unbeschreiblich mieses Gefühl.

Plötzlich spürte ich im Nacken einen kalten Luftzug, dann hörte ich ein Brummen. Ich drehte mich um, und im selben Augenblick hörte ich die Salve aus einer automatischen Waffe. Den Mann am Ufer überschlug es rückwärts und er blieb im Gras liegen. Erst jetzt wurde mir bewusst, dass mir hier irgendjemand zu Hilfe kam. Der andere Mann im Wagen erwiderte das Feuer, zielte aber weder auf mich, noch auf sonst wen auf der Erde. Er zielte in die Luft. Dann ein erneuter Feuerstoß und der Fahrer des Wagens sackte zusammen.

Erst jetzt sah ich ihn: Den Hubschrauber, welcher wie ein Schutzengel über mir schwebte und das Wasser um mich herum zur kochenden Suppe verwandelte. Ich blickte nach oben und streckte meine Hand aus. In den Augenwinkeln bemerkte ich, wie der Wagen am Ufer über die Böschung in den Fluss stürzte. Der Hubschrauber sank und näherte sich immer mehr dem Wasser. Dicht über mir sah ich die eine Kufe, welche nun noch etwa einen Meter - fast zum Greifen nahe - von mir entfernt war. Der Hubschrauber schaukelte wild und drohte für einen Moment, das Wasser zu berühren.

Ich hatte keine Ahnung, wer das da oben war. Ich wusste nur, dass die mir geholfen hatten und dass ich um jeden Preis in diese Maschine wollte.

Jetzt war die Kufe direkt über mir. Ich griff danach und hielt mich mit dem ganzen Rest meiner Kraft daran fest. Der Hubschrauber zog mich rasch aus dem Wasser. Meine klammen Finger versagten! Ich merkte, wie sie sich langsam öffneten. Ich schrie auf – schrie, was meine Lungen hergaben. Dann streckte jemand eine Hand aus der Kabine und winkte mir aufgeregt zu. Ich versuchte, mit dem anderen Arm die helfende Hand zu erreichen. Es gelang mir nicht. Ich war mit meiner Kraft endgültig am Ende. Meine Finger glitten von der Kufe weg, und ich fiel zurück ins Wasser. Ich tauchte tief ein. Einen Moment lang wollte ich schreien. Ich war versucht, mich einfach treiben zu lassen - aufzugeben!

Ein letztes Mal kämpfte ich mich zur Wasseroberfläche. Eigentlich hatte ich selbst nicht mehr daran geglaubt, jemals wieder nach oben zu kommen.

Kaum hatte ich meinen Kopf über Wasser, wurde ich an den Haaren gepackt. Ich griff mit meinem rechten Arm nach oben, wo auch dieser von einer starken Hand gepackt wurde. Ich verlor fast die Besinnung. Die totale Erschöpfung und die schrecklichen Schmerzen am Kopf raubten mir jegliche Kontrolle über meine Hirnfunktionen.

Ich merkte nur noch, wie ich über eine harte Kante in die Kabine gerissen wurde. Dann kam der schwarze Vorhang. Ich hörte noch in weiter Entfernung eine Männerstimme - dann wurde es ruhig.

Ich wusste nicht, wie lange ich bewusstlos gewesen war; schätzungsweise etwa zehn Minuten. Ich erwachte, weil mich jemand immer und immer wieder in die Wangen kniff. Ich öffnete die Augen. Alles drehte sich. Neben mir kniete ein Mann und schaute mich an. Wir waren immer noch im Hubschrauber. Trotz des großen Lärms verstand ich die Worte des Mannes.

»He, kommen Sie schon – los, kommen Sie!«

Ich kam. Und wie! Wie aus einer Kanone geschossen übergab ich mich auf den Kabinenboden. Ein Gemisch aus Wasser und Magensaft - mehr hatte ich ja nicht zu bieten!

Der Mann neben mir fluchte und wischte sich das Gesicht ab.

»Entschuldigung«, stammelte ich. Von der anderen Seite klopfte mir ein anderer Mann auf die Schultern und sagte: »Ist schon gut - geht's jetzt besser?«

»Ja. Danke!«, stammelte ich und zitterte unkontrolliert. »Sie haben mir das Leben gerettet! Wer sind Sie?«, fragte ich, während meine Zähne klapperten.

Einer der Männer legte eine Wolldecke über mich und sagte: »Wir sind vom Geheimdienst.«

Ich erschrak sichtlich und starrte den Mann an. Dieser bemerkte meine Angst und sagte ruhig: »Ich weiß, dass Sie das verwirrt. Es ist aber wirklich so. Wir bringen Sie jetzt erst einmal an einen geeigneten Ort. Dort werden wir Ihnen alles erklären.«

Ich schwieg. Ich wusste überhaupt nichts mehr. Erst wurde ich von denen fast erschossen, und dann kamen die Männer mit dem Hubschrauber und erschossen ihre eigenen Leute, nur um mich zu retten! Was sollte das bedeuten?

Eigentlich war es mir in diesem Moment doch egal. Alles war mir egal. Ich war nicht mehr ich selbst. Nur noch eine völlig erschöpfte Hülle - leer, emotionslos, resigniert.

Wir flogen noch eine ganze Weile, bis wir auf einem Feld zur Landung ansetzten. Die Kabinentür wurde geöffnet und ich sah zwei Limousinen an einem Wegrand stehen. Dort warteten drei weitere Männer auf uns.

Ich wollte aussteigen. Als ich meine Füße auf die Erde setzte, bemerkte ich, dass sie nicht zu gebrauchen waren: Ich stürzte vornüber in die Wiese. Schnell halfen mir zwei Männer wieder auf die Beine und brachten mich zu den Wagen.

Einer der Wartenden öffnete die hintere Seitentür und ich wurde auf den Rücksitz gelegt. Der Fahrer legte eine weitere Decke über mich.

»Das war knapp!«, hörte ich einen der Männer zu den anderen sagen.

»Waren es die anderen zwei?«, fragte ein weiterer Mann.

»Ja. Signer und Perkins - sind beide tot!«, war die Antwort.

»Gut. Diese Hunde!«, zischte ein weiterer Mann.

Schließlich fuhren wir los. Ich bekam nur die ersten paar Minuten der Fahrt mit. Ich schlief vollkommen erschöpft auf dem Rücksitz ein.

Wir mussten ziemlich lange gefahren sein, denn meine Haare waren bereits trocken als ich aufwachte. Mir war wieder schön warm. Der Mann auf dem Beifahrersitz - einer aus dem Hubschrauber - blickte sich nach mir um. »Guten Morgen - möchten Sie Frühstück im Bett?«, lachte er und drehte sich wieder nach vorne.

Ich konnte mir auch ein schwaches Lächeln entlocken. Nach langer Zeit verspürte ich wieder einmal einen Hauch von Sicherheit. Ein Gefühl von Geborgenheit. Ich kannte weder die Namen noch die genauen Funktionen der Männer - doch sagte mir mein Gefühl, dass ich ihnen vertrauen konnte. Endlich hielten wir kurz an. Keiner der Männer stieg aus. Nach wenigen Sekunden fuhren wir wieder langsam los. In den Fenstern oberhalb meines Kopfes sah ich die schmiedeeisernen Spitzen eines geöffneten Tores vorbeihuschen. Dann hielt der Wagen an. Mir kam diese Szene irgendwie bekannt vor und ich erwartete, dass ich nun irgendwie verdeckt und unter großen Umständen in ein geheimes Haus gebracht würde. Nichts von alledem traf ein!

Die Wagentür wurde geöffnet und man half mir aus dem Wagen. Meine Beine trugen mich halbwegs die Stufen zum Eingang hinauf. Es war eines dieser typischen Häuser mit Park und Umzäunung. Weiß, mit Säulen neben dem Eingang. Eine Frau hielt uns die Tür auf und ich wurde ins Innere des Hauses geführt. In der Halle blieben die Männer stehen und boten mir einen Stuhl an. Ich wollte mich nicht setzen, weil ich nicht glaubte, dass ich danach wieder auf die Beine kommen würde.

Dann kam ein weiterer Mann die Treppe hinunter in die Halle. Er steuerte geradewegs auf mich zu und streckte mir die Hand entgegen. Ich drückte sie, und der Mann sagte: »Willkommen zuhause, Tom!«

Mein richtiger Name! Nun wusste ich, dass dies hier alles seine Richtigkeit haben musste.

Man führte mich in ein Zimmer. Nicht sehr luxuriös eingerichtet, aber sauber.

»Ruhen Sie sich erst einmal aus! Man wird Ihnen etwas zu Essen bringen«, sagte mein Begleiter freundlich.

Ich nahm mir nicht die Mühe, meine schmutzigen, feuchten Hosen auszuziehen. So, wie ich war, ließ ich mich aufs Bett fallen. Es verging keine Minute, bis ich eingeschlafen war. Ich hatte weder die Kraft noch die Lust, über alles nachzudenken. Ich war am Leben! Was nun kommen würde, konnte nicht schlimmer als das Erlebte sein.

Wenig später wurde ich aber bereits wieder geweckt. Auf dem Tischchen stand mein Essen - kalt, wie sonst! Offenbar hatten sie mich zum Essen nicht aufwecken können. Im Zimmer standen drei Männer. Einer - gegen sechzig, schlank, braungebrannt, mit Schnurrbart - begrüßte mich: »Ich heiße Sie herzlich willkommen. Mein Name ist Palmer - ich bin mit Ihrem Fall betraut worden. Wir haben einige Fragen an Sie.«

»Sie haben einige Fragen? Wie wär's, wenn Sie zuerst mir einige Dinge erklären würden?«, fragte ich aufgebracht.

»Ich begreife Ihre Ungeduld. Wir versuchen, hier alles unter Kontrolle zu kriegen. Glauben Sie mir - es ist nicht leicht! Ich bitte Sie, kooperativ zu sein«, sprach Palmer verständnisvoll.

Ich schluckte leer und versuchte, mich zu beherrschen. »Fragen Sie!«

»Wir haben erfahren, dass Sie irgendwo einen Umschlag mit den Daten zu Ihrer Geschichte deponiert haben. Wir wissen auch, dass Sie Duncan dahingehend informiert haben, dass Sie sich regelmäßig bei der aufbewahrenden Person melden müssen, weil ansonsten der Bericht veröffentlicht würde. Trifft das zu?«

In mir stieg Hitze auf. Ich wusste nicht, was ich nun sagen sollte. In mir kam ein Verdacht auf! War mir die ganze Sache am Fluss nur vorgespielt worden, um mich zu beeinflussen? Steckten diese Herren vielleicht doch mit Duncan unter einer Decke?

In Gedanken versuchte ich, die letzten Tage zu zählen. Ich kam zum Schluss, dass heute ein Anruf bei Rechtsanwalt Loyd fällig wäre. Wie konnte ich herausfinden, ob ich diesen Männern trauen konnte?

Ich beschloss, den Anruf noch herauszuschieben und mein Geheimnis vorerst noch zu hüten.

»Sagen Sie schon - trifft das zu?«, bedrängte mich Palmer.

»Ja - es trifft zu. Besser gesagt: Es traf zu!«, antwortete ich zögernd.

»Was soll das heißen?«

»Das heißt, dass ich den Umschlag bei einem Rechtsanwalt deponiert habe. Sein Name war Tompson. Er wurde kurz darauf umgelegt. Ich weiß nicht, wo sich mein Umschlag jetzt befindet.«

»Sie lügen!«, zischte mich einer der anderen Männer an.

»Bruce! Beherrsch dich!«, wurde dieser durch Palmer ermahnt.

Palmer legte mir eine Hand auf die Schulter und sagte wieder freundlich wie zuvor: »Hören Sie, junger Mann, ich weiß, dass Sie uns mit Misstrauen gegenüberstehen. Das kann ich gut verstehen. Sie müssen aber begreifen, dass wir das Beste aus der Situation machen müssen. Das geht aber nur mit Ihrer Hilfe. Auch meine Männer haben schwere Tage hinter sich. Es passiert nicht oft, dass einer unserer Führungsleute plötzlich ein eigenes Gleis fährt.«

»Meinen Sie Duncan?«, fragte ich.

»Genau. Duncan war für Sie, für Roy und somit auch für das Projekt verantwortlich. Als er bemerkte, dass Sie seine Pläne durchkreuzt und ihn belogen hatten, wurde er blind vor Wut. Seine Männer waren ihm treu ergeben und bemerkten nicht, dass

Duncan anfing, selbständig zu handeln. Er erteilte Anweisungen, Liquidierungsaufträge und weitere Dinge, ohne uns zu informieren. Wir hätten das Problem nicht auf diese Weise zu lösen versucht.«

»Wie hätten Sie es denn gelöst?«, fragte ich, immer noch wütend und unsicher.

Das war falsch gewesen! Offenbar war nun Palmers Geduld am Ende.

»Zum Henker! Ich hätte es nicht zu lösen brauchen - bei mir wäre das Problem erst gar nicht entstanden!«, schrie er mich an. Dann holte er tief Luft, schaute mich aus zusammengekniffenen Augen an und packte mich an den Schultern.

»Hören Sie gut zu! Meine Männer haben sich für diesen armseligen Bullen aus der Eisstation den Arsch aufgerissen! Nun kommt er daher, nachdem er ein Schlachtfeld hinter sich zurückgelassen hat, und stellt arrogante Fragen. Herrgott noch mal - was glauben Sie, wie viel Zeit uns das kostet, all die Polizeistellen zu beruhigen und ihnen zu erklären, dass es die gefundenen Toten in der Stadt, am See und am Grenzfluss überhaupt nicht gibt?«

Ich begann zu zittern und sagte leise: »Das beim Haus am See war Notwehr!«

»Notwehr, Notwehr! Leben Sie auf einer Wolke oder was?«, schrie Palmer weiter, »es gab keine Notwehr! Diese Männer am See hat es offiziell gar nie gegeben!«

»Doch! Roy hat es gegeben!«, schrie ich zurück. Ich konnte nicht mehr leise reden. Ich schäumte über vor Wut.

»Soll ich Ihnen sagen, wie Roys Geschichte aussieht?«, zischte Palmer. Ich nickte fast unsichtbar.

»Roy wurde nach der Flucht von Ihrer Polarstation von Leuten der Montov 4 aufgegriffen. Da er sich nicht damit abfinden konnte, dass er sich in russischer Obhut befand, setzte er sich viel zu schlecht ausgerüstet in Richtung Norden ab. Dort fand ein Suchtrupp der russischen Armee einen Teil seiner Ausrüstung. Direkt am Treibeis. Von Roy war keine Spur mehr zu sehen. Man musste annehmen, dass er im Treibeis ertrunken war. Nach zwei Tagen wurde die Suche abgebrochen und Roys Effekten an die Angehörigen geschickt. Verstehen Sie nun, was ich meine?«

Ich schüttelte den Kopf.

»Sie verstehen es also nicht! Gut, ich werde Ihnen Nachhilfe erteilen! Wie Sie mittlerweile wissen, kooperieren wir seit den Vertragsgesprächen mit den Russen. Die eine Hand wäscht die andere. Wir sind von unserer Seite mit der Bitte um diese Erklärung für Roys Tod an die Russen gelangt. Sie haben unserer Bitte entsprochen. Da die Russen genauso Bescheid über unser Satellitenprojekt wussten wie wir über das ihre, vermuteten sie natürlich, dass wir Roy liquidiert hätten. Wir erreichten aber dadurch, dass wir einen Mann mehr mit neuen Personalien bei uns aufnehmen konnten. Die Russen baten uns natürlich ebenfalls um einen Gefallen - nämlich den, keine falsche Erklärung betreffend des U-Bootes abzugeben. Wir haben dem Wunsch entsprochen. Sie sehen, dass alles seinen Weg nimmt. Auch wenn Sie das Gefühl haben, die Welt verändern zu können!«

So gut konnte keiner schauspielern. Ich musste Palmer glauben. Ich blickte zu Boden und dachte nach. Eine Minute lang sprach keiner ein Wort. Dann unterbrach Palmer das Schweigen: »Es wissen beide Länder vom Satellitenprojekt. Die Russen stehen unseren Entwicklungen kaum nach und verfolgen seit über acht Jahren ein ähnliches Projekt. Sollten also Ihre Berichte aus dem Umschlag veröffentlicht werden, würden Sie damit lediglich erreichen, dass sich die Menschen der beiden Länder sorgen. Dies würde Maßnahmen auf politischer Ebene erfordern. Da unsere Gespräche schon seit einiger Zeit laufen, wäre die ganze Aufregung umsonst. Sie können also beruhigt sein und uns den Aufbewahrungsort des Umschlages bekanntgeben.«

»Gut - ich werde es sagen. Ich möchte aber vorher noch etwas wissen!«, sagte ich zögernd. Nachdem wir also wieder den normalen Umgangston gefunden hatten, nickte Palmer wortlos.

»Wo ist der Satellit jetzt?«

»Ich muss zugeben - wir hatten unsere Probleme mit dem U-Boot! Schließlich hat sich aber alles zum Besten gewendet. Der Kommandant des U-Bootes setzte sich anfänglich ab, nachdem sein Bruder bei der Übergabe erschossen worden war. Er selber hatte ja keine Ahnung, dass sein Bruder als Doppelagent versagt hatte. Er spielte mit uns Katz und Maus. Wir wussten anfänglich wirklich nicht, was wir tun sollten. Schließlich - bevor wir ihn direkt tangierten - ließen wir verlauten, dass er aufgrund der geglückten Mission befördert würde und schickten ihm dazu die offiziellen Glückwünsche über Funk. Vermutlich war es für diesen karrierebewussten Kommandanten ein Trostpflaster. Zwischenzeitlich klärten ihn unsere beiden Männer an Bord des U-Bootes über das Doppelleben seines Bruders auf. Schließlich, nach mehreren langen Tagen, lief er einen unserer Marinestützpunkte an. Dann einigten wir uns darauf, dass der Kommandant seine Beförderung kriegte, und wir die Geschichte seines Bruders aus seinen Personalakten entfernen würden. Die Verzögerung von sechs Tagen rechtfertigten wir offiziell damit, dass der Kommandant – vorsichtig, wie er war - einige Ablenkungsmanöver durchgeführt hatte, um sich so vor russischen Zugriffen zu schützen.«

Da war er wieder - dieser Filz, dieses undurchdringliche, auf jede nur erdenkliche Art zusammenhängende Gebilde. Lügen, Täuschungen, Taktiken und Vermutungen. Alles Dinge, welche in jeder Phase zusammenspielen mussten. Wenn dies nicht der Fall war, ergaben sich daraus eben Fälle wie meiner.

»Was ist mit Duncan und seinen Leuten? Habe ich nichts mehr von denen zu befürchten?«, fragte ich weiter.

»Duncan und seine Männer hat es nie gegeben. So ist das bei uns. Tut man seine Arbeit gut, kommt man nach oben. Versagt man, ist man innerhalb weniger Augenblicke weg von der Bildfläche - eben so, als hätte es einen nie gegeben!«, war Palmers trockene Antwort.

Wieder dachte ich nach. Wieder wartete Palmer geduldig. Ich war soweit!

»Duncan hat den falschen Rechtsanwalt umgelegt! Es war ein anderer. Muss er auch daran glauben, wenn ich seinen Namen nenne?«, sagte ich langsam.

»Nein - muss er nicht! Sie haben mein Ehrenwort!«, sagte Palmer.

Mich schauderte bei dem Ausdruck 'Ehrenwort'. Ich konnte keinem von diesen Leuten mehr trauen. Trotzdem - hatte ich eine Wahl?

»Sein Name ist Loyd. Er ist Rechtsanwalt und wohnt zwei Häuser neben dem verstorbenen Tompson.«

Ich erwartete einen Ausbruch von Hektik nach meiner Aussage. Irgendeine Handlung, irgendeine Wende. Ich glaubte vermutlich, dass die ganze Sache erst jetzt so richtig in Fahrt kommen würde. Eigentlich hätten Trompeten und Pauken die große Neuigkeit in die Welt tragen sollen. Weit gefehlt!

Ich übersah das Schmunzeln auf Palmers Lippen nicht. Er drehte sich zu einem seiner Männer um und streckte die Hand nach ihm aus. Dieser reichte ihm eine Mappe. Palmer lächelte mich an und zog meinen Umschlag aus der Mappe.

»Ist es dieser hier?«, fragte er verschmitzt. Mir blieb einen Moment lang die Luft weg. Ich griff nach dem Umschlag und prüfte die Siegel. Sie waren gebrochen. Ich öffnete den Umschlag hastig und schaute meine Akten an. Es war alles da. Meine Zunge klebte am Gaumen. Einerseits war ich irgendwie enttäuscht, andererseits hatte ich nun die Gewissheit, dass mich die Männer nicht meines versteckten Umschlages wegen gerettet hatten. Sie besaßen ihn ja schon.

»Wissen Sie«, begann Palmer, »Sie glauben gar nicht, wie froh ich bin! Sie haben uns großen Ärger erspart!«

Als ich endlich meine Zunge vom Gaumen lösen konnte, fragte ich wie ein getretener Hund: »Und Loyd?«

Palmer lächelte erneut, und einige der Männer um uns herum taten dasselbe.

»Wissen Sie, das mit Loyd ist so eine Sache. Wäre er nicht gewesen, hätten wir Sie nicht so schnell gefunden. Er hat mich informiert! Ich habe ihm den Auftrag gegeben, die Siegel zu brechen und den Bericht zu prüfen. Erst dadurch fanden wir die fehlenden Teile von Duncans falschem Spiel.«

»Dann ist Loyd einer von Ihnen?«, fragte ich verwirrt.

»Nein, ist er nicht. Aber es gibt Dinge, die ein Mann tun muss, und Dinge, welche er lieber lassen sollte. Loyd hat das Richtige getan.«

Mit dieser Bemerkung, welche sich wie eine Pyramide aus Rätseln vor mir aufbaute, verunsicherte mich Palmer noch mehr.

Er bemerkte dies offenbar und sagte: »Denken Sie nicht darüber nach! Sie wären am Ende nur noch verwirrter. Für uns war es wichtig, zu erfahren, ob Sie nicht ebenfalls ein doppeltes Spiel spielen. Für meine Männer ist es eine Beruhigung zu wissen, dass Sie 'sauber' sind.«

Wieder waren wir einen Augenblick still.

»Wie geht es nun weiter?«, fragte ich Palmer. Dieser lachte laut und schnäuzte sich die Nase. »Was glauben Sie, hat sich verändert?«

»Vermutlich werde ich ein Haus an einem See sowie fünfzigtausend Dollar kriegen und muss die Klappe halten.«

Wieder lachte Palmer laut. »Nein - wir mussten Ihre Spesen kürzen! Zwanzigtausend Dollar. Ausbezahlt nach der Veröffentlichung unserer Berichte. Danach sind Sie keine Gefahr mehr für uns!«

»Welche Berichte?« fragte ich erstaunt.

»Wir haben eine Presseerklärung in Arbeit - oder vielmehr eine Reportage. Diese wird in etwa vier Tagen veröffentlicht. Es geht dabei um die Grundlagen für die Abrüstungsverhandlungen zwischen Ost und West. Wir haben diese Erklärung zusammen mit den Russen ausgearbeitet. Sie beinhaltet alle wichtigen Angaben zu den parallel betriebenen Satellitenprojekten. Die Menschen werden erfahren, dass die Projekte von beiden Ländern eingefroren wurden. Ebenso erfahren sie, dass mit dem, was bis jetzt im All herumschwirrt, noch nichts anzufangen ist. Es handelt sich dabei ja erst um Positionierungstests in den stationären Umlaufbahnen und nicht um vollentwickelte Satelliten, welche eine bestimmte Wirkung auf der Erde erzielen könnten.«

Ich war erstaunt und konnte einfach nicht recht glauben, was mir Palmer da erzählte. »Ich habe noch eine Frage«, begann ich zögernd, »warum haben Sie mich nicht einfach eliminiert und die Russen darum gebeten, meinen Namen neben den von Roy zu stellen? Dann hätten Sie sich die Mühe der letzten Tage und die zwanzigtausend Dollar sparen können!«

Palmer schaute mich an, als hätte ich ihm eine Ohrfeige gegeben. Dann sagte er, wieder ganz ruhig: »Sie bringen mich auf eine gute Idee, junger Mann!«

Mein Magen zog sich zusammen. Ich musste mich fast übergeben.

Nachdem Palmer mein aschfahles Gesicht genossen hatte, sagte er beiläufig: »War natürlich nur ein Scherz! Es ist aber gut, dass Sie mich danach gefragt haben. Fast hätte ich es vergessen: Sie müssen noch einen Bericht schreiben!«

Jetzt verlor ich die Fassung. Es ging alles wieder von vorne los! Ich konnte nicht mehr. Ich stolperte zum Stuhl und ließ mich darauf nieder. Ich atmete tief durch - glaubte, jeden Augenblick zusammenzubrechen. Die Männer mussten mich vorm Herunterfallen bewahren. In meinen Armen und Beinen begannen die Ameisen zu laufen. Es kribbelte und juckte. Ich merkte noch, wie mir einer der Männer eine Plastiktüte vor den Mund hielt. Immer und immer wieder atmete ich die verbrauchte Luft aus dem Plastiksack ein und aus. Langsam erholte ich mich wieder. Es war eine klassische Hyperventilation, welche mich fast die Besinnung gekostet hatte. Man reichte mir ein Glas Wasser. Ich trank es leer und stammelte: »Was für ein Bericht? Wen soll ich jetzt wieder anlügen?«

Palmer war sichtlich erstaunt über meinen Zusammenbruch. Er konnte die Gefühle, welche ich im Augenblick hatte, natürlich nicht nachempfinden.

»Wir haben den Russen versprochen, dass Sie einen Bericht schreiben über Ihre Rettung im Eis und die gute Pflege und Betreuung auf der Krankenstation der Montov 4. Dies, obschon Sie Amerikaner sind und von Russen gefunden worden waren. Die Russen erhoffen sich dadurch einen Sympathiezustupf aus der amerikanischen Bevölkerung. Sie brauchen nicht zu lügen. Die Pflege war ja gut - das können Sie nicht abstreiten. Einzig den Zwischenfall im Flughafen, als Sie von Duncans Männern 'abgeholt' wurden, verschweigen wir. Offiziell wurden Sie von der russischen Delegation in guter Verfassung an unsere Diplomaten übergeben. Das wär's!«

Die Männer brachten mich ins Zimmer zurück. Dort musste ich zuerst meine Gedanken ordnen. In meinem Kopf herrschte ein großes Durcheinander.

So einfach war das also? Ein paar Sympathiepunkte verteilen, etwas Lob und Dankbarkeit aussprechen, und alles war wieder in Ordnung? So einfach...?

Nach einer Dusche, ein paar Stunden Schlaf und einem feinen Essen hatte ich wieder einen klaren Kopf. Ich begann mit meinem Bericht. Man erlaubte mir, im Haus zu bleiben, bis ich mir einen Plan für meine Zukunft zurechtgelegt hatte.

Ich schrieb meinen Bericht, als wäre es ein Schulaufsatz gewesen. Einfach, ohne Über- oder Untertreibungen. Ich legte Palmer das Ergebnis vor. Er hatte nichts daran auszusetzen.

Vier Tage später konnte ich den angekündigten Artikel in der Tageszeitung lesen. Ich war erstaunt! Es las sich alles so, als hätten Russen und Amerikaner seit jeher am gleichen Strick gezogen - als wären alle anderen schuld am Kalten Krieg gewesen.

Das Satellitenprojekt beanspruchte den Hauptteil des Artikels. Es wurde erzählt, dass Russen und Amerikaner seit einigen Jahren an einem Projekt gearbeitet hätten, bei dem es um die Stationierung von Nuklearwaffen im Weltraum gegangen sei. Da die Risiken durch Fehlfunktionen der satellitenähnlichen Objekte im Weltraum zu unberechenbar gewesen seien, hätten beide Nationen bereits vor einem Jahr die Projekte gekippt. Weiter wurde erzählt, dass lediglich noch vereinzelte Prototypen im

Weltall kreisen und irgendwann kontrolliert verglühen oder auf die Erde fallen würden. Da jedoch keinerlei Nuklearsprengkörper geladen worden seien, bestünde für die Menschen auf der Erde keine ernsthafte Gefahr.

Nun glaubte alle Welt zu wissen, woran sie war. Doch es gab Personen, welche es besser wussten. Der US-Geheimdienst, der russische Geheimdienst, und... ich! Denn etwas hatte ich nicht vergessen!

Roy hatte mir damals im Eis erklärt, dass die Stabilisierungsflügel lediglich in der Erdatmosphäre ihren Zweck erfüllen konnten. Im Weltraum waren diese vollkommen nutzlos. Hätte es sich tatsächlich nur um Prototypen gehandelt, mit welchen die Stationierung in den Umlaufbahnen getestet worden war, so hätten die Konstrukteure bestimmt auf die Stabilisierungsflügel und die Keramikplatten des Hitzeschildes verzichtet. Denn jedes Kind weiß, dass diese Konstruktionen Unsummen kosten, und dass die Verantwortlichen keinen einzigen Dollar für überflüssige Technik verschwenden würden! Und warum hatte damals ein Besatzungsmitglied des U-Bootes den Satelliten mit einem Geigerzähler untersucht? Um zu prüfen, ob Radioaktivität austrat!

Es war also kein Prototyp gewesen! Es mussten bereits viele solche Waffen im Weltraum stationiert sein!

Als ich das Haus mit Palmers besten Wünschen für meine Zukunft verließ, erwischte ich mich dabei, wie ich zum Himmel blickte. Auch in den Tagen und Wochen danach ging es mir nicht anders. Konnte ich damit leben, stets und ohne Pause im Bewusstsein darüber, dass über unseren Köpfen Killermaschinen im Weltraum hingen? Maschinen, welche nur darauf warteten, ihre tödliche Fracht zur Erde zu tragen?

Durfte ich mich damit abfinden? Ich wusste es zum damaligen Zeitpunkt noch nicht!

Heute weiß ich es! Ich habe die bittere Erfahrung gemacht, dass sich eben doch jeder selbst am nächsten steht! Es war klar, dass ich nur in ein normales, geordnetes Leben zurückkehren konnte, wenn ich Stillschweigen über meine Feststellungen bewahrte. Es war auch klar, dass ich kein bisschen besser dran war als alle anderen Menschen, welche sich in Sicherheit wiegten. Im Gegenteil! Ich wusste mehr und musste damit fertig werden! Musste ich das wirklich? Ich war mir zuerst nicht sicher, ob mir dies möglich sein würde.

Es war möglich! Nur noch gelegentlich - wenn ich heute, nach all diesen Jahren meinen beiden Kindern im Garten beim Spielen zusehe - zieht es meine Blicke nach oben. Einige Sekunden verharre ich ganz still, bis ich mich schließlich durch die unschuldige, unwissende Frage »Ist alles in Ordnung, Vater?« in die Wirklichkeit zurückholen lasse. Meine Antwort ist immer die gleiche: »Ja, mein Sohn - es ist alles so, wie es die Menschen wollen!«

Ich schaue dann jeweils neben mir in die tiefblauen Augen meiner lieben Frau Alina. Sie lächelt mich verschmitzt an und drückt sich an mich. Aber vergessen kann ich nicht!